THE MIDNIGHT SEA

Il Quarto Elemento - Libro Primo

KAT ROSS

Benvenuti in un viaggio emozionante con LMBPN® International! Iscriviti alla nostra newsletter per accedere ad aggiornamenti esclusivi e contenuti gratuiti.

Come nostro stimato abbonato, godrai di un'esperienza ricca piena di sorprese. Immergiti in nuovi mondi, intuizioni uniche e storie emozionanti che ti aspettano. Unisciti ora, diventa parte dell'avventura internazionale LMBPN® e diventa davvero parte della storia!

https://lmbpn.com/it/newsletter/

Iscriviti alla newsletter di Kat per non perdere mai una nuova uscita! Le tue informazioni sono mantenute strettamente confidenziali e sarai contattato solo quando avrà un nuovo libro in italiano. Come bonus, tutti gli abbonati hanno diritto a un segnalibro firmato e personalizzato.

https://www.subscribepage.com/p7d6r3

Diritti Versione inglese: © 2016 Kat Ross
Diritti Versione italiana: © 2022 LMBPN® International

Copyright della copertina ©Damonza
Traduzione di Marco Garofalo
Progettazione della mappa di Robert Altbauer
fantasy-map.net

LMBPN® International
2375 E. Tropicana Avenue
Suite 8-305
Las Vegas, NV USA 89119
https://lmbpninternational.com/it/

Print ISBN: 979-8-89354-072-7

L'IMPERO E LE CITTÀ LIBERE

$\maltese$ I $\maltese$

Il vento soffiava attraverso gli alti passi mentre ci orientavamo lungo il sentiero. Ombre in lento movimento segnalavano la lunga carovana di persone e animali che si estendeva in avanti, ma stava nevicando troppo forte perché fosse possibile distinguere più di quello.

La catena del Khusk era un luogo inclemente, lo sapevo. Era il dodicesimo anno che attraversavo quelle montagne e, fino a quel momento, il più duro. La neve aveva cominciato a scendere settimane prima del solito. Si accumulava contro le rocce e nascondeva crepacci che avrebbero potuto inghiottire un uomo e il suo cavallo. Ma non potevamo tornare indietro. Avrebbe significato una morte certa per fame, mentre andare avanti era soltanto una morte possibile, in genere senza alcun preavviso. Un piede messo male. Un indebolimento silenzioso della massa di neve fino a quando il più lieve movimento scatenava una valanga. La maggior parte di noi sarebbe arrivata dall'altra parte, lo sapevo. La maggior parte, ma non tutti.

Salimmo sempre di più, tra le fauci della tormenta. Strinsi la mano di mia sorella Ashraf. Eravamo piegate dal vento, i cappucci abbassati e stretti. Le pecore belavano mestamente mentre si affannavano lungo il sentiero ripido e tortuoso. Non erano contente, ma anche loro avevano compiuto quella traversata prima e sapevano che era meglio non provare a fermarsi. I nostri animali erano duri e testardi quanto noi.

In un giorno sereno si potevano osservare i confini della terra dalle cime di quelle colonne ghiacciate. Ora la visibilità era di quattro metri in ogni direzione. Ci saremmo fermati presto per la notte. Il viaggio verso i pascoli primaverili delle colline durava otto giorni, quello per tornare indietro il doppio. La nostra rotta ci conduceva lungo una serie di accampamenti fissi che non cambiavano da generazioni. Uno di essi era circa dieci minuti più avanti, un incavo nel dorso delle montagne che offriva un po' di riparo.

«Ecco, lascia che lo prenda io», urlai ad Ashraf.

Mia sorella mi guardò. Un cucciolo si agitava all'interno della giacca in pelle di pecora. Era stato un dono da parte di nostro padre per il suo settimo compleanno. Lui avrebbe voluto che il cane fosse legato alla sua sella, ma Ashraf aveva insistito perché lo portasse lei. Riuscivo a sentire i passi di mia sorella che rallentavano. Era la fine di una lunga giornata ed era esausta.

Mi sbottonai la mia arqalok imbottita e le offrii la mano. «Andiamo. Te lo restituirò non appena ci accampiamo.»

Lei sollevò le sopracciglia. «Sono forte quanto te, Nazafareen.»

«Lo so», sbottai. Ero esausta anch'io. «Dammi il cane e basta.»

Ashraf si adombrò, ma tirò fuori il cucciolo dalla giacca. Si divincolava. Cullai il suo corpicino caldo in una mano mentre facevo spazio per lui tra i miei strati di vestiti. E quindi l'animaletto emise un forte latrato e scalciò con le zampe posteriori. Le unghie affilate scavarono nei miei polsi. Persi la presa per un momento, ma fu tutto ciò che ci volle. Il cucciolo era scappato e ora fuggiva nella tempesta.

Senza una parola, Ashraf gli corse dietro. In un istante svanì dietro una roccia. Sussurrai un'imprecazione e la seguii.

Eravamo state avvertite di non abbandonare mai il sentiero. Di mantenere sempre il nostro posto nella lunga carovana del clan Four-Legs. Ma io conoscevo quelle montagne abbastanza bene da ritrovare la via, anche in condizioni tanto avverse. E Ashraf non mi aveva dato altra scelta.

Seguii le sue impronte, chiamandola per nome. Il vento portava via la mia voce nel momento stesso in cui lasciava i polmoni. Quanto potevano andare lontani una ragazzina e il suo cucciolo?

Non molto, a quanto pareva. Superai una pila di massi caduti e le impronte si interruppero di colpo. «Ashraf!» gridai. «Dove sei? Fa troppo freddo per giocare.»

Mi voltai in un lento cerchio, il panico che mi risaliva nel petto mentre vedevo quanto fossi vicina al bordo di un precipizio che svaniva nella neve turbinante. Non avrei saputo dire quanto fosse profondo. Trenta metri? Trecento? Millecinquecento? Le impronte non conducevano verso il bordo, però. Si interrompevano bruscamente a un paio di metri di distanza. Oltre quel punto, la neve pareva intatta.

«Ashraf!» gridai ancora.

E quindi udii un basso guaito. Era il cane, tremava in una cavità. Mi avvicinai con i palmi all'infuori. Lui mi osservava con circospezione.

«Andiamo, stupido cane», dissi.

Mi ero appena inginocchiata per raggiungerlo quando un basso ringhio gli risalì nella gola. Quindi il cane provò a stringersi per infilarsi ancora di più nella fessura. I suoi occhi erano fissi su qualcosa dietro di me.

Avevo un coltellino in un fodero alla cintura. Annaspai per afferrarlo. C'erano lupi in quelle montagne, anche se non erano soliti attaccare un umano alla luce del sole, così vicino all'intero clan. Forse il rigido inverno arrivato in anticipo li aveva resi disperati.

Mi girai di scatto e tirai un sospiro di sollievo. Era mia sorella. Era in piedi davanti al bordo del crepaccio, con il vento che le soffiava contro la schiena, portandole i capelli davanti al volto. Riuscivo a malapena a distinguere i suoi lineamenti nell'oscurità del cappuccio.

«Grazie al *Sacro Padre*», dissi. «Andiamo, dobbiamo tornare prima che ci lascino indietro.»

Ashraf non si mosse. Il ringhio si trasformò in un pietoso e acuto guaito che mi fece rabbrividire.

«Cosa c'è che non va?» domandai. Il vento cessò per un istante, lasciando un po' di silenzio. Il respiro si condensava davanti a me in pennacchi bianchi alla luce morente. Presto sarebbe scesa la notte. «Ashraf?» Mossi un passo verso di lei. «Sei troppo vicina al bordo. Vieni via.»

«Zitto», disse mia sorella al cane, e la voce non era la sua.

Il mio cuore cominciò a martellare, lentamente e dolorosamente.

«Fermati», dissi. «Fermati e basta.»

Ashraf non rispose. Avrei voluto prendere il cane, infilarlo nella giacca e rimettermi in marcia ma, improvvisamente, non me la sentivo di darle le spalle. Da dove veniva? Perché le impronte si interrompevano?

Era solo una ragazzina. La mia irritante sorella minore, che mi seguiva ovunque e non mi dava mai un momento di pace. Che mi implorava di farle le trecce esattamente come le mie e che metteva sempre la sua parte di lamponi nel mio piatto perché sapeva che erano la mia frutta preferita.

«Se non vieni subito, lo dirò a papà», la avvertii.

«Lo dirò a papà», ripeté lei. La mia stessa voce, rilanciata contro di me.

Mi sentii rizzare i peli sul collo.

Non so quanto rimanemmo così nella neve. Abbastanza perché cominciasse ad accumularsi sul suo cappuccio e sulle sue spalle. Abbastanza perché l'ultima traccia di luce del giorno svanisse dal cielo. Mi sentivo congelata, incapace di pensare. Non capivo cosa stesse accadendo, solo che c'era qualcosa di tangibilmente *sbagliato* in mia sorella e che non avevo idea di cosa fare al riguardo. Mi sentivo intrappolata in un incubo, il tipo in cui ogni movimento è pesante e faticoso, come una formica che si dimeni nel miele.

Il respiro di Ashraf, notai distrattamente, non produceva condensa. Era della stessa temperatura dell'aria.

Non so cosa sarebbe accaduto se il cane non avesse cominciato ad abbaiare. Latrati e guaiti frenetici interruppero il mio stato di trance e mossi un passo verso di lei. Le tirai indietro il cappuccio. Vidi i suoi occhi, non più di un tenue azzurro, ma di un altro colore, qualcosa di oscuro e senziente. Aveva divorato il bianco e ora parevano coriacee mandorle nere nel suo volto.

Feci cadere il coltello. Avvertii l'urina scendere lungo l'interno delle cosce.

I denti di Ashraf si chiusero di scatto e lei balzò su di me, facendoci finire entrambe a terra. Ruzzolammo nella neve. Sentii il bordo del precipizio spalancarsi sulla mia schiena. Le mie dita artigliarono le rocce ghiacciate, alla ricerca di un qualunque appiglio. Quindi mi trovai a scalciare nell'aria. Il terrore mi rese selvaggia. Lottai, cercando di togliermela di dosso, ma Ashraf era troppo forte. Soffiava il suo respiro gelido contro il mio orecchio.

Urlai, scivolando inesorabilmente oltre il bordo. E infine delle mani mi afferrarono e mi tirarono su. Vidi il viso di mio zio. Sembrava arrabbiato e confuso.

«In nome del Padre, cosa state facendo voi due?» domandò, lasciandomi andare.

Senza rialzarmi, mi allontanai. Mio zio teneva ancora Ashraf per il braccio. Non riuscivo a parlare, ma potevo indicare. Lui la guardò per la prima volta e finalmente capì, facendo un passo indietro quando la confusione si trasformò in paura. La bocca di mia sorella si piegò in un sorriso. E io capii cosa aveva intenzione di fare. Mio zio era alto e forte. Qualunque cosa avesse preso Ashraf, avrebbe fatto lo stesso con mio zio e poi con me, infine sarebbe tornata all'accampamento e ci avrebbe presi tutti, uno per uno.

Sussurrai una preghiera senza parole e cercai a tentoni il coltello, mezzo sepolto nella neve.

«Druj», sibilò mio zio.

Druj.

Non ne avevo mai visto uno, ma avevo sentito parlare di loro quando le braci negli accampamenti si andavano spegnendo. Di come venissero dal nord in un'ondata senza fine, cose non-morte con spade di ferro e ombre il cui tocco significava la fine. Di come alcuni, quelli chiamati *spettri*, indossassero i corpi degli uomini, facendo diventare i loro occhi neri come i crepacci più profondi...

In un movimento confuso troppo veloce da seguire, Ashraf abbatté al suolo mio zio e fu a cavalcioni sul suo petto, la bocca spalancata a rivelare gengive nere. Un vapore oscuro le usciva dalla gola. Strisciava verso mio zio. Il coltello tremò nella mia mano.

«Ashraf», la implorai, mentre le lacrime si congelavano sulle mie guance, ma non mi mossi. Avevo troppa paura.

Avrebbe preso possesso di mio zio se il bordo non avesse ceduto. Ci fu uno schiocco fragoroso e il ghiaccio si inclinò. E quindi Ashraf si trovò a scivolare nel vuoto. Mi morsi la lingua e sentii il sapore del sangue mentre una piccola mano si aggrappava all'argine.

Sopra il rumore del vento, mi sentii chiamare da una voce esile. «Nazafareen.»

Strisciai verso di lei, singhiozzando e tremando.

Ashraf penzolava in mezzo alla neve mulinante. «Ti prego, Nazafareen, aiutami. Sto scivolando...»

La guardai in faccia e, per un secondo, rividi mia sorella. Solo una ragazzina di sette estati. Sembrava così piccola e fragile contro l'oceano di oscurità sottostante. «Ti prego, Nazafareen», mi chiamò di nuovo, e questa volta la voce era la sua, dolce e acuta. E spaventata.

Da qualche parte dietro di me, il cane ululava e ululava.

Come avrei potuto lasciarla morire?

Le afferrai la mano e cominciai a tirarla su. Fu allora che con l'altro braccio saettò verso l'alto e mi afferrò i capelli. Avevo ancora il coltello, ma non avrei potuto usarlo su di lei. Neanche per salvarmi la vita. Così non capii quando la lama affondò nella sua gola.

Mi guardai la mano, intontita. Il coltello era ancora lì. Era quello di mio zio a essere conficcato nella carne di Ashraf. Lei si scosse una volta, due. Le dita simili ad artigli mi lasciarono andare.

Guardai mentre la cosa che aveva preso mia sorella precipitava nelle tenebre.

2

W ater Dog!»

Misi da parte la pentola che avevo appena finito di pulire e ne presi un'altra dalla pila, non curandomi neanche di guardare su. «Molto divertente», dissi. «Andremmo molto più veloci se tu facessi la tua parte invece di prendermi in giro.»

Mio fratello Kian si abbassò sulle cosce. «Non ti sto prendendo in giro. Da' un'occhiata.»

Sospirai e mi tolsi i capelli dal viso. Un momento dopo, ero in piedi, schermandomi gli occhi con una mano. Due figure a cavallo si facevano strada lungo la collina erbosa. Indossavano tuniche scarlatte e qarha dello stesso colore che si avvolgevano intorno alle loro teste, lasciando visibili solo gli occhi.

Da ogni parte, le persone emergevano dalle tende in pelle di capra per vedere cosa stesse accadendo. Tensione ed eccitazione risuonavano nel clan FourLegs mentre le figure tiravano le redini.

«Sono davvero Water Dog», sussurrai.

«Nessun altro indossa il rosso», rispose Kian.

Non avevo mai visto i Water Dog, prima. Tutto ciò che sapevo su di loro era che servivano il Re e che cacciavano i Druj: spettri, lich, revenant. Come quello che aveva ucciso mia sorella un anno prima. Avvertii un moto di amarezza.

Siete arrivati troppo tardi, avrei voluto urlargli contro. *Siete arrivati troppo tardi per fare del bene.*

«Muoviti.» Kian mi afferrò la mano. «Andiamo a vedere perché sono qui.»

Corsi lungo la discesa con lui, l'ormai familiare rabbia che mi bruciava nello stomaco. Nessuno incolpava mio zio per ciò che aveva fatto, neanche io. Una volta che uno spettro prende possesso di qualcuno, non può essere scacciato. Usa le sue vittime fino a quando la persona non cade morta per la fame o il freddo o la mera stanchezza. E quindi ne troverà un'altra. Ashraf era al di là di ogni salvezza. Tutti lo sapevano.

Eppure continuavo a vedere il suo volto nei miei sogni. Ancora la vedevo cadere nell'abisso, notte dopo notte, per mesi dopo la sua morte.

Almeno pregavo che mia sorella fosse morta. Il suo corpo non era mai stato ritrovato.

«Gente del clan Four-Legs!» Il primo cavaliere si tolse il qarha. Era giovane, solo di qualche anno più grande di me.

«Sembra un barbaro», disse sottovoce mio fratello.

Non avevo mai visto un barbaro, ma questo Water Dog aveva capelli color del rame e occhi grigi. Era una combinazione azzeccata. Aveva un'aria di calma autorità, impressione accentuata dal sigillo reale – un grifone ruggente in un cerchio – ricamato sulla tunica scarlatta.

«Veniamo in nome di Re Artaxeros II e Jaagos, Satrapo di Tel Khalujah», disse il giovane in una voce squillante che raggiunse anche le estremità della folla raccolta. «Siamo venuti a chiedere chi di voi desideri servire il Sacro Padre come Water Dog. Solo chi è tra i dodici e i sedici anni è idoneo al test.»

Nessuno parlò. Raramente vedevamo forestieri e avevamo un innato sospetto verso chiunque non fosse della linea di sangue del clan Four-Legs per almeno una dozzina di generazioni, non importava quali distanti autorità dichiarassero di rappresentare.

«Le vostre famiglie saranno ben ricompensate.» Prese una borsa di monete e la scosse.

Un mormorio si diffuse tra gli spettatori. Molti di noi erano poveri, se si misurava la ricchezza in oro e argento. L'unica fonte di sostentamento della mia famiglia era rappresentata dagli animali. Scambiavamo latte e formaggio, e mia madre utilizzava la lana per tessere scialli che poi vendevamo al mercato di Tel Khalujah due volte all'anno. Una borsa di monete di quelle dimensioni rappresentava più denaro di quanto ne avremmo guadagnato in un decennio.

«Cosa significa essere un Water Dog?» I suoi occhi vagarono su quel mare di volti, fermandosi su quelli vicini alla mia età. «Significa che difenderete gli innocenti, proteggerete i deboli, punirete i malvagi. Sarete la mano del Sacro Padre e difenderete i confini settentrionali dai Druj. E, sì, userete i daeva per farlo.»

«Demoni per cacciare demoni», mormorò qualcuno.

Ero molto confusa su cosa fossero esattamente i daeva. I ragazzi più grandi sostenevano che fossero Druj anche loro, e che avessero dei poteri magici.

Non capivo come i Water Dog potessero controllare creature del genere, ma a quanto pareva in qualche modo ci riuscivano.

«Chi ha il coraggio di fare un passo avanti?» domandò il Water Dog. Il suo compagno aspettava sulla sella, il qarha ancora stretto sul volto. Qualcosa nella sua figura mi suggeriva che fosse una donna. «Testeremo chiunque vorrà provare. Sarò chiaro: non siamo qui per reclutare con la forza. Questo non è un fardello, ma un onore. Non c'è posto per i codardi tra le nostre file.» Quel commento provocò del brusio tra la folla.

Il Water Dog alzò una mano. «Non intendevo offendere. Il popolo dei Four-Legs è conosciuto per essere tra i più duri e forti dell'impero. Come potreste altrimenti adattarvi a vivere in queste terre inospitali? Siete i discendenti del grande eroe, Fereydun. Spero solo che il suo sangue non si sia indebolito.»

Osservai gli occhi di mio padre. Era in piedi con le braccia incrociate, il cappello di feltro spinto sul capo. La sua espressione era indecifrabile.

Quindi un ragazzo si fece avanti. «Voglio affrontare la prova», disse.

Il fermento tra il pubblico aumentò. Altri due ragazzi si avvicinarono ai cavalieri, stretti uno all'altro. Sorridevano nervosamente.

«Nessun altro?» Gli occhi del Water Dog scandagliarono la folla. Passarono su di me senza fermarsi, anche se indugiarono per un momento su Kian. Mio fratello abbassò lo sguardo. «No? Allora cominceremo la prova.»

Iniziò a dirigere la cavalcatura verso la pendice.

Demoni per cacciare demoni.

Il mio cuore batteva più velocemente. Non sapevo cosa volesse dire, ma di colpo vidi un modo per far smettere allo spirito inquieto e furioso di Ashraf di tormentarmi.

Uccidere i Druj.

Avrebbe significato abbandonare la mia famiglia. Il mio clan. Se fossi stata scelta, avrei potuto non vederli mai più. E, nel nostro mondo, quei legami significavano tutto. Se la comunità allontanava una persona, questa era come se fosse morta. Accadeva solo per crimini gravi come la violenza o l'omicidio, cose rarissime tra la mia gente. Ma, quando succedeva, il colpevole diventava un fantasma. Il suo nome non veniva più pronunciato.

Andarsene non era proprio la stessa cosa, nonostante anche quello fosse un evento raro. C'era il clan Four-Legs e poi c'era la gente tenera e grassa oltre le montagne. Solo il primo contava.

Ti prego, Nazafareen, aiutami...

Eppure sapevo nel mio cuore che Ashraf non mi avrebbe mai lasciato in pace. Non fino a quando non l'avessi vendicata.

«Aspettate!» Feci un passo in avanti. «Desidero affrontare la prova.»

Il Water Dog mi guardò a malapena. «Vieni con noi, allora.»

Avvertii gli sguardi della folla mentre seguivamo i due cavalieri verso la tenda che avevano requisito. Kian era pallido per lo shock, ma non provò a fermarmi. Né lo fece mia madre, che torceva lo scialle con le mani segnate dal tempo. Non avrebbero potuto. Mi ero offerta volontaria e avrei affrontato la prova, che i miei genitori lo volessero o meno.

Uno a uno, fummo convocati nella tenda. Mi abbassai a terra, cercando di non agitarmi, gli occhi degli altri volontari su di me, roventi e sprezzanti. Fui l'ultima a essere chiamata. Quando venne il mio turno, entrai a testa alta, nonostante mi aspettassi di fallire in qualunque prova avessero ideato. Sapevo come usare un arco o un coltello, ma non avevo mai maneggiato altre armi.

Il Water Dog che aspettava all'interno era quello con l'aspetto da barbaro. Portava una spada al fianco e mi domandai se combattere con lui facesse parte della prova. In tal caso, il mio destino era segnato. «Il mio nome è Ilyas», disse. «Qual è il tuo?» Glielo dissi.

«Nazafareen», ripeté. «Voglio che indossi questo e che mi dica cosa senti.»

Mi mise un bracciale d'oro intorno al polso. Notai che anche lui ne aveva uno.

L'oro era caldo contro la mia pelle, ma era tutto.

«Chiudi gli occhi», mi ordinò gentilmente Ilyas.

«Lascia che la tua mente vaghi libera.»

La fai facile, pensai, ripulendomi dal sudore sui palmi.

Chiusi gli occhi. Passò un minuto. Cominciai a diventare impaziente. La gamba mi faceva male. Un crampo, immaginai, flettendo il piede nudo con una smorfia.

«Cos'è stato?» domandò Ilyas.

«Niente.»

«Dimmelo.»

Non era una richiesta.

«Solo dolori della crescita. È così che li chiama mia madre.»

«Dove?»

Mi toccai il polpaccio. «Qui.»

Ilyas sorrise. Tirò su la gamba del pantalone. C'era una brutale ferita in via di guarigione. «Sono caduto due settimane fa. La gamba è finita su una roccia.» Lo guardai, senza capire cosa intendesse.

«È la mia ferita quella che stai sentendo, Nazafareen», spiegò.

«Oh.» Aggrottai le sopracciglia e mi strofinai il polpaccio. Era una strana sensazione. Un dolore mio e, al tempo stesso, non mio.

«Hai il dono. Solo uno su mille ce l'ha. Questi», disse, indicando l'oggetto intorno al mio polso, «sono bracciali. Quando due esseri umani li indossano, c'è un certo grado di empatia se chi li ha è dotato. Quando invece li mettono un uomo e un daeva... be', è più intenso.» Sembrava molto soddisfatto di sé. «Tu sei la prima che abbiamo trovato dopo parecchio tempo.» «Che succede ora?» domandai.

«Ti portiamo a Tel Khalujah. Al palazzo del satrapo. Quella sarà la tua nuova casa.» I suoi occhi grigi si fecero seri. «Sei sicura di volerlo? Non è una vita facile, non ti mentirò al riguardo.»

«Va bene», dissi. «La mia vita non è facile comunque.»

Lui rise. «Immagino di no. Andiamo, lasciami parlare con tuo padre.»

«Ilyas?» Il suo nome fuoruscì in modo strano dalla mia lingua. «Cosa sono i daeva? Sono davvero Druj?»

«Sì, sono Druj. Ma sono Druj domati. Il magus te lo spiegherà.» Sorrise. «Stavamo quasi per non passare da queste parti. Zohra pensava che avremmo dovuto aggirare le montagne. Quindi abbiamo visto un gregge di capre e lo abbiamo seguito. Forse il Sacro Padre voleva che ti trovassimo.»

Feci il segno della fiamma, le prime due dita della mano sinistra a sfiorare la fronte, le labbra, il cuore.

Buoni pensieri, buone parole, buone azioni.

Ilyas annuì in segno di approvazione. «Siamo la luce contro l'oscurità. Non dimenticarlo mai, Nazafareen.»

3

Saremmo partiti il giorno seguente. Gli esploratori diedero ai miei genitori una borsa d'argento. All'inizio, mio padre la rifiutò. Così diedi il denaro a Kian e gli feci promettere di nasconderlo fino a quando non ce ne fossimo andati.

Mia madre mi avvolse nel suo scialle preferito, un bellissimo oggetto ricamato con monete di rame sonanti, e mi abbracciò stretta. Le mani erano sporche di tintura, le guance ruvide e raggrinzite per via del vento impietoso. Non era mai stata una donna sentimentale e mi accorsi che non avrebbe cominciato quel giorno.

«Tienilo», mi disse. «Non dimenticarti mai da dove provieni. Non dimenticare che sei del clan Four-Legs. E prova a non farti ammazzare.»

«Non succederà», risposi. «E saranno i Druj a morire.»

Lei fissò lo sguardo su di me. «Spero che sia così. Ora vai, prima che tuo padre faccia qualcosa capace di far abbattere l'ira del satrapo su tutti noi.»

Nessuno abbandonava mai il clan. Ero la prima. Dava una strana sensazione cavalcare dietro Ilyas, lasciare alle mie spalle le tende e i volti familiari. Avevo sempre odiato l'odore delle capre. Ora già mi mancava.

Cinque giorni dopo, ebbi il primo scorcio di Tel Khalujah. Uscimmo da uno degli alti passi e la città si incastonava ai piedi delle colline in basso, le cupole e le guglie del palazzo del satrapo al centro. Mia madre e mio fratello erano stati al mercato lì, ma io ero sempre stata lasciata indietro, non importava quanto li implorassi e mi imbronciassi.

Era la cosa più grandiosa che avessi mai visto, anche se ciò non voleva dire molto, dato che il mio intero mondo fino a quel momento era stato o le montagne o le Salt Plains. Non avevo mai messo piede in una casa, figuriamoci viverci dentro.

«Prima andrai dal magus», mi informò Ilyas. «Risponderà alle tue domande. Quindi potrai scegliere un letto negli alloggi dei novizi.»

Annuii, sentendomi improvvisamente spaventata. E se Ilyas si fosse sbagliato? Cosa mi avrebbero fatto qualora avessero scoperto che non avevo il dono? Mi avrebbero rimandato dal mio clan nella vergogna. Immaginai i volti compiaciuti dei volontari che avevo battuto.

E se invece lo avessi avuto? Non sapevo neanche cosa fosse, non proprio. Né Ilyas né l'altro Water Dog, Zohra, mi avevano detto nulla durante il viaggio. Li avevo sentiti parlare, ma non ero stata capace di capire metà di ciò che veniva detto. Era come se vivessero in un altro mondo. Un mondo in cui stavo per essere spinta.

Il mio stomaco si contrasse mentre cavalcavamo verso i cancelli.

Le guardie fecero il segno della fiamma e ci fecero cenno di passare. Il palazzo del satrapo era fatto di legno e marmo. Persino i servitori che trasportavano l'acqua nel cortile erano vestiti molto meglio di me. Le donne del clan indossavano strati di gonne dai colori vivaci e bei foulard, ma io preferivo i pantaloni larghi e le tuniche dei ragazzi. Dalla morte di Ashraf, ero stata una creatura sporca e selvaggia, persino mia madre aveva rinunciato alla speranza di domarmi. Ora mi trovai a desiderare di aver almeno sistemato i capelli prima di partire. Presi lo scialle di mia madre e me lo avvolsi intorno alle spalle. Il suo odore – fumo di legna e il grasso di pecora che usava sulle sue trecce – mi fece sentire un po' meno sola.

Mi portarono subito al tempio del fuoco. Quello almeno era qualcosa di familiare. Il clan Four-Legs seguiva gli insegnamenti del Profeta Zarathustra, anche se noi accendevamo i nostri fuochi sotto il cielo aperto.

Era una semplice camera di pietra con un braciere che ardeva nel centro. Il magus era inginocchiato di fronte a esso. La sua testa non si voltò quando Ilyas mi condusse dentro e mi lasciò lì senza dire un'altra parola. Rimasi ferma per un momento, incerta sul da farsi. Il silenzio si allungò. Alla fine, camminai in avanti e mi unii a lui, abbassando il capo in preghiera.

Dammi la forza e la saggezza, Padre. Mostrami la giusta via.

«Qual è il tuo nome, bambina?»

«Nazafareen.»

«Quanti anni hai?»

«Tredici», risposi. «Quasi quattordici.»

«Perché ti sei offerta volontaria per i Water Dog?»

«Io...»

La mia mente si svuotò. Conoscevo la risposta, ma non volevo raccontare al magus di Ashraf. Non volevo dirgli dell'odio nel mio cuore. Di come per le cinque notti di viaggio attraverso le montagne avessi sognato di uccidere esseri senza volto. Di colpirli con la spada mentre un'altra creatura senza volto – il mio daeva? – rideva al mio fianco.

Forse perché, sotto quella sete di vendetta, ero impaurita. Terribilmente impaurita. I mostri erano reali e gli adulti avevano fallito nel tentativo di salvarci da essi. Solo i Water Dog potevano farlo. Era il mio segreto – l'unica cosa rimastami a essere davvero mia – e non volevo condividerlo con uno sconosciuto.

Il silenzio si allungò di nuovo. Faceva troppo caldo nel tempio e potevo sentire rivoli di sudore colarmi lungo le costole. Il magus aspettava.

«Per servire?» riuscii finalmente a dire.

«Lo dici come se fosse una domanda. Perché desideri essere una Water Dog?»

«Per servire», ripetei, questa volta con più fermezza.

«Per servire chi?»

«Il Re... il Re e il Sacro Padre.»

«Ah.»

Potevo sentire i suoi occhi su di me.

«Sai cos'è il legame?»

«È...» Le mie spalle si afflosciarono. «No. Non proprio.»

«È una responsabilità», disse, tirandomi su il mento. «Una grande responsabilità.»

Devo ammettere che rimasi delusa quando lo vidi. Non aveva affatto l'aspetto di un buon magus, o almeno non l'aspetto che la mia mente di bambina si aspettava da un buon magus. Non aveva una lunga barba bianca. Sembrava fin troppo giovane, più o meno della stessa età di mio zio. Ma i suoi occhi castani erano gentili.

«Cosa sai dei daeva?» mi domandò.

«Sono malvagi», risposi immediatamente. Quello era un terreno sicuro. «Demoni. Prima erano liberi, ma adesso sono in catene.»

«Capisci che il legame *è* la catena? Che tu ne terrai un capo?»

«Io... sì.»

Avevo una vaga nozione dell'argomento per ciò che aveva detto Ilyas e per le storie che avevo sentito, perciò non era una sorpresa.

«Dove ti hanno trovata?»

«Sono del clan Four-Legs.»

Si accorse allora dei miei occhi d'ambra e dei capelli castano chiaro. «Ne hai l'aspetto. Una nomade, dunque. Puoi abituarti a vivere sotto un tetto?»

«Sì, magus.»

Lui sospirò. «Andiamo nel mio studio. Preferirei non continuare l'intera conversazione in ginocchio.»

Non avrei saputo dire se stesse scherzando o meno, così non dissi nulla. Il magus mi condusse fuori dal tempio e, attraverso una porta laterale, nel palazzo. Strabuzzai gli occhi alla vista del mobilio di lusso, dei pavimenti impreziositi da ebano e lapislazzuli e quarzo arrivati da ogni parte dell'impero.

Raggiungemmo una piccola stanza e il magus prese posto dietro un semplice tavolo di legno. «Siediti, Nazafareen», mi disse, indicando una sedia di fronte alla scrivania.

Ci guardammo l'un l'altra per un momento.

«Ti stai chiedendo perché sono così giovane», disse il magus.

Scossi il capo e lui rise.

«Sì che lo stai facendo. Riesco a vederlo nei tuoi occhi. In verità, ho più di cento anni.»

Rimasi a bocca aperta. Non potei farne a meno.

«Il motivo per cui sembro tanto giovane è che ho avuto un legame. Un magus guerriero, anche se ormai non siamo rimasti in molti. Vedi, i daeva vivono per molto tempo. Nessuno sa per quanto. Crescono fino ad arrivare all'età adulta e rimangono così. Quando hai un legame, ti succede la stessa cosa. Se fossi già più vecchia, rimarresti così.»

Provai a comprendere. «Quindi sarei... immortale?» Il pensiero mi scioccava nel profondo. Non riuscivo a decidere se fosse una benedizione o una maledizione.

«Non immortale, ma qualcosa che ci va molto vicino. Avrai un po' della forza e della capacità di guarire del tuo daeva.» Il magus appoggiò le spalle allo schienale. «Ma puoi sempre morire di una morte violenta e molto probabilmente lo farai. Alla fine. La vita di un Water Dog non è una vita tranquilla.» Sorrise gentilmente. «Ecco perché ce ne servono di nuovi.»

«Sì, magus.»

«I daeva qui sono cresciuti con un legame dalla nascita. Come noi, seguono la Via della Fiamma.» Premette i palmi sulla scrivania e si piegò verso di me. «Abbiamo bisogno del loro potere, Nazafareen. I Druj si agitano al nord, i lupi di Eskander sono alla nostra porta a ovest. Se la guerra arriverà – *quando* arriverà –

avremo bisogno dei daeva per tenere entrambi lontani dalle nostre gole.» Il magus sospirò. «Ma una novizia non dovrebbe preoccuparsi di questo. Immagino che tu non sappia leggere.»

Scossi il capo. Non avevo idea di chi fossero Eskander e i suoi lupi, ma per me non era una novità che i Druj fossero in fermento.

«Faremo a memoria, allora», disse il magus. «Spero che almeno tu abbia imparato un po' della nostra storia.»

Il tono era amichevole, eppure mi sentivo ancora come una selvaggia. «Sì, un po'.»

«Dimmi ciò che sai e io ti dirò quanto c'è di vero», rispose lui, sorridendo.

Di nuovo, la mia mente si svuotò. «Un sacco di tempo fa ci fu una guerra», dissi velocemente. «Tutti stavano per morire, quando ecco che arrivò il Profeta Zarathustra e mise a posto le cose. I daeva erano malvagi, ma ora servono noi.»

Il magus rise. «Questa è la versione breve, sì. Due secoli fa, i Druj si riversarono dal nord in numeri mai visti prima. Servivano la Regina Neblis e i suoi negromanti. Anche i daeva combatte-vano tra le loro file e le città-stato vennero presto sopraffatte. Morirono a migliaia. E quindi, nella nostra ora più buia, il Profeta ricevette una visione dal Sacro Padre. Gli mostrò il segreto per realizzare le catene. Una volta legati i daeva, li costringemmo a combattere con noi invece che contro di noi. Le sorti cambiarono. I Druj furono ricacciati indietro. E l'impero fu unificato sotto Re Xeros I.» «Cosa accadde a Neblis?» domandai.

«Lei ancora regna a Bactria, ma su una terra spoglia e deso-lata. Da quando abbiamo intrappolato i suoi cugini, non ha osato tentare un'altra invasione.»

«I suoi cugini?»

Il magus batté le palpebre sui suoi occhi da gufo. «Neblis è una daeva. Pensavo lo sapessi.»

Scossi il capo. Non lo sapevo, ma immaginai che avesse senso. Se lei era ancora viva, di certo non poteva essere umana.

«Possiamo non essere in guerra, ma i Druj di tanto in tanto

superano i nostri confini a nord ed è compito dei Water Dog abbatterli e mantenere la popolazione al sicuro.» Il magus si strinse le mani. Aveva dita lunghe, eleganti. A differenza delle mie, le sue unghie erano molto pulite.

«Avrebbero dovuto ucciderla», dissi, rabbuiandomi. «Lasciarla vivere fu una follia.»

«Lo pensi davvero, bambina?» Il magus sollevò un sopracciglio. «Quelle terre stavano già sanguinando da migliaia di ferite. Il Re fece ciò che qualunque capo intelligente avrebbe fatto. Creò unità. Xeros espanse l'esercito e insediò i satrapi per assicurarsi la lealtà delle province. Quindi si preparò a costruire un impero. Strade, città, irrigazione. Immagino che tu saresti corsa a Bactria con qualche daeva, lasciando i confini sguarniti. Perché non mandare ai barbari un invito formale, allora?»

Mi agitai un po' sulla sedia, nonostante il suo tono fosse pacato.

«Ora, ascolta. Avevi ragione su un punto. I daeva *sono* malvagi, ma la loro magia è diversa da quella degli altri Druj», spiegò il magus. «È quella che chiamiamo *magia naturale*, mentre i revenant, gli spettri e via discorrendo usano la negromanzia. È un argomento complesso ma, in poche parole, i daeva traggono potere dagli elementi: aria, acqua, terra, ma non dal fuoco. La loro natura da Druj respinge le sacre fiamme. Se provano a utilizzare il fuoco, quello li uccide. Ma guariscono anche da ferite che sarebbero fatali per un uomo e lo fanno velocemente. Ecco perché sono dei buoni soldati.»

Annuii, cercando di memorizzare tutto, ma mi sentivo travolta. Non avevo idea di cosa fosse la negromanzia né di come funzionasse davvero. Non per la prima volta, mi domandai in cosa mi fossi cacciata. A differenza di mio fratello Kian, che parlava lentamente ed era cauto per natura, tendevo a lanciarmi nella prima linea d'azione che mi veniva in mente, un'abitudine che mi aveva fatto finire in risse o peggio. *Avventata* era la parola che mio padre usava più spesso, anche se la pronunciava con una punta di orgoglio. Mia madre preferiva l'espressione *cervello di capra*.

«Non c'è bisogno di specificare che tu e il tuo daeva diventerete intimi», continuò il magus. «Il legame è un dono molto speciale. Ma tu non devi mai dimenticare cosa sono.»

«Druj», sussurrai. Quella singola sillaba mi mandò un brivido di paura attraverso le viscere.

«Sì, Druj. Tu servirai il Sacro Padre, quindi il Re, poi il satrapo. A loro devi la tua lealtà. Non conta nient'altro. Lo capisci?»

«Sì, credo di sì.»

«Bene. Ilyas si farà carico del tuo addestramento. Di solito abbiamo una dozzina di novizi, ma tu sei la prima dotata che gli esploratori sono riusciti a trovare in più di un anno. Avrai dei compiti da svolgere al mattino, seguiti dall'allenamento con le armi. Al pomeriggio, farai rapporto a me. Quindi di nuovo faccende. Hai domande?»

Ci pensai su. «Sì. Per quanto tempo sarò una novizia?»

«Il periodo normale è di quattro anni.»

«E quando avrò... quando...»

«Sarai legata al tuo daeva? Non fino a quando non deciderò che sei pronta.»

«Dove vado adesso?» chiesi.

«Gli alloggi dei novizi sono vicini alle stalle. Ci sono molti letti liberi, puoi scegliere quello che preferisci. Sta' solo lontana dal fiume. Lì è dove ci sono gli alloggi dei daeva.»

«Quali saranno i miei compiti?»

«Quasi sicuramente comincerai dalle cucine. Vai, bambina.» Mosse la mano per licenziarmi. «Ilyas si prenderà cura di te. Lo troverai nel cortile di addestramento.»

Vedevo che la sua pazienza si stava assottigliando, ma non volevo vagare a vuoto e perdermi. «Dov'è il cortile di addestramento?»

«Tra gli alloggi e le stalle. Prendi la strada da cui sei venuta.»

Seguii le sue indicazioni fino ad arrivare a un cortile polveroso. Ilyas non era lì, così mi avventurai nelle stalle. Mi piaceva cavalcare e mi domandai se mi avrebbero dato una cavalcatura al momento di diventare un Water Dog. Il caldo odore di animali all'interno mi fece ripensare a casa. Camminai lungo le stalle, ammirando i cavalli del satrapo. Non pensavo ci fosse qualcun altro, così sobbalzai quando un giovane apparve all'improvviso, portando una giumenta marrone.

Guardò nella mia direzione, la sua espressione più curiosa che ostile, eppure mi sentii un'intrusa. Aveva corti capelli dorati che si arricciavano alla fine e una forma sinuosa ma muscolosa. Immaginai che avesse circa vent'anni. Non avevo mai incontrato nessuno − maschio o femmina − così bello. Era quasi assurdo. Quindi fece un passo verso di me e io capii che la sua gamba era piegata a una strana angolazione. Un piede equino.

«Ciao», disse. «Sei la nuova recluta?»

Annuii. «Sto cercando Ilyas. Lo conosci?»

Sembrò divertito. «Lo conosco.»

Sentii le guance diventarmi calde. Certo che conosceva Ilyas. Viveva lì. Notai quindi la sua tunica blucielo, identica a quella di Ilyas in ogni aspetto, salvo per il colore.

«Anche tu sei una recluta?» domandai.

«I novizi indossano il grigio», mi spiegò. «Il mio nome è Tommas.»

«Sei un Water Dog, quindi?» chiesi, confusa.

I suoi occhi, verdi come un prato in primavera, si oscurarono. «Sì.»

Stavo per aprire la bocca per domandargli perché non indossasse il rosso, quando Ilyas entrò nelle stalle.

«Vedo che hai incontrato il mio daeva», mi disse, ignorando completamente Tommas.

Feci un passo indietro. Non avevo potuto farne a meno. Il suo *daeva*? Non ero sicura di cosa aspettarmi. Delle corna e una coda biforcuta, forse. Una creatura brutta fuori quanto lo era dentro. Ma a quanto pareva erano proprio come noi.

Tommas annuì a Ilyas e condusse il cavallo oltre di noi, verso il cortile. Si muoveva con una grazia stupefacente nonostante la sua infermità. Come un animale. Un predatore. Il ghiaccio mi percorse la schiena.

«Vediamo di cosa sei fatta», disse Ilyas. «Prendi una spada d'allenamento da uno di quei barili.»

Non avevo mai impugnato una spada prima, neanche una di legno. Era più pesante di quanto mi aspettassi.

«Divarica i piedi», disse Ilyas. «La gamba destra in avanti.»

Feci come mi era stato ordinato. Alcune delle serve avevano interrotto le loro faccende. Metà di loro stava guardando Tommas sellare il cavallo. L'altra metà stava ridendo di me.

«Lama in alto», disse Ilyas.

Sollevai la spada e lui la allontanò di lato con la mano.

«In alto e ferma!»

La sollevai di nuovo e questa volta la tenni con fermezza quando Ilyas provò a togliermela.

Ilyas raccolse una spada da addestramento dal barile. «Oggi, tutto ciò che voglio da te è che la tieni in mano.»

Annuii, i muscoli tesi. Un momento dopo, la mia spada stava volando in aria. Ilyas aveva fatto scattare il polso quasi casualmente come se stesse schiacciando una mosca e, di colpo, la mia spada non era più lì.

«Raccoglila», mi ordinò con calma.

Ubbidii.

Mi disarmò ancora. Ancora e ancora. Raccolsi la spada. Le ragazze stavano ridendo apertamente fino a quando Ilyas non si avvicinò a loro e disse qualcosa a voce troppo bassa perché potessi sentire. Si sparpagliarono come un gruppo di galline.

Per quando il sole stava tramontando, riuscivo a malapena a sollevare le braccia. Ma mi rifiutavo di mollare. Ilyas non mi avrebbe spezzato tanto facilmente. Ero del clan Four-Legs.

Quando vide che ero sul punto di crollare, Ilyas mi diede una pacca sulla spalla e sorrise. «Sei andata bene, Nazafareen. Ci vediamo al tempio del fuoco per le preghiere del mattino. Ti daranno da mangiare nelle cucine. Ti ho lasciato delle tuniche da novizio nei dormitori.»

Annuii, di colpo troppo stanca per parlare. Mentre mi incamminavo verso il palazzo, mi chiesi cosa stesse facendo la mia famiglia in quel momento. Probabilmente erano seduti intorno al fuoco, a ridere e a parlare mentre i cani imploravano per avere gli avanzi.

Avevo donato il cucciolo di Ashraf a qualche cugino lontano. Non riuscivo a sopportare di guardarlo. Se le avessi permesso di tenere quella cosa maledetta, mia sorella sarebbe stata ancora viva.

❧ 4 ❧

Divenne presto chiaro che quasi tutti nella struttura del satrapo mi considerassero una selvaggia. Non ero abituata a mangiare a tavola e le mie goffe maniere erano una grossa fonte di intrattenimento per le serve. Facevano finta di annusare l'aria quando entravo nelle cucine, quindi alzavano i nasi per il disgusto. Non avevo mai capito la repulsione che la maggior parte della gente avesse per i nomadi.

Gli unici che mi trattavano da essere umano erano Ilyas e Tommas, e il magus. Gli altri Water Dog trascorrevano gran parte del tempo in pattuglia e all'inizio ne incontrai pochi. Alla fine, riuscivo a tenere la spada tra le mani mentre Ilyas si accaniva su di me, ma le prime settimane furono una pura e semplice sofferenza. Ogni notte sognavo Ashraf. A volte era il mio coltello a trovarsi nel suo collo. Quei sogni erano i peggiori e mi svegliavo tremante nell'oscurità degli alloggi deserti.

Mia sorella aveva un conto in sospeso con me, era evidente.

Così io accendevo un mozzicone di candela e aspettavo l'alba (provare a riaddormentarmi era inutile) e le giuravo che avrei fatto di tutto per guadagnare un posto tra i Water Dog. Per cominciare a uccidere i Druj. Ma Ashraf non era mai stata paziente – aveva solo sette anni, dopotutto – e sapevo che mi avrebbe tormentato fino a quando non avessi mantenuto la promessa.

Non ci volle molto perché imparassi a conoscere il lussuoso complesso del satrapo. C'erano due gruppi di dormitori per i Water Dog: uno per i daeva e uno per gli esseri umani. I servitori avevano i loro alloggi, come l'harem. Il tempio del fuoco, dove pregavo con Ilyas al mattino, era una semplice struttura di pietra nella parte orientale dei giardini. Secondo la nostra fede il fuoco era l'elemento più sacro, seguito dall'acqua, dall'aria e infine dalla terra. Le fiamme simboleggiavano la luce della saggezza che bandiva l'oscurità dell'ignoranza.

Ilyas si inginocchiava al mio fianco, con gli occhi serrati e le labbra che si muovevano in silenzio. C'era una strana intensità nella sua preghiera, come se cercasse perdono per qualche peccato, nonostante il suo comportamento fosse appropriato sotto tutti gli aspetti, se non proprio rigido.

«Il mondo è in una battaglia eterna tra il bene e il male», mi diceva. «Ma la guerra più importante si combatte qui.» Ilyas si toccava il petto. «Non sono i barbari e neanche i Druj che dobbiamo temere di più, Nazafareen. È il nemico che abbiamo dentro.»

Annuivo e facevo finta di capire di cosa stesse parlando. Intendeva i daeva? L'essere legati? O si riferiva alle tentazioni in generale? O a tutte quelle cose insieme? Molte volte ero andata vicina a chiederglielo, ma qualcosa nei suoi occhi grigi mi tratteneva. Come se Ilyas sarebbe stato terribilmente deluso da me se non fossi riuscita a comprendere.

Speravo che i pomeriggi passati con il magus potessero chiarire la mia confusione. Non sapevo quasi nulla. La mia gente conduceva un'esistenza isolata e i grandi meccanismi dell'impero significavano poco per noi. Così sedevo rigida sulla mia sedia mentre il magus mi istruiva sulla politica, sulla storia e su altri argomenti troppo noiosi da nominare. L'unica volta in cui mi rianimai fu quando parlammo dei daeva. Mi affascinavano in un modo tenebroso, come pantere viste attraverso le sbarre di una fragile gabbia.

«Solo gli Immortali – la divisione dell'esercito personale del Re – usano i daeva come una grossa forza di combattimento», spiegò il magus. «I satrapi ne hanno un piccolo contingente per i loro Water Dog, ma non troppi. Ai mercanti più ricchi e potenti ne sono concessi uno o due. I daeva significano potere, Nazafareen. Se i satrapi avessero i loro eserciti, potrebbero considerare l'idea di ribellarsi. Il Re non può rischiare una cosa del genere.»

«E i magi? Hai detto di aver avuto un legame anche tu.»

«Lo avevo.» Guardò fuori dalla finestra. «Alcuni di noi scelgono di legarsi, ma non tutti. Sempre meno, adesso. Gran parte dei magi teme troppo la corruzione.»

Avrei voluto chiedergli perché non fosse più legato, ma sembrava una domanda impertinente e, per una volta, riuscii a tenere la bocca chiusa. «Perché non provano a liberarsi?» chiesi invece.

«È impossibile. Se un daeva si azzarda anche solo a toccare il bracciale dell'umano a cui è legato soffre di un dolore fortissimo. Si può anche infliggere una punizione direttamente tramite il legame, se chi lo indossa vuole così. Ma tutti i nostri soldati daeva sono stati cresciuti nella luce. Li abbiamo addestrati per vincere la loro natura malvagia.»

«Eppure non vi fidate di loro», dissi. «Per questo sono incatenati.»

Il magus sorrise, anche se il sorriso non raggiunse i suoi occhi. «Sì. Sono pur sempre Druj. Il legame non cambia nulla.»

«Sono non-morti? Come gli spettri?»

«No. Ma non sono neanche esseri umani. Sono qualcosa di diverso.»

Pensai a Tommas. Sembrava così *bello*. «Come fate a sapere che sono Druj, allora?»

«Combattevano dalla parte dei Druj», rispose il magus con fermezza. «Temono il fuoco. Hanno poteri sacrileghi. Che altro vuoi?»

Considerai ciò che sapevo dei non-morti. Alcuni dicevano che i lich fossero le anime di assassini o di progenie tra uomini e daeva abbandonata a morire per assideramento. Qualunque cosa fossero, un singolo tocco poteva uccidere. I revenant erano un qualche tipo di soldati. Erano stati i più temuti nella guerra, dopo i negromanti, per via della loro forza e delle loro dimensioni. Erano la potenza principale dell'esercito di Neblis.

E gli spettri... be' li conoscevo. In apparenza erano come i lich, ma sapevano come strisciare dentro una persona. Non uccidevano con il tocco. Quello che facevano era peggio. Prima che la gente ne vedesse i segni – quei neri occhi a mandorla, per esempio – un singolo spettro avrebbe potuto trasformare un'intera famiglia in pochi minuti, ogni membro che uccideva e infettava il prossimo. Interi villaggi erano caduti così.

Ma i daeva erano *vivi*. Parlavano e mangiavano e ridevano come tutti noi.

«Non lo so. Da dove vengono? Che facevano prima della guerra? I daeva sono sempre esistiti?»

Il magus batté un dito, impazientemente. «Stiamo divagando rispetto all'obiettivo di questa lezione. Non c'è dubbio che provengano dallo stesso luogo da cui

proviene il resto dei Druj.»

«Cioè da dove?»

«Bactria, naturalmente.» Il magus si chinò in avanti. «Se diventerai una Water Dog, dovrai avere ben chiaro cosa stai affrontando. Capisco che i daeva che tu vedi ora sono quelli che abbiamo cresciuto nella Via della Fiamma. Ma la loro natura sostanziale è ingannevole, impura. Questo è ciò che significa la parola *Druj*, Nazafareen. Non è qualche tipo di...» Fece sventolare le mani. «... classificazione scientifica. Stiamo parlando dell'anima. L'elemento principale da ricordare, sopra ogni altra cosa, è che dovrai tenere sempre stretto il laccio, a meno che tu non sia in pericolo. Sempre.»

Ci pensai su per un momento. «Ma *possono* uccidere i Druj? Voglio dire, del tipo non-morto.»

«Oh, sì.» Mi sorrise, contento di essere tornato su un terreno familiare. «I Druj Maggiori, come i revenant, devono essere decapitati. In teoria, un uomo potrebbe farlo, ma è molto difficile. Lo stesso vale per i Druj Minori come gli spettri. Ma i lich? La loro sostanza è di ombra. Devono essere dissolti nell'aria. Solo un daeva può fare qualcosa del genere.»

«Quando sarò legata avrò anch'io quel tipo di potere?»

«No. Ma terrai il potere del tuo daeva nel palmo della mano. Non può toccarlo senza il tuo consenso.» Il magus strinse il pugno. «Quando hai bisogno che lui lo usi, tu devi solo... aprire la mano.» Fece rilassare le dita.

«Credo di aver capito. Quando avrò il mio daeva?»

Il magus sospirò. «È presto, Nazafareen. Hai ancora molto da imparare. Potrei considerare l'idea tra un anno o due.» Mi fece un cenno con la mano. «Puoi andare a dedicarti ai tuoi compiti, ora.»

Mi diressi verso le cucine, trascinando i piedi. Un altro anno a pulire pentole e a evitare i colpi del cuoco mentre le domestiche mi mandavano occhiate velenose. Una di loro aveva sputato nella mia colazione quella mattina, ma l'avevo vista e avevo fatto cadere la ciotola a terra prima che potesse darmela. Il cuoco avrebbe voluto picchiarmi. Quindi era arrivata una ragazza dell'harem a chiedergli dei dolciumi e lo aveva distratto abbastanza perché potessi sgattaiolare via. Ma sapevo che non se ne era dimenticato.

Decisi che avrei rischiato di fare tardi e ricevere un pestaggio peggiore e mi fermai agli alloggi per chiedere a Ilyas se avessi potuto svolgere il mio turno alle stalle.

La sua porta era aperta. Ilyas era in piedi alla finestra, a guardare Tommas che si allenava con un altro daeva nel cortile. Erano tutti e due ricoperti di sudore, i loro movimenti quasi troppo veloci per essere seguiti con la vista. Feci un piccolo rumore per far sapere a Ilyas che ero lì. Si girò di scatto, con un'espressione quasi colpevole sul viso. Si addolcì quando mi vide.

«Nazafareen. Hai bisogno di qualcosa?»

«Sì. Non voglio più lavorare nelle cucine.»

«Perché no?»

«Mi trattano come se fossi una barbara.»

Ilyas si irrigidì.

«Non volevo offendere», mi affrettai ad aggiungere. «Non sei...»

«Un barbaro? No, ma mia madre lo era.» Si toccò i capelli rosso-dorati. «Ho i suoi tratti, anche se mio padre è il Satrapo Jaagos.»

Lo aveva detto con leggerezza, come se non importasse. Non lo avrei mai immaginato. Le nobildonne del palazzo indossavano i veli, ma avevo visto la sposa del satrapo nei giardini. Aveva capelli lunghi e scuri. Nessuno in tutta Tel Khalujah aveva la colorazione di Ilyas.

«Tuo padre è il satrapo?» domandai cautamente.

«Mi ha portato con sé dopo una delle campagne nel Middle Sea. Contro il padre di Eskander. Ero solo un neonato.»

Di nuovo quel nome. «Chi è Eskander?»

Ilyas rise. «Il magus non ti ha insegnato niente?»

Provai a non offendermi come una bambina per il suo tono sbrigativo. «Cose sui daeva. Un po' di storia e di geografia. Sto imparando i nomi delle satrapie e le loro capitali. Che tipo di beni producono.» Trascinai l'alluce sul pavimento. «Non ne vedo davvero il motivo. Probabilmente non lascerò mai Tel Khalujah.»

Ilyas mi osservò. «Credi che non importi?»

Feci spallucce, intuendo che stava per arrivare una predica da parte del mio capitano.

«E che mi dici di Macedonia? Ne hai mai sentito parlare?»

«Uhm... una delle Città Libere?»

«La loro nemica, a dire il vero. E anche nostra. Eskander di Macedonia è la nuova spina nel fianco del Re. Secondo le dicerie ha offerto rifugio a qualunque daeva sia riuscito a scappare all'impero.» Ilyas si rimise gli stivali. «È un eretico. Se Eskander raggiunge i suoi scopi, noi saremo tutti cibo per gli avvoltoi.»

Il pensiero era disturbante. «Proveranno a invaderci?»

«Al momento è impegnato a catturare Atene e le altre Città Libere. Ma è solo una questione di tempo prima che i suoi occhi si rivolgano a est.»

«E gli Immortali?» dissi. «Abbiamo diecimila coppie di umani e daeva nella capitale. Nessuno può opporsi a loro.»

«Probabilmente no», ne convenne Ilyas. «E lui è un cucciolo. Ha solo diciotto anni, da ciò che ho sentito. Senza dubbio ci sono fortuna e i consigli dei generali di suo padre dietro le sue vittorie.»

Ilyas si incamminò verso la porta. Dovetti correre per mantenere il suo passo. «Allora mi passerai alle stalle?»

Mi fissò con sguardo penetrante. «Desideri lavorare sotto Tommas?»

«Non mi importa sotto chi», dissi in tutta onestà. «È solo che preferisco stare con gli animali. Le serve e i cuochi mi detestano e non c'è niente che io possa fare per cambiare questa cosa.»

Ilyas si fermò e vidi empatia nella sua espressione. Mi venne in mente che doveva sapere cosa volesse dire essere un forestiero. Essere odiato per il modo in cui si appariva.

«Farò in modo che sia così», rispose infine, camminando nel cortile d'addestramento e afferrando una lancia dalla rastrelliera. «Tommas!» gridò.

Il daeva di Ilyas si deterse il sudore dalla fronte e si avvicinò. L'estate era arrivata a Tel Khalujah e faceva molto più caldo di quanto fossi abituata nelle montagne. C'era un posto in cui eravamo soliti nuotare nel fiume, una pozza profonda con delle rocce da cui tuffarsi. Immaginai mio fratello e gli altri ragazzi ridere e gridare, quel momento sublime di assenza di peso prima dell'impatto con l'acqua, e provai una punta di nostalgia di casa.

«Nazafareen passa alle stalle», disse Ilyas. «Mi aspetto che tu la renda utile.»

Tommas annuì. «Puoi cominciare oggi, se vuoi.»

«Mi sono già occupata di cavalli», risposi velocemente. «Non ti sarò d'intralcio.»

«Non importa se non sai distinguere il davanti del cavallo dal retro», sbottò Ilyas, irritato. «Lui lo farà perché glielo ho ordinato io.»

Mi sentii a disagio, ma Tommas non parve offeso dal tono. Non era la prima volta in cui vedevo Ilyas cambiare atteggiamento per rimproverare il suo daeva. Nel migliore dei casi era freddamente educato. All'inizio, avevo pensato che tutti i Water Dog dovessero comportarsi così. I daeva erano Druj, dopotutto. Poi avevo visto gli altri nel cortile che scherzavano tranquillamente con i daeva a cui erano legati. Chiaramente Ilyas aveva qualche risentimento nei confronti di Tommas. Oppure avvertiva soltanto il bisogno di mantenere le distanze.

«Ritorna tra un'ora», mi disse Tommas con un sorriso.

Mentre si allontanava zoppicando, gli occhi di Ilyas lo seguirono. Per qualche ragione, in quel momento mi tornarono alla mente le sue parole.

È il nemico interiore che dobbiamo temere di più, Nazafareen.

⁂

E COSÌ TOMMAS DIVENTÒ IL PRIMO DAEVA CON CUI ENTRAI IN contatto. Si rivelò tanto alla mano quanto Ilyas era severo. Sapevo già come sellare e strigliare un cavallo, così mi mise subito a lavoro. All'inizio mi sentii intimidita a stare da sola con lui, ma Tommas continuò a farmi domande sulla mia famiglia e sulla mia vita nel clan, e presto ci trovammo a parlare come vecchi amici. Questo potrebbe sembrare strano, considerando che si trattava di un Druj. Ma io sapevo che non avrebbe potuto usare i suoi poteri senza il consenso di Ilyas e poi, anche se Tommas era inumanamente forte, vedevo dal modo in cui trattava i cavalli che c'era della gentilezza in lui, a dispetto di ciò che il magus aveva detto della sua anima.

Tommas mi raccontò di essere cresciuto nelle isole del Middle Sea, richiamando il vento per le navi mercantili. Quando la sua nave, la *Antikythera*, era stata attaccata dagli spettri,

Tommas aveva mostrato un'affinità per il combattimento, uccidendone una mezza dozzina alla tenera età di nove anni. Il suo proprietario aveva pensato che fosse adatto per i Water Dog e Tommas era stato comprato a un prezzo molto alto dal satrapo. Era legato a Ilyas da quando aveva dieci anni e Ilyas dodici.

Fu Tommas a rivelarmi che la madre di Ilyas non solo era una barbara, ma una macedone, come Eskander.

«Deve essere dura», dissi, mentre strigliavo una puledra chiazzata dalle lunghe zampe.

«Quando era piccolo fu isolato a causa dei maltrattamenti subiti dagli altri bambini», replicò Tommas. «Ma una volta diventato un Water Dog, hanno imparato a non attraversare la sua strada.»

«Il satrapo lo ha riconosciuto come figlio?»

Tommas mi lanciò un'occhiata attraverso l'acqua con cui stava riempiendo un secchio. «Te ne ha parlato?»

«Proprio oggi.»

«Sì, Jaagos lo ha trattato dignitosamente.»

«Perché è così cattivo con te?» mi lasciai sfuggire. «Ilyas, voglio dire.»

«Sei molto schietta», osservò Tommas con un sorriso sarcastico.

«Maleducata, intendi», risposi. «Mi dispiace. Mia madre dice che la mia lingua è come un cane. Fa molto casino, ma poco di esso ha senso.»

«No, puoi chiedere», disse Tommas. «Anche se non sono sicuro di conoscere la risposta. È un uomo complicato e la sua vita non è stata facile. Più di ogni altra cosa, credo che desideri dimostrare il suo valore.»

Intuii che Tommas sapesse più di quanto mi stava dicendo, ma decisi di aver messo già a dura prova la mia fortuna. «Quanti anni ha?»

«Diciannove.»

«Prega moltissimo», dissi, accarezzando il collo della cavalla. «Lo vedo sempre al tempio del fuoco.»

«Sì, è molto devoto.» Tommas mise una mano in tasca e ne trasse qualcosa. «Un regalo di benvenuto», aggiunse.

Studiai il legno intagliato nella mia mano, sentendomi felice e un po' imbarazzata. Era un pesce, le scaglie e le pinne così dettagliate che quasi mi aspettai che cominciasse a dimenarsi.

«Grazie», dissi. «Lo hai fatto tu?»

Tommas annuì. «Ti piace?»

«Moltissimo.» Avrei desiderato poter contraccambiare, ma i miei possedimenti erano pochi. Quindi ricordai qualcosa che avevo preso in fretta e furia il mattino che avevamo lasciato la catena del Khusk. «Aspetta qui.» Corsi alla porta a fianco, entrai negli alloggi e frugai all'interno della borsa in pelle di capra che avevo portato da casa.

Quando tornai, Tommas era seduto tranquillamente su una balla di fieno. «È tutto a posto», disse.

«Non devi...»

«No, voglio che lo abbia tu.» Gli offrii il regalo e i suoi occhi si illuminarono. «È la piuma della coda di un'aquila di montagna. L'ho trovata sull'orlo di un precipizio.»

Le dita sottili di Tommas passarono lungo le punte bianche come la neve, che diventavano di un marrone più scuro in cima. «L'aria è il mio elemento preferito. Questo è un tesoro. Grazie.»

Condividemmo un sorriso e io pensai che se il mio daeva fosse stato come Tommas allora non sarebbe stato tanto male essere legati, dopotutto.

☙❧

ORA CHE ERO LIBERA DALLE CUCINE, LA MIA VITA A TEL Khalujah divenne molto più serena. L'addestramento con la spada e le generose razioni di cibo misero muscoli sulle mie ossa. Mangiavamo separati dai daeva, ma imparai a conoscere gli altri Water Dog. C'erano solo altre tre coppie legate a parte Ilyas e Tommas. Erano tutti molto più anziani e affiatati tra loro perciò, quando mi giunse voce che era arrivata una nuova recluta, mi sentii al tempo stesso emozionata e sospettosa.

Ci incontrammo quando lei entrò nei dormitori e si sedette sul mio letto. Era molto carina, con la pelle scura e una moltitudine di trecce tenute insieme da un cerchio d'oro. Come me, indossava una tunica grigia, ma quella ragazza la faceva sembrare un abito adatto alla moglie del satrapo.

«Sei tu la ragazza nomade?» mi domandò.

«Mi chiamo Nazafareen», risposi, lanciandole un'occhiata che la sfidava a dire qualcosa di scortese. Non ero più la ragazza magrolina che ero stata ai tempi del mio arrivo. Sapevo come combattere con mani e piedi così come con un'arma. E non ero più capace di tollerare l'ignoranza delle altre persone.

«Nazafareeeeen... mi piace.» Sorrise. «Stella del Nord.»

«Come fai a saperlo?» Ero sorpresa. Non molti conoscevano il nostro dialetto.

«So un sacco di cose, ragazza nomade.» Aveva un accento cadenzato, musicale. «Vengo da Al Miraj. La conosci?»

Provai a ricordare la cartina che il magus teneva nello studio. «Le sabbie ardenti al sud.»

«Proprio quelle. La mia daeva si chiama Myrri.»

Avvertii una punta di gelosia. «Hai un daeva?»

«Siamo legate da quando eravamo bambine. Facciamo le cose in modo diverso ad Al Miraj.» Si rilassò sul mio letto e sospirò. «E noi non li chiamiamo *daeva* laggiù. Li chiamiamo *djinn*.»

«Ancora non me ne hanno assegnato uno», dissi, cupa.

Lei mi osservò attentamente. «Dovranno farlo molto presto. Hai cominciato ad avere il sangue?»

Arrossii un po' alla sua schiettezza, nonostante la mia gente non fosse timida su certe cose. «Sì, un po' di tempo fa.»

«Hmm, immagino che tu segua la Via della Fiamma.»

«Non lo fanno tutti? Voglio dire, tutte le persone civili?»

Lei rise. «Oh, ragazza nomade. No, abbiamo i nostri dei ad Al Miraj. Siamo stati leali nei confronti del Re dalla guerra e lui è troppo furbo per portarci via i nostri usi. Quella sarebbe la migliore ricetta per la ribellione.»

«Allora perché sei qui?»

«Mio padre è molto ricco», disse debolmente. «È un buon amico del satrapo di Al Miraj. Gli ho detto che avrei voluto uccidere i Druj e lui non mi rifiuta nulla. Così eccomi qui.»

«Ancora non mi hai detto il tuo nome.»

Lei ghignò, mostrando una dentatura candida e regolare. «Mi chiamo Tijah. Significa *spada*.»

Poi estrasse una lama ricurva che mi disse veniva chiamata *scimitarra*. Decisi proprio allora che quella ragazza mi piaceva.

«Cosa si prova a essere legati?» le domandai.

«Mi è stato detto che dipende da quanto è forte il tuo dono. È diverso per tutti.»

«Per te com'è?»

Ci pensò su per un momento. «Avverto Myrri, come se avessi un secondo corpo, ma è... spettrale. Lieve. A volte so cosa sta provando, ma non sempre.»

«Potete leggervi i pensieri a vicenda?» chiesi, temendo fortemente la risposta.

«No, niente del genere. È molto più sottile.»

«Grazie al Padre.»

Lei rise. «I tuoi pensieri sono così terribili?»

Vidi Ashraf per un istante, insanguinata e accusatoria. «A volte. Il punto è che sono miei e non voglio che nessuno vi possa rovistare dentro. Com'è, intendo Myrri?»

«Coraggiosa. Leale. È come una sorella per me», replicò Tijah. Un'ombra le attraversò il viso, ma la mascherò alzandosi in piedi e lanciando la sua borsa sul letto vicino al mio. «Così hai avuto questo posto tutto per te. Spero non ti dispiaccia un po' di compagnia.»

«Sono contenta di averne», dissi in tutta onestà.

«Da quanto sei qui?»

«Dallo scorso inverno. Hai già incontrato Ilyas?»

«Sì, ha detto che dovremo allenarci insieme. Cosa ne pensi di lui?»

«Severo ma giusto», replicai, aiutandola a scuotere il lenzuolo e a rimetterlo a posto. «Ti spinge fino ai limiti, ma non oltre. Con me è stato buono.» Abbassai la voce fino a un sussurro da pettegolezzo. «È il figlio bastardo del satrapo. Sua madre era macedone.» «Un barbaro!» esclamò Tijah, gioiosa.

«Non proprio. Sembra uno di loro, ma è stato cresciuto qui.» E quindi la mia lingua andò da sé, raccontando alla mia nuova amica tutto riguardo agli altri Water Dog e ai loro daeva.

Le dissi di Zohra, che era anche più bassa di me ma che era capace di lasciare quattro uomini ad ansimare a terra durante gli allenamenti. Di Sanova, che aveva sempre un sorriso sarcastico sul volto e che andava evitata a ogni costo. Di Behrouz, che era capace di lanciare un masso a venti passi, ma aveva la voce dolce come quella di un usignolo.

«E poi c'è Tommas, il daeva di Ilyas. È affascinante e carino, ma Ilyas è molto freddo con lui. Credo che non gli piaccia essere legato.»

«Non può semplicemente prendere un altro daeva?»

«No, il magus dice che le catene dei Water Dog sono per la vita. Non è sempre stato così, ma l'ultimo satrapo è stato sorpreso a vendere i suoi daeva al mercato nero. Ora le catene sono serrate. Solo il magus ha le chiavi.»

«Be', allora spero che tu ne abbia uno buono», disse Tijah. «Visto che sarete legati per sempre.»

Mi lasciai cadere sul letto e fissai il soffitto di legno, sentendomi di colpo un po' nauseata. «Lo spero anch'io», dissi infine.

5

Il giorno del mio diciassettesimo compleanno, il magus mi convocò nel suo studio.

Mi sedetti e aspettai mentre faceva scorrere un mucchio di carte.

Alla fine alzò lo sguardo. «Ti ho trovato un daeva.»

Rimasi immobile, respirando a malapena.

«Si chiama Darius. È stato cresciuto dai magi a Karnopolis. A quanto si dice, è ubbidiente e devoto. E potente.» Il magus sostenne il mio sguardo. «Molto potente. Il più forte da generazioni, se dobbiamo credere ai suoi custodi. Sei stata scelta perché non posso lasciarti senza un legame ancora a lungo. Ti stai avvicinando all'età in cui la tua mente diventerà troppo rigida per accettarlo, Nazafareen. E così questo è il mio dono per te. Ne sei felice?»

«Sì, magus. Molto felice.» Lo ero. Ma ero anche estremamente nervosa.

«Desideri incontrarlo?»

Il mio cuore vacillò. «È qui?»

«Nel cortile, ci sta aspettando. Oh, già, la sua maledizione è il braccio sinistro avvizzito. Ho pensato che essendo tu mancina fosse un buon completamento.» Feci un profondo respiro mentre camminavamo fuori. Essere legata al mio daeva voleva dire che avrei potuto dare la caccia ai Druj. Andare in pattuglia con Ilyas e Tommas. Tijah era stata già promossa diversi mesi prima. Adesso noi sei saremmo stati un'unità. Aspettavo quel momento da più di tre anni, eppure una parte di me avrebbe ancora voluto correre nella direzione opposta il più velocemente possibile.

Svoltammo l'angolo degli alloggi e lo vedemmo. Un ragazzo, anche se ancora non per molto. Notai i capelli castani tagliati molto corti e il volto pallido e serio. La sua tunica azzurra come il cielo si abbinava agli occhi, che non parevano particolarmente caldi. Più sulle linee dei laghi ghiacciati in cui facevo il bagno da bambina.

Mi diressi verso di lui, rifiutandomi di essere intimidita. Mi sembrava prudente fargli capire subito chi fosse a comandare.

«Mi chiamo Nazafareen», dissi.

Darius annuì. Il suo volto era perfettamente impassibile, ma vidi una scintilla in quegli occhi. Paura? Disprezzo? Era andata e venuta troppo in fretta per poterne essere sicuri.

Non avevo idea di cosa dire dopo, così rimanemmo in piedi in un silenzio imbarazzato che sembrò durare un'eternità.

Alla fine fu il magus a parlare. «Venite. Il Satrapo Jaagos e gli altri Water Dog vi stanno aspettando.»

La cerimonia del legame aveva luogo nella sala delle udienze del satrapo. Era una stanza cavernosa, con un soffitto a volta composto da piastrelle dorate e tre colonne di marmo. Le pareti erano ornate con bassorilievi di cavalli, i colli e le criniere resi fin nei minimi dettagli.

Jaagos sedeva sul trono, i suoi Water Dog disposti su ambedue i lati. Metà di loro indossava tuniche di un azzurro cielo, l'altra metà di un profondo rosso sangue.

Avevo osservato Jaagos da lontano qualche volta, ma non ero mai stata tanto vicina a lui. Nel momento prima di prostrarmi, vidi un uomo grassottello vestito in un abito lussuoso di ricami d'argento. Era calvo come un uovo, con labbra carnose e spalle cadenti. Un gatto di casa tra i leoni.

Premetti la fronte contro la pietra. Alla mia destra, Darius fece la stessa cosa.

Ero intensamente consapevole degli occhi dei Water Dog su di me. Erano loro che volevo impressionare, specialmente Ilyas. Non me ne importava un fico secco del satrapo, salvo non farlo arrabbiare. La sua autorità era assoluta, era la mano del Re a Tel Khalujah e, se mi avesse voluto morta, allora avrebbe dovuto fare un minimo gesto e sarebbe stato fatto.

«Procediamo», disse Jaagos dopo che fu passato un lasso di tempo appropriato dal mio inchino.

Il magus fece un passo in avanti. «Voi siete i Water Dog, i più sacri di tutti i cani», disse. «Senza acqua non c'è vita, eppure l'acqua ha il potere di distruggere come di creare. Possano le vostre impurità essere lavate via.» Il magus versò lentamente il contenuto di una ciotola d'argento sulle nostre teste. «Possa il Sacro Padre guidare le vostre azioni», intonò. «Possa il legame concesso oggi essere vero e puro. Possiate sempre servire la causa della luce e brillare nell'oscurità.»

Mise da parte la ciotola e si infilò un paio di guanti di pelle. Quindi prese un bracciale dorato, spesso e decorato con leoni ruggenti. Se lo avesse toccato con le mani nude, allora si sarebbe legato a Darius all'istante.

Il volto del magus nuotava nel mio campo visivo mentre si inginocchiava davanti a noi. Darius si era fatto mortalmente pallido, ma guardò il bracciale – il gemello di quello che si trovava già intorno al suo braccio destro – senza vacillare. Mi costrinsi a non mostrargli quanto fossi impaurita. Non volevo dargli quella vittoria.

«Combatterete come una sola persona, vivrete come una sola persona», disse il magus. «Sarete i portatori della volontà del Sacro Padre, così come orientata dal vostro Re e dal vostro satrapo. Buone parole, buoni pensieri, buone azioni. Per il Profeta e per il Sacro Padre, voi siete legati.»

Quindi fece scattare il bracciale intorno al mio polso e lo

serrò con una piccola chiave dorata. Potrei aver gridato. Probabilmente lo feci. Perché non ero più sola. Delle dighe si erano alzate nella mia mente, rilasciando un torrente di emozioni aliene. Vicino a me, Darius stava prendendo respiri rapidi, come se la medesima cosa stesse accadendo a lui. Lo sentivo a malapena. Il panico mi attraversò, seguito da un senso di perdita che mi scavò un buco nel cuore. Non sapevo se fosse il mio o il suo, o tutti e due che si nutrissero l'uno dell'altro. E avvertii il suo potere, una profonda e vorticante pozza di potere, stretto nel mio pugno.

«Abbiamo finito», disse il magus.

Le mie ginocchia tremavano mentre mi alzavo in piedi. Darius mi offrì la mano, ma avevo paura di toccarlo, quindi Ilyas si fece avanti, conducendomi dalla sala delle udienze al tempio del fuoco. Ci inginocchiammo insieme. Provai a pregare, ma stavo sbattendo i denti.

«Diventa più facile con il passare del tempo», disse Ilyas in un tono rassicurante, come se si stesse rivolgendo a una bambina piccola. «Imparerai a riconoscere le differenze tra le tue sensazioni e le sue. A separarle. Ad aggrapparti a te stessa.»

Annuii, ma non gli credetti. Avrei desiderato solo strapparmi il bracciale dal polso. Per tirare fuori Darius e la sua disperazione senza fondo dalla mia testa. Ma era impossibile. Era stato fissato al suo posto.

«Guarda nelle fiamme», disse Ilyas. «Immaginale mentre bruciano la tua paura. Mentre rendono la tua mente libera dai pensieri. Offrili in pasto al fuoco sacro. Hai il dono, Nazafareen. Ora devi imparare a controllarlo, o ti distruggerà.»

Provai a fare come mi era stato detto. Per un momento, mi sembrò di essere affiorata in superficie, come se il torrente avesse rallentato un po', quindi tornò, più forte che mai.

Saltai in piedi e riuscii ad arrivare in cortile prima di vomitare.

Mi permisero di stare a letto per il resto della giornata. Tutti mi lasciarono stare. Capivano che non avrei potuto sopportare la vicinanza di una sola altra persona. Ne avevo già abbastanza nella mia testa.

❧❦☙

APRII GLI OCCHI AL SORGERE DEL SOLE. GRUGNII E MI strofinai la fronte. Il cranio mi formicolava, una sensazione glaciale e spiacevole. Capii subito dove fosse Darius e cosa stesse facendo. Era un altro effetto collaterale del legame, avrei scoperto poi. Riuscivo a sentire il suo cuore che batteva. Uno dei suoi stivali era troppo stretto. Potevo chiudere gli occhi e sapere esattamente dove fosse, anche a centinaia di metri di distanza.

Perché nessuno mi aveva detto che sarebbe stato così? Immaginavo che Tijah lo avesse fatto, ma era molto peggio di quanto mi fossi aspettata. Molto, molto peggio.

Mi infilai la mia nuova tunica scarlatta e marciai verso il fiume. Filamenti di nebbia danzavano attraverso le canne morte sul margine. Era autunno inoltrato e l'aria era di un freddo umido che prometteva neve.

Il mio daeva era lì in piedi, nudo fino alla vita, mentre si versava acqua sul capo con la mano destra. Indossava un faravahar dorato su una catenina intorno al collo, le ali dell'aquila spalancate. Il braccio sinistro giaceva contro il fianco, grigio e morto. Osservai la sua spalla, il punto in cui la pelle liscia incontrava quella ruvida. La sua maledizione Druj.

Rallentai per un momento, vedendo quel braccio patetico, ma non ero ancora pronta a perdonarlo per avermi svegliata. Quella era la mia scusa, in ogni caso. Naturalmente ciò che mi faceva arrabbiare davvero era la terribile consapevolezza di essere stata appesantita da una sofferenza non mia, ma che mi faceva comunque sanguinare. Quello che mi rendeva davvero furiosa era *lui*.

Era più calmo quel mattino, ma io no. Mi fermai a circa cinque metri di distanza. Non si voltò anche se sapeva che ero lì.

«È bello sapere che sei così devoto», dissi. «Ma non credi sia un po' presto per venire qui e dedicarsi ai riti del mattino?»

Si fermò, quindi versò l'acqua rimanente nella ciotola. Avvertii il gelido gocciolio sulla schiena e strinsi le labbra.

«Mi è stato insegnato dai magi a cominciare alle prime luci», rispose Darius. «Ti aspettavi di dormire fino a tardi? Temo che non funzioni così con i Water Dog.» Sorrise e tutti e due sapemmo che era un sorriso posticcio. «Mi dispiace se ti ho offesa in qualche modo.»

Osservai i suoi capelli scuri bagnati sulla fronte, la sua bocca ostinata. Pareva così umano. Eppure c'era qualcosa nel modo in cui Darius rimaneva immobile, perfettamente a suo agio nella sua pelle. Immobile ma *raccolto*, come i lupi che avevo visto nelle montagne.

«Non mi hai offesa affatto», risposi. «Immagino che tu abbia bisogno della benedizione più di me.»

Voltai i tacchi e mi allontanai, sapendo di averlo ferito. Una piccola fitta anche al mio cuore. E mi sentii un po' in colpa. Ma quella non era la fine. Poi sentii la soddisfazione per la mia vergogna. E la mia rabbia per il fatto che lui sapesse e ne fosse contento.

E infine il suo divertimento alla mia rabbia.

Accelerai il passo, determinata a non pensare a niente, a non provare niente, mai più.

Se solo fosse stato facile.

⁂

NON RIVIDI DARIUS FINO A QUANDO ILYAS NON MI CONDUSSE al cortile d'addestramento, quel pomeriggio. Voleva che vedessi i daeva combattere l'uno contro l'altro.

Tommas era già in attesa. Sogghignò quando mi vide e inclinò il capo in un cenno di saluto.

«Il mio», disse Ilyas, con un tono possessivo. «Ed ecco il tuo.»

Darius si fece avanti. Tommas ottenne un cenno. Io no. Se

Darius era nervoso, non riuscivo a sentirlo. Se non altro, le sue emozioni erano piatte, smussate, come se avesse trovato un modo per nascondermele. Be', meglio per lui. Speravo di riuscire a imparare a fare la stessa cosa.

Scelsero delle spade da addestramento di legno. I daeva cominciarono a duellare, dapprima lentamente, mettendo alla prova l'uno l'infermità dell'altro. La gamba di Tommas contro il braccio di Darius. Tommas era più alto, ma Darius si muoveva come un serpente pronto a colpire. Presto cominciarono a tagliare l'aria così velocemente che riuscivo a seguire la loro lotta solo attraverso gli impatti delle lame che si scontravano con forza brutale. Quando mandarono in frantumi le loro quarte doghe, Ilyas dichiarò chiuso il duello. Mi sentivo stanca e sudata come i combattenti, cosa che lo fece ridere.

«Mi ero quasi dimenticato come fosse all'inizio», disse. Quindi il suo volto si indurì. «Ma devi imparare a separarti, Nazafareen. A mantenerti concentrata. In una battaglia vera, permettere al legame di prendere il controllo potrebbe ucciderti. Pensare che ciò che stai sperimentando sia reale. È reale, ma è laggiù.» Fece un gesto con la mano come a spingere qualcosa. «Devi usare la tua volontà per tenerlo in una parte della tua mente. Come una scatola. Sei consapevole di ciò che avviene all'interno della scatola, ma non è roba tua. Lo capisci?»

«Credo di sì.»

Chiusi gli occhi e provai a trovare il luogo in cui finivo io e cominciava Darius. Riuscivo quasi a sentirlo, come i bordi di una bolla. Qualcosa di tangibile, almeno. Immaginai quella bolla restringersi, diventare più piccola fino a entrare nel palmo della mia mano. Lui si ritirò e, per la prima volta dalla cerimonia del legame, sentii una qualche forma di controllo sui contenuti della mia mente.

Quindi la bolla scoppiò e lui tornò a dilagare. Ma era un inizio.

«Ora combattiamo a coppie», mi disse Ilyas. «Prendi una spada.»

Ne raccolsi una e raggiunsi Darius.

«Alla sua sinistra», sbottò Ilyas.

Arrossii e feci come mi era stato detto. Naturalmente il mio ruolo era di compensare l'infermità del mio daeva. Quello era il mio scopo. Tenere Ilyas lontano, mentre Darius combatteva contro Tommas.

Ci affrontammo, Ilyas sul lato della gamba storpia di Tommas. Un attimo dopo, Ilyas si lanciò e fu come il mio primo giorno nel cortile. Prima che potessi battere le palpebre, la mia spada stava volando in aria.

Rimasi ferma per un momento, sbalordita. Avevo combattuto contro Ilyas innumerevoli volte, ma non lo avevo mai visto muoversi così. Aveva giocato con me per tutto il tempo? Imbarazzo e rabbia dilagarono in me mentre Darius abbassava la punta della spada, aspettando che io riprendessi la doga. Come aveva potuto il mio capitano lasciarmi tanto impreparata? Faceva parte dell'addestramento farmi sembrare una sciocca davanti al mio daeva?

Digrignai i denti e raccolsi la spada dall'abbeveratoio dei cavalli.

«Su la lama!» ordinò Ilyas. «Andiamo, Nazafareen. Puoi fare meglio di così.»

Aggiustai la presa sull'elsa e riuscii a mantenerla per dieci secondi prima che Ilyas mi disarmasse di nuovo. Il processo si ripeté diverse volte fino a quando lui non annunciò una pausa. Mi trascinai fino al pozzo per bere dell'acqua e Darius mi raggiunse da dietro. Mi aspettavo pietà o scherno, ma non era ciò che sentii provenire da lui. Era qualcosa di più vicino alla frustrazione.

«Ascolta», mi disse. «Hai un po' della mia forza e della mia velocità, se soltanto vuoi usarle.»

Aprii la bocca e lui mi offrì la mano buona.

«Non ti sto chiedendo di lasciarmi entrare. Capisco che tu non voglia farlo e francamente non lo voglio neanch'io. Ma se allenti solo un po' la presa sul potere, avrai ciò che si chiama flusso di ritorno. Ti aiuterà. Ilyas lo sta utilizzando.» Inclinò la testa da un lato e non avevo bisogno del legame per vedere il suo divertimento. «A meno che non ti diverta a raccogliere spade.»

Lo fissai. Un vantaggio del legame era che non avevo bisogno di uscirmene con una risposta tagliente. Poteva semplicemente lasciare che la mia opinione o il mio atteggiamento gli arrivassero dritti nel cervello. «Grazie», dissi, secca, dandogli le spalle.

Riuscivo a sentirlo lambire i confini della mia mente. Non il potere oscuro dei Druj di cui ero terrorizzata. Qualcosa pieno di vita, che *scoppiava* di vita. Presi un profondo respiro e lasciai andare la catena. Mi sentii goffa la prima volta, avvertendo il potere risalire e quindi raggrumarsi di nuovo nella paura, fino a quando non ne sentii solo un rigagnolo provenire dal legame. Ma quel rigagnolo era sufficiente. I miei riflessi si velocizzarono, così come la mia consapevolezza della posizione di Darius, proprio dietro di me, alla mia destra. Il cortile si fece tutto più distinto. Anche a qualche metro di distanza, riuscivo a vedere la piccolissima parte di barba rosso-dorata sulla mascella di Ilyas che quella mattina aveva mancato durante la rasatura, il sudore che brillava tra le sue dita.

Avvertii la soddisfazione di Darius mentre tenevo a bada Ilyas per cinque minuti buoni prima che mi disarmasse. La volta successiva furono dieci. A suo favore, bisognava ammettere che aveva capito cosa stessi facendo e che non mi rimproverò. A volte poteva essere strano. Credo volesse che capissi da sola.

Ma sapevo che non ci sarei riuscita se Darius non mi avesse aiutata.

CI VOLLE PARECCHIO TEMPO PERCHÉ IMPARASSI A controllarmi. A controllare lui. Non era neanche lontanamente ubbidiente come avevano dichiarato. Mi svegliavo ogni mattina con la sensazione dell'acqua fredda che mi scendeva lungo la schiena. Le mie lamentele con il magus furono ignorate. A quanto pareva, il bisogno di Darius di purificare la sua natura al fiume, a dispetto della stagione, aveva la precedenza.

Ma ne venne fuori qualcosa che mi sorprese. Dal giorno del legame i miei incubi si erano interrotti. Sognavo ancora Ashraf, ma erano bei sogni. Di lei che giaceva nell'erba alta o che nuotava nel fiume. Mia sorella era tornata da me come era in vita, non nella morte.

E cominciai a rendermi conto che in determinati momenti della giornata – di solito la sera presto – Darius sembrava andarsene via. Sapevo dov'era fisicamente, ma la sua mente era così tranquilla che mi accorgevo di lui a malapena. Oppure mi accorgevo di lui in un modo diverso. È difficile essere completamente non influenzati dall'umore di qualcun altro quando questo qualcuno vive nella tua testa. Se Darius era arrabbiato o depresso i miei pensieri si facevano cupi. Mi preoccupavo di Neblis e dei suoi Druj e di ciò che avrei fatto la prima volta che ne avessi fronteggiato uno. Mi preoccupavo di morire in battaglia e mi preoccupavo di *non* morire. Di cosa significasse vivere per centinaia di anni, senza essere davvero sola nella mia mente. Bloccata con un demone per l'eternità.

Ma poi... c'erano quei momenti di serenità. Duravano da quindici minuti a un'ora e mi lasciavano con una sensazione di pulito e di rinnovamento. Come se fossi di nuovo una ragazzina, senza una preoccupazione al mondo.

Cominciai a domandarmi cosa facesse. Così un giorno, quando le foglie delle betulle cominciavano a farsi dorate, lo andai a cercare. Be', non proprio a cercare. Sapevo dov'era. Presso un boschetto vicino al fiume.

Era un bellissimo pomeriggio autunnale, il cielo più azzurro dell'azzurro e l'aria abbastanza fresca da far capire che l'inverno sarebbe arrivato, ma non prima di qualche settimana. Se fossi stata a casa, il clan sarebbe stato intento nei preparativi del lungo viaggio attraverso le montagne.

Seguii il sentiero che si snodava dentro e fuori dalla vegetazione, attraverso rovi di more e oscuri pini. Quando raggiunsi il fiume, un cormorano planò sopra di me, il collo serpentino disteso nel volo. Mi fermai a guardarlo per un momento.

Proprio dopo la curva, c'era un frutteto racchiuso da un basso muro di pietra. Darius era seduto sotto un pero, lo stesso da cui Tijah e io raccoglievamo di nascosto la frutta d'estate. Aveva gli occhi aperti. Indossava la tunica azzurra e i pantaloni larghi infilati nei bassi stivali. Quello di sinistra era ancora troppo stretto. Pensai di poter chiedere a Ilyas di dargliene un altro paio.

Darius doveva sapere che ero lì, ma non si mosse.

Mi ero ripromessa di... non cercare lo scontro. Solo di chiedergli cosa stesse facendo. Ma vedendolo lì a quel modo, con il volto e le mani rilassate, cambiai idea. Se riusciva a trovare un momento di pace, chi ero io per portarglielo via? Lo osservai per qualche altro secondo, poi mi voltai e tornai lentamente verso i dormitori.

CON LA PRATICA, DIVENTÒ PIÙ FACILE CREARE UNA SCATOLA nella mia mente e infilarci Darius all'interno. Non se ne andava – il mio daeva non se ne andava mai davvero – ma era la stessa differenza che c'è tra qualcuno che ti sussurra nell'orecchio e il mormorio di voci in una camera lontana. Era qualcosa con cui potevo convivere. Non avevo scelta.

Cominciai a riconoscere quelle sensazioni di seconda mano, a distinguerle dalle mie esperienze dirette. Non appena incontravo una sensazione che sapevo non era mia, la spingevo in un angolo del mio cervello e la ignoravo. Se non avessi imparato a fare così, probabilmente sarei impazzita molto velocemente.

Ci allenavamo ogni giorno, prima con Tijah e Myrri e, quando si stancavano, con Ilyas e Tommas. Nonostante il loro rapporto teso, quando il capitano e il suo daeva combattevano insieme erano come una sola mente in due corpi. Immaginai che fosse così perché erano legati da parecchio tempo. Era bellissimo starli a guardare, come abiti di seta che ondeggiavano al vento o come acqua che fluiva sulle pietre. Come una danza in cui i partner erano perfettamente in sintonia.

In contrasto, Darius e io eravamo orrendamente goffi. Io continuavo a finirgli sui piedi e lui a mettersi in mezzo al mio braccio che reggeva la spada. Lentamente imparammo le forze e le debolezze dell'altro. Imparammo ad anticiparci. A lasciar cadere le barriere che avevamo costruito, anche solo per le ore nel cortile, e a permettere all'altro di essere presente del tutto.

Utilizzare il suo potere era diverso. Ancora andavo a tentoni con esso, pur essendomi abituata alla sua presenza costante. Una cosa debole e pulsante, come la luce delle stelle vista con la coda dell'occhio. Non lo aveva ancora utilizzato in mia presenza. Il potere doveva essere liberato solo per uccidere i Druj, per nient'altro, e i confini erano stati tranquilli.

Quando chiesi al magus quale fosse, mi diede una risposta prolissa che mi lasciò più confusa di prima. Tommas mi spiegò che *potere* era la parola sbagliata. Non era qualcosa che afferravi, come una forza, ma qualcosa che *diventavi*, il che aveva ancora meno senso. Tutto ciò che sapevo era che non mi apparteneva, nonostante potessi sentirlo aleggiare appena fuori dalla mia portata. E se mi fossi fidata abbastanza di Darius, glielo avrei lasciato toccare nel momento del bisogno.

E quella si rivelò la parte più difficile.

❧ 6 ☙

Ilyas alzò un pugno. «Fermi.»

Tirai le redini. Il villaggio che cercavamo era proprio davanti a noi, una serie di case realizzate con mattoni di fango, dello stesso colore del paesaggio polveroso. Eravamo così vicini che avremmo dovuto udire le grida dei bambini che giocavano, l'abbaiare dei cani. Ma una pesante immobilità permeava le strade. Gli edifici erano ammassati l'uno contro l'altro, le finestre buie come denti rotti, e capii che i rapporti non erano sbagliati. Lì era accaduto qualcosa di brutto.

Eravamo a quattro ore a cavallo da Tel Khalujah, ai piedi delle colline delle montagne di Char Khala che segnavano i confini settentrionali dell'impero con Bactria. Per due secoli la catena montuosa aveva fatto da barriera contro la Regina Neblis e i suoi negromanti. Era più alta e insidiosa della catena del Khusk in cui ero cresciuta e che si allungava dal Salenian Sea al Midnight Sea, che bagnava Bactria a est e ovest.

Non c'erano scambi con Bactria, naturalmente, e poche notizie. Chiunque fosse pazzo abbastanza da viaggiare fin lì non faceva ritorno. Ma la nostra parte delle montagne era sempre stata ragionevolmente sicura.

Fino a qualche mese prima.

Secondo Ilyas, le persone avevano cominciato a sparire dagli insediamenti sui confini. Solo una o due, all'inizio. E il fenomeno fu attribuito ai lupi. Quella era la prima volta in cui era scomparso un intero villaggio.

Almeno così aveva detto la carovana di mercanti passata da Tel Khalujah: i villaggi erano intatti, ma la gente andata. Non avevano osato investigare e non avrei potuto biasimarli. Nonostante la brillante luce del sole di mezzogiorno, il posto aveva un'atmosfera infausta.

«Esploriamo casa per casa», disse Ilyas. «A coppie di legati. Siete pronti, Water Dog?»

Mi scambiai un'occhiata con Tijah. Lei mi fece un sorriso impertinente, ma riuscivo a vedere che si stava aggrappando all'amuleto che indossava per tenere lontana la sfortuna. Dietro di lei, Myrri guardava nel vuoto con espressione sognante. Cavalcavamo tutte e due con i nostri daeva sugli imponenti stalloni allevati proprio per portare una doppia sella. Ilyas e Tommas avevano scelto di montare due destrieri diversi, ma non si allontanavano l'uno dall'altro.

Facemmo tutti il segno della fiamma – testa, labbra, cuore – e galoppammo nel villaggio di Ash Shiyda. Gli zoccoli sollevavano nuvole di polvere. Mi strinsi il qarha intorno al volto. Non c'erano corpi né segni evidenti di problemi, ma sentivo il disagio di Darius. Rispecchiava il mio.

«Qualcosa?» domandò Ilyas a Tommas bruscamente, quando raggiungemmo la strada principale.

C'erano allineati edifici a uno e due piani, alcuni con i negozi al piano terra. Un tendone lanciava un'ombra tagliente lungo un tavolo che metteva in mostra delle statuette di legno del Profeta. Vicino a esse c'era un braciere con i resti carbonizzati di semi di esphand, bruciati per tenere lontano il male. Mi chiesi se quelle persone avessero motivo per temere qualcosa. Se fossero fuggite.

«Niente di vivo», rispose Tommas. «Niente che io possa avvertire.» Si voltò verso Darius e Myrri. Loro scossero le teste.

«Noi ci occuperemo delle case alla fine della strada»,

annunciò Ilyas. «Nazafareen, tu prendi il lato sinistro. Tijah, tu quello destro. Ci incontriamo di nuovo qui tra dieci minuti. Se trovate qualcosa, venite a chiamare gli altri. Intesi?» «Sì, capitano», dissi.

Rimisi in movimento il destriero con un colpo delle ginocchia e cavalcai fino alla prima casa. La biancheria sbatteva su un filo nel cortile. Un paio di stivali era vicino alla soglia. Mi schermai gli occhi dal sole, ma dentro era troppo buio per vedere alcunché.

«Respira, Nazafareen», disse Darius. «Mi stai facendo venire mal di stomaco.»

Mi accigliai, ma provai a rilassarmi. Ormai eravamo di pattuglia da più di un anno, ma ancora dovevamo incontrare dei Druj. Fino a quel momento avevamo sedato risse nelle bettole del distretto più squallido di Tel Khalujah, arrestato un uomo che tentava di vendere un paio di bracciali per daeva (falsi, ovviamente) e scovato diversi membri di una nuova setta che simpatizzava per Eskander.

Avevo una voglia matta di uccidere un demone. Ma avevo anche paura. Non ero contenta che Darius lo sapesse, ma non c'era niente che potessi fare al riguardo. Era impossibile nascondergli le emozioni forti.

Smontammo da cavallo e andammo dentro, con le spade sguainate. C'erano solo due stanze. Erano entrambe vuote. Il fetore di cibo andato a male appestava l'aria. Qualunque cosa fosse accaduta, quelle persone stavano cenando nel mentre. Le ciotole di stufato erano ancora sulla tavola, brulicavano di mosche.

La casa successiva era nelle stesse condizioni.

«Sei sicuro di non avvertire dei Druj?» domandai.

Sapevo che Darius era un abile segugio. Lo aveva già fatto con i traditori in combutta con i barbari. Avevano provato a scappare da Tel Khalujah e Darius ci aveva condotti da loro.

«Loro sono non-morti», replicò. «E io riesco a sentire solo vita. Viene da...»

«Sì, sì», dissi, impaziente. «Il Nesso. Il magus me lo ha già spiegato.» Niente di tutto ciò importava, al momento. Volevo solo utilizzarlo per uccidere quanti più Druj possibile. «Andiamo», continuai, dirigendomi verso la casa seguente. «Facciamola finita. Se i demoni sono stati qui, sono arrivati e se ne sono andati.»

L'abitazione era più grande delle altre, con una stretta rampa di scale che conduceva al secondo piano.

«Io guardo di sopra», dissi a Darius. «Tu controlla quelle stanze.»

«Dovremmo restare insieme», rispose lui. Nella penombra i suoi occhi brillavano come quelli di un gatto. «A meno che io non abbia capito male, il capitano ha detto di compiere la ricerca a coppie.»

«Saprai se ho bisogno di te», ribattei, dirigendomi verso le scale. Riuscivo a sentire il suo fastidio e ciò mi diede una cupa soddisfazione. Che pensasse pure che fossi una codarda, ora.

Spessi tappeti ricoprivano il pavimento, attutendo i miei passi mentre entravo nella prima camera da letto. Era rivolta dall'altra parte rispetto alla strada. Era la stanza di un bambino, almeno a giudicare dai giocattoli sparsi sul tappeto. Mi sentii stringere il petto. Erano passati cinque anni da quando lo spettro aveva preso mia sorella, ma le fiamme della colpa e dell'odio non si erano affievolite. Anzi, bruciavano più forti che mai. Le avevo nutrite con tutto ciò che ero, con tutto ciò che avevo. Sotto molti aspetti, erano tutto ciò che rimaneva di me.

Lasciai la camera e andai in quella successiva. Era più ampia, con un letto di legno e un grosso forziere in un angolo. Granelli di polvere danzavano nei raggi di sole che filtravano dalla finestrella mentre mi avvicinavo allo scrigno. Era un bell'oggetto, con un rivestimento d'argento e un bordo dipinto di rampicanti intrecciati. I proprietari di quella casa dovevano essere ricchi.

Usai la punta della spada per sollevare il coperchio di qualche centimetro. Di colpo ebbi il terribile presentimento che all'interno vi avrei trovato un corpo, o qualcosa di peggio, ma alla fine si rivelò pieno di tuniche di cotone piegate.

Se Darius avesse scoperto qualcosa al piano inferiore, lo avrei saputo. Emisi un sospiro e chiusi il forziere. Avevamo ancora un'altra dozzina di edifici da controllare, ma cominciavo a pensare che, qualunque evento si fosse verificato lì, sarebbe rimasto un mistero. Ancora dovevo vedere i segni di una lotta violenta. Non c'erano né sangue né mobilio rovesciato. Forse le persone se n'erano semplicemente andate in fretta e furia.

Stavo per voltarmi quando udii uno scricchiolio. Leggero, ma nitido. Veniva da sotto il letto.

Saltai all'indietro, la lama al livello dello spazio in basso.

«Vieni fuori», dissi, aggiustando la presa sudata sull'elsa. «Se sei umano, non ti farò del male. Sono una Water Dog, mandata qui dal satrapo di Tel Khalujah.»

Per un lungo momento non ci fu risposta. Quindi una donna strisciò fuori. Sembrava avere l'età di mia madre, ma la sua pelle era pallida e soffice. La moglie di un mercante.

«Sia benedetto il Sacro Padre», disse in un mormorio rauco.

Indossava un velo che enfatizzava le guance scarne, le mascelle cadenti. Una donna che una volta era stata florida, ma la cui pelle lentamente si era consumata. Mi chiesi da quanto tempo non mangiasse nulla.

«Cosa è successo qui?» domandai. «Dove sono tutti?»

«Te lo dirò», rispose. «Aiutami a tirarmi su. Le mie gambe sono intorpidite dopo essere stata nascosta tanto a lungo.»

Esitai per un solo istante. La luce era tenue, ma riuscivo a distinguere i suoi lineamenti, a differenza di mia sorella, che si stava nascondendo dietro una cortina di capelli neri. Le offrii la mano. Lei si mosse per afferrarla, quando i suoi occhi si focalizzarono su qualcosa alle mie spalle. La donna indietreggiò visibilmente.

«Darius.» Non mi presi la briga neanche di voltarmi. «La stai spaventando.»

«Fatti da parte, Nazafareen», mi rispose e non fu il suo tono a farmi aumentare i battiti, anche se era abbastanza allarmante. Era il flusso di emozioni a passare attraverso il legame. Puro odio.

Druj.

Senza pensare, brandii la spada in un arco, mirando al collo della donna. Ero solo a un metro di distanza. La sua testa sarebbe dovuta rimbalzare a terra. Ma lei strisciò via come un serpente e, quando mi guardò di nuovo, i suoi occhi erano mandorle nere nel viso.

«Lei sapeva che sareste venuti», sibilò lo spettro. «Eroi Water Dog. Vi ha lasciato un regalo.»

La rabbia mi oscurò il campo visivo. Mi lanciai contro la creatura, non curandomi se sarei vissuta o sarei morta. Mi importava solo che, se lo avessi fatto, allora l'avrei portata con me. La donna che lo spettro aveva posseduto ormai era defunta. Non c'era modo di salvare il suo corpo. Solo la sua anima.

Colpii ancora e la lama affondò nella carne, ma ciò la rallentò a malapena. Riuscivo a sentire Darius che aggrediva il legame in preda al panico, gridando il mio nome. Lo spinsi via. Lo spettro schivava e si spostava a una velocità inumana. Ma anche io ero veloce e la furia omicida mi dava una forza innaturale.

Finalmente la chiusi in un angolo. Colpii e colpii ancora. Stavo sollevando la spada per farlo di nuovo quando Darius afferrò il davanti della mia tunica e mi fece voltare.

«Liberami!» gridò. «Lascia andare il legame, Nazafareen! Lascialo andare!»

E io capii che stavo stringendo le catene fino a farmi sbiancare le nocche, tenendo il suo potere ben chiuso nel pugno.

«Devo tagliarle la testa», borbottai, appoggiandomi alla parete.

«Lo hai già fatto», disse Darius. «E ora stanno arrivando i lich. Per l'amore del Sacro Padre, lasciami andare!»

Guardai in basso. La testa dello spettro giaceva ai miei piedi con la lingua di fuori. Quando alzai di nuovo gli occhi, le vidi.

Due ombre gemelle più buie della notte. Si gonfiarono oltre la porta come fumo, lunghi filamenti che sfioravano il pavimento.

Darius mi scosse ancora. «Adesso!»

Chiusi gli occhi e lasciai andare le nostre catene invisibili.

Un secondo dopo, le persiane si aprirono di colpo e un vento caldo ruggì nella stanza. Barcollai all'indietro. Il qarha teneva la polvere lontana dalla mia bocca, ma mi pareva che una mano gigantesca mi avesse afferrato i polmoni e stesse stringendo. Il respiro mi uscì dalle labbra in un gracchiare arido. Quindi mi trovai a cercare follemente qualcosa a cui aggrapparmi mentre i miei piedi iniziavano a sollevarsi da terra.

Un macabro grido tagliò l'aria. I lich si battevano, distruggendosi e riformandosi. Darius aveva i capelli che gli sferzavano il volto. Sapevo che stava usando soltanto una frazione di quanto avrebbe potuto. Che si stava trattenendo. Riuscivo a sentire quella pozza scintillante di potere e quanto fosse profonda.

Mi spinse a terra, attento a non toccare il bracciale, e si sostenne con la gamba contro il letto. La lega d'oro pareva sia bruciante che fredda come il ghiaccio contro la mia pelle. La mente di Darius si fermò.

Quindi il tetto volò via.

La luce del sole si riversò nella stanza. Continuai a osservare mentre Darius sollevava i lich nell'aria e li faceva a pezzi, i loro frammenti che si dissolvevano in sbuffi neri nell'azzurro del cielo.

Quando fu tutto finito, Darius crollò sul letto. Lo sentii rilasciare il potere anche se il mio respiro continuava a uscire in rapidi rantoli, come il suo. Rimasi sdraiata sulla schiena, stordita per ciò che aveva appena fatto. Riuscivo ancora ad avvertire gli echi di quel tremendo sovraccarico attraverso il legame. Mi eccitava e mi terrorizzava allo stesso tempo.

«Cosa è appena successo?» riuscii finalmente a chiedergli. «I lich ti hanno toccato?»

Darius si girò da un lato e mi guardò con leggero sarcasmo. «Ti sembro morto?»

«No.»

«Allora ovviamente non lo hanno fatto. È il prezzo da pagare per aver usato il potere.»

«Il prezzo?»

«Davvero non lo sai? La magia dei daeva è sensibile. Quando manipolo un elemento, il mio stesso corpo ne risponde. L'acqua ha effetto sul sangue, la terra sulla carne e sulle ossa. E l'aria...» Prese un respiro tremante. «Il magus non te lo ha spiegato?»

«Io... sì, naturalmente.» Ricordavo vagamente la sua voce blaterare a proposito del fatto che *avrei potuto* sperimentare una *leggera sensazione* quando il potere veniva utilizzato. «È solo che non credevo sarebbe stato tanto intenso.»

«Bene, ora che sei illuminata, dovremmo trovare gli altri.»

Darius balzò in piedi e insieme scendemmo le scale. Cinque passi dopo essere usciti dalla porta, si fermò bruscamente e mi afferrò il braccio. Una fenditura frastagliata si era aperta nel terreno e proseguiva per tutta la lunghezza della strada. Dall'altra parte c'erano Ilyas e Tommas. La cosa che stavano combattendo poteva essere soltanto un revenant. Uno dei Druj Maggiori.

Torreggiava su di loro e brandiva una spada di ferro lunga quasi un metro e mezzo. Mi accorsi subito che non avrebbero potuto avvicinarsi abbastanza da abbatterlo. Filamenti di capelli d'argento si spostarono, rivelando occhi incolori mentre il revenant parava un affondo di Tommas e quasi gli mozzava un braccio approfittando dell'apertura.

Il magus sosteneva che fossero antichi guerrieri tornati dall'aldilà. Una razza dimenticata e resuscitata dai negromanti della Regina Neblis. Quale che fosse la verità, capii ora come i Druj avessero potuto sopraffare le città durante la guerra. Perché, per quanto fossero brutti gli spettri e i lich, quella cosa era persino peggio.

Indossava una corazza di cuoio ricoperta da un qualche tipo di muffa nera. Riuscivo a vedere delle vecchie ferite sul suo corpo. Ferite terribili. Sapevo che erano vecchie perché erano brulicanti di larve. Ma non sembravano compromettere la brutale forza del revenant. Udii l'alto fischio del metallo che tagliava l'aria mentre l'essere spingeva i Water Dog verso la frattura. Tommas aveva probabilmente scisso la terra sotto i piedi del non-morto, ma il Druj in qualche modo ne era scampato. Ora sia Tommas che Ilyas stavano per caderci dentro loro stessi.

Mi voltai verso Darius, disperata. «Non puoi usare di nuovo l'aria?» Lo spazio era troppo largo per saltare dall'altra parte, altrimenti lo avrei fatto in un istante.

«Non senza rischiare di colpire anche loro», rispose, cupo.

Il revenant brandì di nuovo la sua spada imponente. Tommas balzò da un lato, ma la punta della lama tagliò la tunica e il sangue cominciò a scorrere liberamente dalla sua spalla destra. Tijah e Myrri non si vedevano da nessuna parte.

Darius chiuse gli occhi. Un muretto di pietra dall'altra parte della strada cominciò a tremare. Avvertii un dolore acuto al fianco, come la puntura di un ago. Tre secondi dopo, metà del muro si infranse contro la schiena del revenant. L'essere barcollò un po'. Quindi ruggì e abbatté la spada contro quella di Tommas in un assalto così devastante che la lama sfuggì dalle mani del daeva.

Osservai in preda all'orrore mentre le gambe di Tommas si piegavano e lui cadeva in ginocchio ai piedi del Druj. Il colpo aveva avuto effetto anche su Ilyas.

Pareva stordito.

«No!» gridai, correndo verso la fenditura, pur sapendo che non avrei mai fatto in tempo.

Il non-morto sollevò l'arma, la punta rivolta verso il basso per il colpo di grazia.

La testa di Tommas era chinata, ma vedevo che stava sorridendo. Perché stava sorridendo?

E quindi Ilyas si lanciò in avanti penetrando la guardia del revenant e, brandendo la lama con tutte e due le mani, gli tagliò la testa dalle spalle. Non c'era stata alcuna esitazione. Sapeva esattamente quali fossero le intenzioni del suo daeva. Un secondo più tardi e Tommas sarebbe morto.

Anche Tommas doveva saperlo. Ma aveva corso il rischio. Aveva affidato a Ilyas la sua stessa vita.

Anche decapitato, il revenant era più alto di circa trenta centimetri dei Water Dog. Oscillò per un momento, la terribile spada ancora stretta nella mano guantata. Quando finalmente si rovesciò, il suono fu come quello di una quercia abbattuta.

Darius cominciò a ridere, quindi fece una smorfia per il dolore. Si era spezzato una costola per lanciare quel muro.

«Un vecchio trucco», disse Ilyas. Stava ansimando, le mani appoggiate alle ginocchia. «Dai loro un assaggio di sangue e si dimenticano chi stanno affrontando. Non due Water Dog, ma uno solo.»

Osservai Darius e mi sentii avvampare. Quel giorno eravamo andati vicinissimi alla morte perché io lo avevo spinto via. Nella mia sete di vendetta, avevo ignorato la sua presenza.

Si premette la mano destra contro il fianco, nello stesso punto in cui avevo sentito quella punta di dolore quando aveva scagliato il muretto. Una costola spezzata. Il prezzo da pagare per la sua magia. Non avevo capito quanto fosse alto e che sarebbe stato lui a scontarlo. Sembrava ingiusto, in qualche modo. Ma adesso capivo perché Tommas non avesse semplicemente fatto cadere un edificio sul revenant. Avrebbe distrutto ogni osso del suo stesso corpo.

Tommas tornò in piedi e zoppicò lungo la strada. In quel momento mi accorsi che il suo cavallo era ferito gravemente. Giaceva a terra, i fianchi ansimanti. Tommas si abbassò e gli accarezzò il muso. Mi sembrò che stesse piangendo. Sapevo quanto tenesse a quel cavallo. Lo aveva chiamato Abraxas.

Ilyas sospirò ed estrasse un coltello dalla cintura. Si avvicinò e sussurrò qualcosa a Tommas. Il daeva scosse il capo. Ilyas gli appoggiò una mano sulla spalla. Abraxas scalciò debolmente con le zampe posteriori. Quindi emise un basso gemito. Tommas annuì. Mi voltai mentre Ilyas metteva fine alle sue sofferenze.

Per una volta, Darius e io provammo le medesime sensazioni. Pietà e sofferenza, mischiate a una profonda, ribollente rabbia.

Poi Tijah e Myrri arrivarono da dietro l'angolo. Tijah stava portando con sé una testa per i capelli. Un altro revenant. Stava ghignando, fino a quando non vide Abraxas.

«Ci hanno teso una trappola», disse Ilyas, raggiungendoci. «Neblis ha preso le persone e ha lasciato i Druj, sapendo che saremmo arrivati, prima o poi.»

«Perché le vuole?» domandai, temendo la risposta.

«Schiavi. E quando si spezzano, li offre ai negromanti.»

Pensai ai giocattoli sul pavimento della camera e mi sentii nauseata.

«C'è una qualche possibilità che possiamo raggiungerli?» chiese Tijah.

Ilyas scosse il capo. «L'assalto c'è stato almeno una settimana fa. Saranno al di là delle montagne, ormai.»

Tijah imprecò nella sua lingua natia, qualcosa di sporco, a giudicare dal suono.

Rimanemmo in silenzio mentre Tommas si avvicinava. La tunica era zuppa di sangue. Non avrei saputo dire quanto fosse suo e quanto del cavallo.

«Fammi dare un'occhiata alla tua ferita», disse Ilyas gentilmente. Era la prima volta che lo sentivo parlare a Tommas in un tono che non fosse freddo o distaccato.

«Non è niente», rispose Tommas.

«Prendi tu il mio destriero», continuò Ilyas. «Io tornerò a Tel Khalujah correndo.»

Tommas lo fissò. Sembrava intontito. «No, posso camminare.»

«È un ordine», ribatté Ilyas, gli occhi grigi che si indurivano. Sollevò il bordo della tunica di Tommas e soffocai un sussulto. L'intera schiena era violacea e presto sarebbe diventata livida. Non dipendeva dal revenant. Era accaduto perché aveva manipolato la terra.

«Cavalcherò con te, Tommas», dissi velocemente. «Sono la più esile. Il cavallo del capitano può portarci tutti e due.»

Si voltarono verso di me.

«Nessuno dovrà camminare», continuai. «Ilyas può cavalcare sulla doppia sella con Darius.»

«Bene», borbottò Ilyas, allontanandosi a grandi passi.

Tijah si affacciò nella fenditura e si scambiò uno sguardo con Myrri. La sua daeva era muta, la sua maledizione la lingua mancante, ma le due erano così vicine che pareva non avessero bisogno di parole. Quando dovevano parlare, usavano un complesso sistema di gesti. Ne avevo imparato qualcuno, ma la maggior parte per me rimaneva un mistero.

Myrri alzò un pugno e mosse il mignolo. Tijah annuì.

«Cavalchiamo veloci», annunciò Ilyas, salendo in sella dietro di Darius, mentre il resto di noi faceva la stessa cosa. «Ma ci fermiamo ai villaggi lungo la strada e li avvertiamo di spostarsi. Di andare a sud.» Un muscolo nella sua mascella fremette. «Questi confini non sono più sicuri.»

7

Le tenebre erano scese quando arrivammo a Tel Khalujah. Ilyas andò dritto dal satrapo per fare rapporto su quanto accaduto al villaggio di Ash Shiyda. Tijah e io ci dirigemmo verso le terme insieme. Non vedevo l'ora di togliermi di dosso il fetore del sangue dello spettro.

L'acqua era il più sacro degli elementi, perciò persino Tijah dovette inginocchiarsi e rendere grazie al Sacro Padre prima di immergersi. L'ora era tarda e il posto era tutto per noi. Nei quattro anni in cui ci eravamo conosciute, avevo notato che lei si assicurava sempre di andarci da sola. Avevo pensato che fosse pudica, anche se la cosa non rispecchiava davvero il resto della personalità di Tijah. Ma le donne venivano trattate con durezza ad Al Miraj, così mi aveva detto il magus. Non come nel resto dell'impero, dove potevano essere proprietarie terriere, stringere accordi e rivestire cariche abbastanza importanti. Le donne ricche, come la sposa del satrapo, indossavano il velo. Tuttavia era una scelta, più un segno del loro status sociale che altro.

Tijah si tolse velocemente la tunica e scivolò nella vasca, non prima che vedessi uno scorcio della sua schiena. La pelle liscia e scura era ricoperta da una profusione di vecchie cicatrici.

Seppe dalla mia espressione che le avevo viste. Era stata lei a permettermi di vederle. Rimanemmo silenziose per un momento.

«Com'è tuo padre, Nazafareen?» mi domandò a bassa voce.

Ci pensai su. «Mi ha insegnato a cavalcare e a usare l'arco. Non è un uomo tenero, ma nessuno nel clan Four-Legs lo è. In verità credo fosse più vicino al suo cavallo che ai suoi figli. Ma ci ha tenuti vivi.» Sorrisi e mi immersi ancora di più nell'acqua. «Ha dei baffi molto folti. Mi facevano sempre il solletico quando gli davo un bacio.»

Tijah sorrise, ma c'era qualcosa di triste in quel sorriso. «Sono cresciuta al palazzo di mio padre, la più giovane di cinque ragazze. Avevamo ogni lusso, ma era un'esistenza vuota. Da bambine, le mie sorelle e io eravamo trattate come piccoli ornamenti che mio padre metteva in mostra quando aveva ospiti. Capii dopo che ci vedeva allo stesso modo in cui vedeva i suoi tappeti e le sue spezie: oggetti da scambiare per ottenere più ricchezza e potere. Una a una, fece sposare le mie sorelle. Quando compii tredici anni, mi offrì a un suo socio in affari.» Si incupì.

«Grasso e brutto?» ipotizzai.

«No. Era abbastanza attraente. Alto e largo di spalle, con le ciglia di una ragazza. Ma anche mia sorella Saalima lo aveva sposato, diversi anni prima. L'avevo vista poche volte da allora ma, quando capitava, era chiaro che fosse spezzata. La luce era morta nei suoi occhi.» Tijah si spruzzò l'acqua sotto le ascelle, facendo risuonare i braccialetti d'oro. «Quell'uomo aveva due facce, capisci? Quella che mostrava al mondo e quella che mostrava alle mogli. Anche mia madre lo aveva capito. Implorò mio padre di aspettare altri due anni prima della celebrazione delle nozze. Lui acconsentì a malincuore.»

Mi passai un pettine tra i capelli. «Sembra un mostro. Cosa accadde?»

«I due anni volarono. La mia paura divenne così intensa che smisi di mangiare. Ma mio padre non avrebbe cambiato idea. Era terrorizzato all'idea di offendere quell'uomo perché era il figlio del satrapo.»

Scossi la testa, disgustata. «Molti matrimoni sono organizzati anche nel clan Four-Legs, ma ci si cura di scegliere qualcuno di adatto. E la ragazza ha il diritto di rifiutarsi.»

«Allora voi nomadi siete più civilizzati della mia gente», rispose Tijah, sarcastica. «Se non avessi avuto Myrri, avrei potuto togliermi la vita. Non vedevo altra via d'uscita.»

«Come hai fatto a essere legata, se le ragazze hanno così poco valore?»

«Mio padre non aveva scelta. Il satrapo lo aveva ricompensato con una daeva per un servizio che gli aveva prestato e io ero l'unica di cui si fidasse ad avere il dono. Immagino che si aspettasse di togliermela una volta che fosse nato un erede maschio capace di indossare il bracciale. Ma la mia daeva mi rese ancora più preziosa per il mio futuro marito.»

«Fu lui a farti quello?» domandai, guardandole la schiena.

«Mio padre», rispose Tijah, senza inflessione. «O, meglio, ordinò ai servi di farlo, il codardo. Non voleva che sembrassi emaciata il giorno del matrimonio. Quando mi rifiutavo di mangiare, mi faceva picchiare. E quando vide che resistevo ancora, allora fece frustare Myrri. Sapeva che avrei sentito il suo dolore come il mio. Più intenso, in qualche modo, visto che lei non aveva fatto nulla per meritare la punizione.»

Pensai alla daeva di Tijah, muta, incapace persino di urlare. «Che bastardo. Non temeva il suo potere?»

«Myrri aveva paura che mi avrebbero fatto del male se avesse reagito. Ma dopo ne avevamo abbastanza tutte e due. Mi disse che saremmo morte entrambe se fossimo rimaste e io sapevo che aveva ragione.»

«Così scappaste.»

«Già. La notte prima delle nozze, rubai un cavallo dalle stalle. Myrri lasciò una falsa pista verso sud. Quindi scelsi la più remota satrapia che potessi trovare. Una in cui non avrebbe mai pensato di cercarmi.»

«Perché i Water Dog?»

Tijah si strinse nelle spalle. «Dicevo la verità quando ho detto che volevo uccidere i Druj, anche se non ne avevo visto neanche uno prima di venire qui. Un Water Dog è... è l'esatto opposto della mia vecchia vita.»

«E la tua scimitarra?»

Tijah mi offrì il suo sorriso malizioso. «È di mio padre. Era puramente cerimoniale. Pensai che dovesse essere utilizzata.»

«Sai che non si arrenderanno, vero?» dissi. «Ti daranno la caccia fino ai confini del mondo. Uomini come quelli... umiliati da una ragazza. È la peggior vergogna immaginabile.»

Il suo viso delicato si indurì. «Lo so. E quella è un'altra ragione per cui mi sono unita ai Water Dog. Quando arriveranno, non troveranno una ragazza spaventata, ma una guerriera con del sangue sulla sua spada. Che provino a riportarmi indietro.»

Mi piegai in avanti e le diedi un leggero bacio sulla guancia. «Non dovrai combattere sola, se si arriverà a quello.»

«Grazie. Avrei voluto raccontartelo prima, ma...»

«Lo so. Mia madre era solita dire che i segreti nascono come sassolini e diventano macigni. Eppure preferiamo trasportarli da soli invece di darli a qualcun altro perché li custodisca.»

Tijah sbadigliò. «Tua madre è una donna molto in gamba.»

Ci asciugammo e indossammo delle tuniche pulite.

«Immagino che il tuo nome non sia davvero Tijah», dissi, mentre camminavamo verso gli alloggi.

Lei si voltò verso di me, gli occhi castani che brillavano di una folle determinazione. Pensai che se quegli uomini tenevano alla loro virilità, allora avrebbero fatto meglio a stare alla larga da quella ragazza. «Lo è adesso», rispose Tijah.

❦

ERO STANCA MORTA, MA NON RIUSCIVO A SCUOTERMI DI DOSSO il mio fallimento al villaggio. Toccava un nervo scoperto dentro di me, qualcosa che si era intensificato per anni. Dopo la confessione di Tijah, avvertivo un fortissimo bisogno di scusarmi con Darius, di spiegarmi. Eravamo legati da più di due anni ormai e io lo conoscevo a malapena. Sì, ero capace di riconoscere cosa stesse provando, ma non perché stesse provando quella determinata sensazione. Non sempre. Io non potevo leggere la sua mente e lui non poteva leggere la mia. Grazie al Sacro Padre.

Ci incontravamo solo durante gli allenamenti. Per il resto del tempo, i daeva vivevano lontani da noi. Dormivano da un'altra parte, mangiavano da un'altra parte. Io pregavo al tempio del fuoco, ma Darius non poteva entrarci, così pregava al fiume, come ormai sapevo fin troppo bene.

La pioggia batteva sul tetto mentre restavo distesa, incapace di prendere sonno. Sapevo che non avrei avuto la possibilità di parlare con lui privatamente il giorno dopo. Non eravamo mai soli. Alla fine scagliai via le coperte e scivolai all'esterno.

Non ero mai andata agli alloggi dei daeva, ma sapevo dove erano. Corsi lungo la collina e attraverso i giardini. Era estate inoltrata e la pioggia aveva portato l'odore dolce e inebriante dei gelsomini. Quando mi avvicinai al fiume, vidi un cadente edificio di legno a tre piani sulla riva. Toccai il legame delicatamente, cercando Darius. Un momento dopo mi adombrai.

Mi sarei aspettata che stesse dormendo, ma era sul tetto.

E il suo umore non era sereno.

Rimasi ferma un momento, a sgocciolare. Quasi tornai indietro. Avrei dovuto. Invece i miei piedi mi portarono verso una scala traballante appoggiata contro la parete orientale degli alloggi.

«Va' via, Nazafareen», disse Darius nel momento in cui raggiunsi la cima.

Era sdraiato sulla schiena a guardare la tempesta. Per un folle istante mi chiesi se l'avesse scatenata lui. Ma neanche Darius poteva essere tanto forte.

«Mi dispiace», risposi, mettendo piede sul tetto. Le tegole

erano scivolose per via della pioggia e mossi ogni passo con cautela.

«Per cosa?»

Il suo tono noncurante mi irritò. «Per averti trattenuto. Non volevo farlo.»

«Oh, *quello*.»

«Davvero», dissi. «Non accadrà di nuovo.»

«Avresti potuto ucciderci tutti e due», replicò Darius.

«Lo so. Mi dispiace.»

«Ancora non ti fidi di me, vero?»

«Non è quello.»

Avrei voluto raccontargli di Ashraf, ma non potevo. Era qualcosa che avevo trattenuto troppo a lungo e ora le parole erano incastrate nella mia gola come pietre appuntite. O macigni.

Darius si voltò verso di me per la prima volta. «È perché sono un Druj.» Afferrò con la mano buona il faravahar con l'aquila dorata che portava intorno al collo. Un gesto inconscio che avevo visto molte volte. Era il simbolo del Profeta. Il simbolo dell'impero.

«No! Voglio dire, suppongo che tu lo sia. Ma cammini nella luce come tutti noi.»

Lui allora rise, un suono amaro. Dal primo flusso di emozioni alla cerimonia del legame, Darius aveva tenuto le redini su se stesso. Raramente sorrideva e pareva indifferente al dolore. A volte, sospettavo, lo ricercava.

«Sì, i magi mi hanno insegnato bene», disse, e qualcosa di oscuro e predatorio sembrò risvegliarsi in lui.

Strizzai gli occhi attraverso la pioggia. «Perché sei qui sopra, comunque? Hai avuto un altro incubo?»

Darius non rispose. Avrei dovuto lasciar perdere, ma all'improvviso volevo spezzare quella corazza inespressiva. Era un impulso stupido, come agitare un coniglio morto davanti a un lupo affamato.

«A volte mi svegliano», dissi. «Tu cosa sogni, Darius?»

«Non lo ricordo.»

«Questa è una bugia», risposi.

Le sue barriere si sollevarono velocemente.

«Sogni il fuoco?»

Era solo un'ipotesi, ma le volte in cui mi destavo in preda a una paura arrivata tramite il legame c'era anche una sensazione di calore, di un potere selvaggio e indomabile che mi avrebbe consumato se glielo avessi permesso.

«Cosa vuoi, Nazafareen?» domandò Darius con voce roca.

«Solo la verità.»

Mi fissò, l'acqua che gocciolava dai capelli, e l'espressione nei suoi occhi mi faceva venire voglia di scappare via.

«Va bene. A volte odio questo.» Sollevò il bracciale intorno al polso. «E, se vuoi davvero saperlo, altre volte odio *te*.»

Non ero pronta per quell'esplosione di rabbia attraverso il legame. Mi disorientò. Mi portai una mano alla testa, confusa, e cercai di mantenere l'equilibrio. Ma scivolai sulle tegole bagnate e un momento dopo mi trovai a cadere verso il bordo.

Darius imprecò e si lanciò in avanti, afferrandomi il braccio. Scalciai nel vuoto. E da un momento all'altro ero di nuovo sul bordo del crepaccio, una ragazzina terrorizzata di dodici anni, solo che questa volta ero io in procinto di sprofondare nell'abisso.

Il daeva grugnì per lo sforzo mentre mi sollevava. L'incantesimo si infranse e io capii di averlo fatto di nuovo. Avrebbe potuto sollevarmi facilmente come se fossi stata un gattino, ma stavo tenendo il suo potere troppo stretto.

Darius scosse il capo. Rise di nuovo, anche se questa volta era più foscamente divertito che arrabbiato. Mi presi la testa tra le mani.

«Siamo proprio una bella coppia...» cominciò.

E il bordo del tetto cedette. Il legno doveva essere vecchio e marcio. Immagino che il satrapo dovesse aver deciso che erano solo daeva e che quindi non avessero bisogno di un'abitazione decente.

Non caddi, ma Darius sì. Per tre piani fino al cortile di pietra. Il dolore dell'impatto mi mozzò il respiro.

Mi catapultai giù dalla scala più veloce che potei e corsi da lui. Sapevo anche senza guardarlo che stava soffrendo terribilmente.

«Mi dispiace, mi dispiace», mormorai. Sangue gli scorreva in un esile rigagnolo dall'angolo della bocca. I suoi occhi azzurri erano offuscati. Gli presi la mano. Era la prima volta che toccavo la sua pelle nuda. Era calda. Ma era una sensazione stranissima. Riuscivo a sentire il contatto anche attraverso di lui, come se stessi guardando il mio riflesso in una sala degli specchi.

«Nazafareen», sussurrò. «Non...»

Non terminò mai cosa stava dicendo perché lo shock ebbe la meglio. La testa di Darius si afflosciò da un lato e i suoi occhi si chiusero.

Sacro Padre, non farlo morire...

Chiamai aiuto e Tommas arrivò zoppicando dalla porta degli alloggi indossando solo un paio di pantaloni, i capelli dorati arruffati. Normalmente avrei apprezzato il fatto di poterlo vedere mezzo nudo, Druj o meno. Ma l'unica cosa a riempirmi la mente in quel momento era Darius.

«Corri e porta il magus più in fretta che puoi», dissi. «Credo che la sua schiena sia rotta.»

❧   8   ❧

V orrei vederlo», dissi, stringendomi le mani nel grembo.

«Perché?» Il magus mi scoccò un'occhiataccia. Era invecchiato nei quattro anni passati da quando lo avevo conosciuto. I suoi capelli castani ora erano striati di grigio e delle rughe gli attraversavano gli angoli della bocca. Ecco cosa succedeva quando una persona non era più legata. Ancora non sapevo perché non avesse preso un altro daeva o come il primo fosse morto e dubitavo che me lo avrebbe mai detto.

«Perché ho un blocco e l'unico modo che ho per infrangerlo è allenandomi con Darius», risposi. «Te ne ho parlato, ricordi?»

Lui grugnì. «Un'ora al giorno. Dopo le faccende della sera.»

«Grazie.» Saltai in piedi, ed ero quasi arrivata alla porta quando il magus parlò di nuovo.

«Avverti le sue emozioni molto intensamente, vero?»

Mi bloccai. «A volte.»

«Non è per tutti così. Alcuni non sentono proprio niente, solo il potere. È più facile per loro mantenere il distacco necessario. Ma il tuo dono è forte. E anche il suo. Attenta a cosa potresti ottenere.»

«Sì, magus.»

Sentii i suoi occhi sulla schiena mentre uscivo dalla porta.

Dirigendomi verso le stalle, mi domandai se il magus fosse stato uno di quelli come me. Avevo la sensazione di sì, che dovesse essere molto vicino al suo daeva. Che fosse ancora in lutto.

Nell'ora successiva aiutai Tommas a pulire le stalle. Nessuno di noi parlò molto. Sapevo che anche Tommas era in lutto, per Abraxas. Ilyas era velocemente tornato al suo vecchio sé – freddo e altezzoso – ma Tommas non sembrava curarsene. La sua pazienza con Ilyas pareva senza fine. Decisi che probabilmente non li avrei mai capiti.

E non importava, perché avevo avuto abbastanza problemi a comprendere il mio daeva.

Doveva sapere che stavo arrivando, ma si incupì lo stesso quando mi vide. Ombre scure rendevano i suoi occhi di un azzurro ancora più vivido. Erano passati tre giorni dalla caduta, tre giorni da quando la sua colonna vertebrale si era spezzata, eppure era mezzo seduto, appoggiato su un cumulo di cuscini. «Nazafareen, cosa ci fai qui?»

«Ho il permesso», risposi rapidamente. «Non è ciò che ho chiesto.»

«Non fare l'impertinente», ribattei.

Darius tossì per mascherare un sorriso. Il movimento gli fece fare una smorfia.

«Come va?» domandai.

«Sto guarendo. Più lentamente di quanto vorrei.»

E circa venti volte più velocemente di quanto guarirei io, pensai, *qualora potessi guarire da qualcosa del genere.*

«Posso portarti qualcosa?» gli chiesi.

«Sono a posto, grazie.»

Rimasi immobile. Si insinuò un silenzio imbarazzato.

«Ho detto al magus che dovremmo allenarci con il tuo potere», dissi alla fine. «Se ne sei capace.»

Darius affondò ancora di più nei suoi cuscini. «E a che servirebbe?»

Mi accigliai. «Vuoi che mi scusi di nuovo?»

«No. Ma sappiamo tutti e due che hai perfettamente il

controllo quando sei calma. È quando sei spaventata o arrabbiata che perdi la testa. L'allenamento non cambierà questa cosa.»

Sapevo che aveva ragione, che era arrivato al punto della questione. Ma di colpo non me la sentivo di andarmene. Odiavo ammetterlo, ma un po' mi mancava.

«Potremmo fare altro. Non ti senti annoiato?» Lui fece spallucce.

«Potrei raccontarti delle storie. Ne conosco di belle.» Si coprì il volto con il braccio. «Sono troppo stanco», borbottò.

«Bene. So quanto sia snervante stare sdraiato ad autocommiserarsi. Facevo la stessa cosa quando sono arrivata qui. Allora puoi parlare con i ragni. O fare ombre sulla parete. È sempre divertente.»

Mi voltai per andarmene e sentii il fruscio delle coperte.

«Aspetta. Che tipo di storie?»

«Be'... c'è quella del Principe Jamshid e dei semi di melograno che si trasformano in tre bellissime vergini.»

«Questa la conosco. Non è quella in cui c'è un daeva cattivo che le prende prigioniere?»

Feci una smorfia. «Sì. Mi dispiace, avevo dimenticato quella parte.»

Ci fu una lunga pausa mentre cercavo – senza riuscirci – di trovare una storia in cui non ci fossero Druj.

Con mia grande sorpresa, Darius venne in mio soccorso. «Ne ho una io», disse. «La mia amah me la raccontava quando ero piccolo. Parla di una giovane ragazza intelligente e del malvagio satrapo che la sposò.»

«Cos'è un'amah?»

«Come una bambinaia.» «Ha un lieto fine?» domandai.

Darius fece spallucce. «Speravo sempre che lei uccidesse quel bastardo, ma immagino non sia una fine tragica. Lo supera in astuzia senza che le taglino la testa.»

Così mi sedetti a terra, appoggiando la schiena contro il lato del letto, mentre Darius cominciava a raccontare. Aveva una voce piacevole, con un leggero tocco del cadenzato accento occidentale. E ogni giorno da allora fino alla guarigione, il daeva mi narrò delle storie. Mi piaceva quella della ragazza e del satrapo perché conteneva a sua volta altre storie al suo interno, ma quella che mi piaceva di più era quella intitolata *Midnight Sea*.

Parlava di un generale che era andato in guerra contro la Regina Neblis e avrebbe dovuto salpare verso casa con i suoi uomini attraverso le acque oscure di Bactria. Avevano vissuto molte avventure lungo la via, ma infine la loro nave era stata colpita da una tempesta ed era andata in pezzi. Il generale si era legato all'albero mentre veniva scagliato nei mari ruggenti. Ogni tipo di non-morto si stava avvicinando dagli abissi quando la corrente lo aveva scagliato su un'isola.

Era un paradiso, con alberi da frutta e donne incantevoli le cui canzoni tenevano lontani i Druj. Ma lui non poteva mai andarsene o sarebbe morto.

Così la conclusione era lieta e triste al tempo stesso, il tipo di finale che preferivo.

DOPO QUELLE SETTIMANE INSIEME, NON ARMEGGIAVO PIÙ CON il suo potere. Lo tenevo appena, se proprio mi curavo di trattenerlo. Non dissi niente al magus o si sarebbe arrabbiato parecchio. I Water Dog avrebbero dovuto tenere sotto controllo i daeva per tutto il tempo e lasciarli andare solo quando erano minacciati. Ma sapevo che Darius non si sarebbe mai approfittato della mia indulgenza, nonostante ciò che aveva detto sul tetto quella notte.

Pattugliammo le frontiere settentrionali e insieme uccidemmo i Druj. Troppi per poterli contare. Ilyas aveva ragione quando aveva detto che i confini non erano più sicuri. Il satrapo chiese rinforzi, ma gli furono negati. Gli Immortali e la maggior parte dei Water Dog erano stati mandati a Persepolae per proteggere la capitale. Eskander, il generale bambino che aveva saccheggiato le Città Libere, ora riposava dall'altra parte dell'Ellesponto, aspettando il disgelo della primavera. Era a migliaia di leghe di distanza, ma il pensiero mi preoccupava comunque.

E non importava quanti Druj morissero sulla lama della mia spada, non trovavo mai la pace che stavo cercando.

Una volta che Darius fu guarito, tornammo alle nostre vecchie abitudini. Ma mi trovavo a pensare a lui in strane occasioni. I fichi secchi, per esempio. Mi piacevano. Ma a Darius facevano schifo e adesso non potevo guardarne uno senza avvertire un senso di nausea.

Un giorno decisi che, visto che comunque dovevo sopportare la benedizione dell'acqua ogni mattina all'alba, tanto valeva andare a farla con lui. Così lo raggiunsi al fiume. Come le altre volte, era nudo fino alla cintola. Ma quello non era il ragazzo che ricordavo. Darius adesso aveva vent'anni, era snello e muscoloso. Mi fermai e pregai il Sacro Padre affinché avesse le sue barriere erette contro di me.

«Perché non sei al tempio del fuoco?» mi chiese, abbassando la ciotola.

Perché tu non puoi entrarci, pensai, anche se non dissi niente.

«Anche la mia gente pratica la benedizione dell'acqua», risposi. «Mi manca.»

Mi osservò. Non avrei saputo dire se fosse consapevole che stavo mentendo. Le sue emozioni erano troppo confuse.

Come le mie.

Riempii la scodella con l'acqua e aspettai.

Darius esitava. Quindi si abbassò con grazia sulle ginocchia mentre gli versavo l'acqua sul capo. La guardai ruscellare tra i suoi ricci fino al collo e lungo la linea della schiena, così liscia e perfetta come prima dell'incidente. Il suo braccio avvizzito non mi disgustava più. Anzi, mi rendeva più gentile nei suoi confronti. «Buoni pensieri, buone parole, buone azioni. Possa il Sacro Padre guidarti e sostenerti.»

Darius mantenne la testa chinata per un momento. Quindi si alzò e fece per andarsene.

«Aspetta», dissi. «Ora devi farlo a me.»

Darius parve scandalizzato. «Non posso...»

«Sì che puoi.» Mi inginocchiai. «Dammi la benedizione.» Sbirciai verso di lui attraverso i capelli. «Insisto, e tu devi ubbidirmi, vero?»

Darius emise un profondo sospiro. Lo sentii riempire la ciotola. «Possa il Sacro Padre guidarti e sostenerti», disse con voce roca, versandomi lentamente l'acqua sul capo.

Balzai in piedi. «Non è stato troppo difficile, vero?»

«Non dirlo al magus...»

«Bah! E perché dovrei dire qualcosa al magus?» Risi e fu una bella sensazione. Era passato un sacco di tempo dall'ultima volta in cui avevo riso. «E poi tu sei più devoto di chiunque abbia mai incontrato.»

«Perché devo esserlo», replicò Darius con un filo di voce.

Stava diventando di nuovo triste e io non volevo niente del genere. «Non costringermi ad andare a mangiare fichi secchi», lo avvertii.

Darius fece una risata carica di preoccupazione.

«Quindi lo sai?»

«Sfortunatamente sì. Una volta mi piacevano.»

«Be', i tuoi usi da nomade mi rendono inquieto», disse, con il volto serio. «Ecco perché ero fuori quella notte. Non mi piace più dormire con un tetto sopra la testa.»

Riempii la ciotola al fiume e lo minacciai con quella.

«Va' avanti.» Darius ghignò. «Sono già bagnato.»

Ci voltammo tutti a due mentre Ilyas arrivava correndo lungo il fianco della collina. Darius afferrò la tunica e se la fece passare frettolosamente sulla testa. Mi allontanai di un passo da lui.

«In nome del Padre, cosa sta succedendo qui?» domandò Ilyas.

«Stiamo solo svolgendo la benedizione dell'acqua», dissi, guardando a terra.

«Non è ciò che sembrava.»

«Lei non ha fatto...» iniziò Darius.

«Taci.» Ilyas non aveva alzato la voce, ma in qualche modo era persino peggio. «Tutti e due, tornate agli alloggi. Non tollererò che si fraternizzi fuori dagli allenamenti e dai pattugliamenti, è chiaro?»

Annuimmo. Riuscivo ad avvertire la paura di Darius, spessa e soffocante, come se fosse un animale in trappola. Cosa pensava che avrebbe fatto Ilyas? Il nostro capitano voleva disciplina, ma le sue punizioni non erano niente di straordinario. Quando Tijah e io eravamo sgattaiolate in città per il bazar ed eravamo tornate in ritardo, Ilyas ci aveva fatto trasportare delle pietre avanti e indietro lungo il cortile fino a dopo il tramonto, un esercizio massacrante reso ancora peggiore dal fatto che fosse privo di senso, ma non era una tortura. E la volta che aveva sorpreso Myrri a usare il potere per asciugare i capelli di Tijah una mattina particolarmente fredda − cosa che a me era sembrata un'infrazione grave − le aveva semplicemente fatte vestire un'altra volta di grigio per due settimane. Tijah era impazzita come un cinghiale infuriato per quella umiliazione, ma sarebbe potuta andare molto peggio.

Mi arrischiai a guardare Ilyas. La delusione nei suoi occhi mi lacerò. Come se in qualche modo lo avessi tradito.

«Nazafareen, puoi fermarti al tempio del fuoco, prima», disse. «Chiedi perdono e contempla la giusta via. Perché se te ne allontani... be', la caduta può essere lunga e dolorosa.»

☙❦❧

FECI COME MI ERA STATO ORDINATO ANCHE SE, MENTRE fissavo il braciere e mormoravo le parole della purificazione, continuavo a vedere Darius senza la maglia. Ciò andò avanti per circa un'ora, nonostante i miei migliori sforzi, e me ne andai leggermente sorpresa per non essere stata scagliata all'inferno sul posto.

Ilyas non aveva detto che ero confinata agli alloggi, così quel pomeriggio mi presentai alle stalle alcuni minuti prima del solito, pensando di chiedere a Tommas se Darius gli avesse mai parlato della sua vita prima dell'arrivo a Tel Khalujah. Ogni volta che sollevavo l'argomento, Darius mi ignorava. Ma la sua reazione al dispiacere di Ilyas era stata così estrema che non potevo fare a meno di chiedermi come fosse stato il suo ultimo legame. Si era allenato con un contingente di Immortali a Karnopolis, ma non sapevo in cosa consistesse l'educazione di un daeva. Lo avevo chiesto a Tijah, ma neanche lei lo sapeva. Myrri era stata cresciuta con lei in famiglia.

I miei passi rallentarono quando udii una voce familiare all'interno. Ilyas era lì. Sapevo che sarei dovuta andar via, ma non potevo resistere all'idea di rimanere vicino a una delle stalle aperte.

«... lei. Stanno prendendo troppa confidenza.» «Sembra abbastanza innocente», disse Tommas.

«È così che comincia.» Udii gli stivali di Ilyas procedere avanti e indietro. «Voglio che tu lo tenga d'occhio. Dimmi se noti delle irregolarità.»

«Irregolarità?» Tommas scoppiò a ridere. «Di che genere? Sono legati. È solo naturale...»

Sentii il mio cuore fermarsi mentre udivo il suono inconfondibile di un palmo che colpiva la carne.

«Non è *naturale*», abbaiò Ilyas. Quindi diede un calcio a qualcosa. Dal rumore, sembrava uno sgabello di legno. «Mi dispiace», aggiunse in una voce più delicata. «Tommas, mi dispiace.»

Non avevo mai sentito il mio capitano usare un tono simile. Quasi implorante. Tommas non rispose.

Un momento dopo, Ilyas tornò di nuovo brusco.

«Tienilo d'occhio e basta.»

Mi premetti con la schiena contro la parete mentre Ilyas usciva all'improvviso dalla stalla. Se si fosse solo voltato alla sua destra, mi avrebbe visto. Ma si incamminò nella direzione dei giardini e non si guardò alle spalle.

«Vieni dentro», disse Tommas. «So che sei lì.»

Trasalii, anche se avrei dovuto sapere che il daeva avrebbe avvertito la mia presenza.

«Stai bene?» gli chiesi gentilmente.

La guancia e l'orecchio destri erano di un rosso vivo, ma mi donò il suo sorriso sbilenco, come se fosse tutto a posto.

«Mi dispiace», dissi miseramente. «È colpa mia.»

«No, è sua», rispose Tommas e non pensavo si riferisse a Darius. «Ma starei attenta se fossi in te. Non dargli scuse.» Sospirò. «Ilyas... ha buone intenzioni. È soltanto impaurito.»

Ciò mi sorprese. «Impaurito di cosa?»

«Di fallire nel suo compito. Credo che veda molto di se stesso in te, Nazafareen. Tiene molto a te.»

Raccolsi una scopa e cominciai a spazzare la stalla più vicina per nascondere la confusione. Era possibile che Ilyas fosse geloso? Il pensiero non mi aveva mai attraversato la mente. Mi aveva sempre trattato come una sorella. Ma allora ero una ragazzina mentre adesso avevo quasi diciannove anni. Ilyas era più grande solo di qualche anno. Non lo avevo mai visto con una ragazza, nonostante non fosse proibito. I Water Dog non erano magi. Potevano fare come volevano, fino a quando erano sufficientemente discreti, non si sposavano e tenevano le mani lontane dall'harem.

Per i daeva la situazione era diversa, naturalmente. I magi avevano spiegato che a loro non era permesso avere relazioni sessuali perché avrebbero potuto portare a delle nascite, e solo il Re decideva quanti nuovi daeva sarebbero potuti venire al mondo in un dato anno. Tutto era strettamente controllato.

«Non ho niente da nascondere», dissi.

«E io ti credo. Assicurati solo che lo faccia anche Ilyas.»

«Farebbe del male a Darius?» domandai. «Se pensasse... che stessimo compiendo *irregolarità*?»

«Non lo so. Ma se tieni in qualche modo al tuo daeva, lo proteggerai tenendotene alla larga.»

Annuii, sentendomi scontenta ma rassegnata. A parte le fantasie su Darius senza maglia, sapevo che l'intera cosa era comunque ridicola. Per quanto riguardava Ilyas, ero lusingata che fosse interessato a me, ma i suoi sentimenti non erano corrisposti.

Era il momento di tornare alle origini: prendermi cura della mia vendetta contro i non-morti. Solo perché Ashraf aveva smesso di mostrarsi nei miei sogni, non voleva dire che si fosse dimenticata di me. E, per dirla tutta, era *lei* che non desideravo davvero far arrabbiare di nuovo.

⚜

«E così stai rinunciando ai maschi di tutte le specie?» domandò Tijah quando quella notte ci trovammo da sole. Le avevo appena raccontato la giornata. «Sembra noioso.»

«Abbastanza.»

«Ilyas è un cazzomerda», sentenziò lei.

Risi nel cuscino. Tijah parlava correttamente l'aramaico, nonostante fosse la sua seconda lingua. Ma, quando imprecava, tendeva a unire le parolacce insieme senza curarsi del significato o dell'ordine.

«Tommas dice che le sue intenzioni sono buone.»

«Povero Tommas. Guardalo. Sembra una moglie maltrattata.»

Osservai l'oscurità. «Lo so. Non è giusto.»

«Un giorno reagirà e strapperà la testa di Ilyas. E anche le sue palle.»

«Sono sorpresa che non lo abbia già fatto.»

«Quel cazzomerda è fortunato a stare qui invece che a Tel Rasul. Hai sentito cosa è successo?»

Mi misi su un fianco in modo da vederle il volto alla luce della luna. «No, cosa?»

«C'è stata una specie di ribellione tra i Water Dog. L'hanno soffocata, ma sono morti due daeva e uno degli uomini legati.»

«Una ribellione?» Mi misi a sedere. «Di che tipo?»

«Non ne sono sicura. Zohra dice che due Water Dog stavano progettando di fuggire e hanno provato a convincere gli altri a unirsi a loro. Quando si sono rifiutati, c'è stata una battaglia nei dormitori. Alla fine i soldati del satrapo hanno dato fuoco all'edificio.»

«Sacro Padre.»

«Zohra crede che stessero provando a fuggire verso il re barbaro.»

«Ma perché dovrebbero fare una cosa del genere?»

«Davvero non conosci la risposta? Andiamo, Nazafareen. Credi che ai daeva piaccia il legame? A te piacerebbe, se fossi al posto loro?»

«Immagino di no», dissi, a disagio.

«Li usiamo perché dobbiamo. Non c'è scelta. I magi dicono che è la volontà del tuo Sacro Padre, ma io penso sia la volontà del Re. Ed è così che funzionano le cose, ragazza nomade. Il vincitore crea le regole. Ma non significa che dureranno per sempre. Niente lo fa.»

Tranne per quando eravamo di pattuglia, Darius e io ci incontrammo poco, dopo quell'episodio. Il suo compito era di lavorare ai giardini e talvolta lo vedevo da lontano mentre utilizzava una vanga con una mano sola o potava le rose. Doveva sentire la mia presenza, ma non si voltava mai. Eppure, sapevo quando era af famato, stanco o inquieto. Quando si pungeva un dito su una spina o quando riceveva un colpo duro alle costole durante l'allenamento.

Mi mancava il suono della sua voce. I suoi rari sorrisi, che ora erano del tutto inesistenti. Avremmo vissuto il resto delle nostre impossibilmente lunghe esistenze così, consapevoli dei dettagli più intimi e al tempo stesso senza conoscere ogni cosa che contava? Era come il papiro che i magi tenevano nello studio. Ne ammiravo le scritte fluenti ed eleganti e sospettavo che contenesse i segreti più affascinanti, che però restavano fuori dalla mia portata.

Ilyas si calmò una volta accortosi che Darius e io avevamo

imparato la lezione e, se ancora covava desideri nei miei confronti – posto che ne avesse mai provati – non ne dava alcun segno. Anzi, il giorno del compleanno del Re, diede a tutti noi il permesso di fare una partita di chaugan nel campo di terra vicino al palazzo che il satrapo teneva proprio per quello scopo.

Difficilmente avevamo un giorno libero, ma la gloriosa venuta al mondo fisico di Artaxeros II era una tradizionale vacanza per tutto l'impero. Quella notte ci sarebbe stato un banchetto al palazzo e i servi avevano preparato i piatti per giorni, portando barili di eccellente vino Ramian e ogni tipo di squisitezza per la tavola del satrapo. Era un goloso e prediligeva piatti come struzzo ripieno e candito, cosa che probabilmente giustificava la sua impressionante circonferenza e la sua abbondanza di denti d'oro.

Avevo assistito a molti scontri tra i soldati di Jaagos prima, ma non avevo mai provato a giocare in prima persona. Era uno sport brutale, veloce e senza re gole. Ferite gravi non erano insolite. Il Re stesso ne era appassionato e aveva persino mandato una lettera provocatoria a Eskander suggerendogli di giocare a chaugan invece di fare la guerra. Aveva anche incluso il dono di una palla insieme al messaggio (una frecciatina rivolta all'età del re barbaro) a cui Eskander a quanto pareva aveva replicato dicendo che la sfera rappresentava la Terra, che lui intendeva tenere nel palmo della mano.

Darius sosteneva che quello sport fosse stato inventato dai nomadi, così mi sentii abbastanza spavalda quando otto di noi Water Dog si allinearono sul campo dopo la colazione. Era lungo quasi cento metri, con due pali di pietra a ogni estremità messi a due metri e mezzo di distanza. Le squadre erano composte da Darius e me, Tijah e Myrri contro Zohra e Behrouz e i loro daeva. Cavalcavamo tutti su una doppia sella e persino i cavalli si guardarono con circospezione quando Tommas fece rotolare la prima palla tra di noi.

Il daeva di Zohra era un uomo magrissimo con profondi occhi neri chiamato Cyrus. Gli mancava un orecchio e teneva i capelli lunghi per coprirlo. Il daeva di Behrouz, Rasam, aveva la schiena storta e indossava un corsetto di cuoio sotto la tunica. Erano tutti e due molto bravi e presto Tijah si trovò a imprecare sottovoce mentre loro distruggevano la nostra difesa e segnavano una serie di punti.

Ero una cavallerizza provetta, ma centrare una piccola palla di legno con un mazzuolo senza colpire il cavallo o Darius si rivelò più difficile di quanto sembrasse. «Non puoi semplicemente aiutarmi un po' con l'aria?» borbottai mentre miravo alla palla e la man cavo del tutto. Di nuovo. Il cavallo nitrì, chiaramente scontento di quanto il bastone di legno fosse arrivato vicino al suo muso.

«Stai suggerendo di imbrogliare, Nazafareen?» mi domandò Darius innocentemente.

«Si chiama imbrogliare solo se vieni beccato.»

Darius rise. «Be', lo saremmo. I daeva riescono ad avvertire il potere, sia che lo stiano utilizzando loro stessi o meno.»

Darius stava cavalcando tenendosi solo con le ginocchia visto che portava il mazzuolo nella mano destra e la sinistra era inutile.

«Bene.» Alzai gli occhi al cielo. «Sacro Padre, so che sei un fermo sostenitore dell'umiliazione, ma ti prego di non lasciarmi sfigurare permanentemente me stessa o altri oggi. Specialmente non il cavallo.»

La notte precedente aveva piovuto e, nel giro di pochi minuti, indossavamo un generoso mantello di fango. Tijah, che era di indole competitiva, a un certo punto fu così arrabbiata che cavalcò direttamente contro Behrouz e finì a terra sulla schiena. Per quanto mi riguardava, una volta accettata la disfatta come inevitabile, decisi di godere della rara occasione di trascorrere del tempo con il mio daeva. Darius era di buonumore, per una volta. Cavalcammo su e giù lungo il campo, esultando per le piccole vittorie e ululando quando i nostri avversari segnavano.

Durante la pausa stavo condividendo dell'acqua con Darius, sentendomi confusa e accaldata e più felice di quanto non fossi stata da parecchio tempo, quando Ilyas galoppò fino a noi.

I suoi occhi grigi ci osservarono con disapprova zione e stavo per ricordargli che era stato lui a darci il permesso di essere lì, ma le sue parole furono una sorpresa. «È appena arrivato un messaggero. Mezzo morto, inseguito da un branco di Druj fino ai cancelli della città. Veniva da Gorgon-e Gaz.»

Qualcosa si accese in Darius a quel nome. Io non lo avevo mai sentito prima ed ero abbastanza certa che non fosse sulla cartina nello studio del magus.

«Cos'è Gorgon-e Gaz?» domandai.

Ilyas guardò Darius. «Diglielo.»

L'espressione di Darius non cambiò, ma avvertii il tumulto in lui. «È dove tengono i più anziani. I primi a essere stati incatenati. Molti di loro si trovano lì dalla guerra. È una prigione, Nazafareen.»

«Perché?» Passai lo sguardo da Ilyas a Darius. «Non capisco. Non hanno aiutato a respingere i

Druj?»

«Dopo aver combattuto al loro fianco», disse Ilyas, disgustato. «Il Profeta sapeva che non ci si poteva fidare di loro. E aveva ragione. C'è stata una fuga. Sei daeva.»

«Non è possibile», replicò Darius.

«Lo è. Le guardie a cui erano legati li hanno aiutati. C'è stato un massacro. I morti sono più di una dozzina.»

Darius e io ci scambiammo uno sguardo, scioccati.

«Dov'è questo posto?» domandai.

«Mezza giornata a cavallo», rispose Ilyas. «Avvertite gli altri e tornate agli alloggi. Partiamo tra un'ora.»

«Allora dobbiamo...» Mi bloccai, di colpo impaurita.

Il volto di Ilyas si incupì. «Sì. Dobbiamo catturarli e riportarli indietro.»

Vidi il primo corpo nel momento in cui emergemmo dal passo.

Giaceva sulle rocce, le braccia distese delicatamente lungo i fianchi. Un giovane con la pelle pallida e i capelli neri. I gabbiani si erano accaniti su di lui. Una nube di quegli uccelli si innalzò mentre noi galoppavamo giù dalla collina. Sapevo che era così che salutavamo i nostri morti. Sotto il cielo aperto. Solo una volta che le ossa fossero state ripulite sarebbe stato pronto per la sepoltura.

Ma quella vista mi innervosiva comunque. Feci il segno della fiamma.

Buoni pensieri, buone parole, buone azioni.
Siamo la luce contro l'oscurità.

Il corpo che superammo si trovava a circa duecento metri dal muro di cinta di Gorgon-e Gaz. Cominciava ai piedi delle montagne e si estendeva nell'acqua poco profonda. Pietra grigia, rovinata da secoli di tempeste che avevano infuriato dal Salenian Sea. Pareti curve spesse sei metri, con feritoie come finestre.

Il respiro si serrò nei miei polmoni e mi tolsi il qarha dal viso. Fu catturato dal vento, sbattendo come una bandiera scarlatta. Darius sedeva dietro di me sulla doppia sella e non avevo bisogno di guardarlo per sapere che i suoi occhi erano scaglie di ghiaccio azzurro. Sentivo la furia in lui, e la vergogna.

«Sacro Padre», mormorai mentre superavamo altri due corpi spezzati, tutti e due con le tuniche bianco e oro delle guardie.

Il nostro cavallo era troppo ben addestrato per temere la carneficina, più addestrato di quanto fossi io stessa, a quanto pareva. Mi ero abituata a uccidere i Druj, ma i corpi umani erano tutta un'altra cosa. Lo stomaco mi si annodava, ma mantenni il volto inespressivo. Solo Darius sapeva quanto fossi vicina alla nausea.

«Fermi», ordinò Ilyas.

Qualcuno stava uscendo dalla fortezza.

Mi inclinai leggermente all'indietro e tirai le redini. Alla mia destra, Tijah e Myrri fecero la stessa cosa. Tutte e due sembravano pronte a uccidere chi si fosse avvicinato troppo.

Era un uomo di mezza età, con folti capelli bianchi e il collo di un toro. Corse verso di noi e notai il marchio sul petto: un grifone ruggente in un circolo, il simbolo del Re. Doveva essere il custode.

«Perché ci avete messo tanto?» domandò. «E dove sono gli altri?» Strizzò gli occhi verso di noi e non parve rassicurato da ciò che vide. «Abbiamo bisogno di rinforzi...»

«Stai dimenticando qualcosa», disse Ilyas, calmo. «Quando parli con me, parli con il Satrapo Jaagos, che ha il compito spiacevole di informare il Re di questo disastro. Ci vogliono otto giorni a cavallo per arrivare a Persepolae. Prega con tutte le tue forze che troviamo i fuggitivi e li riportiamo qui prima di quel momento.» Il custode impallidì.

«Ho bisogno dei nomi, sia dei daeva che dei legati, delle loro infermità e di qualunque altra cosa tu sappia», continuò Ilyas.

L'uomo annuì. «Non venite dentro? Posso mostrarvi cosa hanno fatto...»

«Non c'è tempo. Puoi spiegare al satrapo come ci sono riusciti. Il mio compito è solo di catturarli.» Ilyas si voltò verso di me. «Trova la traccia finché è ancora calda. Abbiamo già perso troppe ore per attraversare le montagne.»

«Dove vuoi cominciare?» chiesi a Darius.

«La linea dell'alta marea», rispose lui.

Durante il tragitto verso la prigione, avevo imparato alcune cose su Gorgon-e Gaz, la roccaforte segreta che non si trovava su nessuna cartina.

Conteneva centotredici daeva. Centosette, ora. Quando il Profeta aveva forgiato i bracciali durante la guerra, aveva usato i primi daeva che aveva preso per catturarne altri. Alcuni erano morti nella battaglia. Quelli rimasti dopo che la Regina Neblis era stata ricacciata oltre le montagne erano stati portati lì.

Ricordavano cosa volesse dire essere liberi, a differenza dei daeva dei Water Dog o degli Immortali, che erano stati cresciuti in cattività ed educati a seguire la Via della Fiamma. Di conseguenza, non ci si poteva fidare di loro fuori da quelle mura. Ma Ilyas mi aveva detto che i daeva a Gorgon-e Gaz erano ancora utili per uno scopo. Il loro sangue era forte. Così era al tempo stesso una prigione e una nursery. Prima di essere mandato dai magi a Karnopolis, Darius era nato lì.

Stavo ancora cercando di capire tali informazioni mentre cavalcavamo in direzione dell'acqua. Mi ero unita ai Water Dog per uccidere i Druj, quelli non-morti. Non mi sarei mai aspettata di dare la caccia a daeva di più di duecento anni e abbastanza potenti da spaccare a metà la fortezza imponente di Gorgon-e Gaz.

Una volta arrivati alla linea della marea, riuscii a notare i frammenti di pietra sul lato del mare, le onde che superavano una frattura frastagliata che doveva essere alta più di dieci metri.

Darius smontò da cavallo e appoggiò la mano buona sulle ossa rotte della prigione, mentre il mare gli bagnava i piedi. Rimanemmo a osservare per un momento e avvertii la prima punta di paura in lui. Quale daeva poteva incanalare un potere tanto distruttivo e sopravvivere? Avevo imparato che la terra era uno degli elementi più violenti. Se Tommas avesse provato a fare qualcosa del genere, si sarebbe spezzato. Non sapevo se Darius ne avesse la forza. Forse sì, ma avrebbe ottenuto quel risultato a caro prezzo. Si era rotto una costola solo per aver scagliato qualche pietra al villaggio di Ash Shiyda e la terra era il suo elemento più forte, così come l'aria era quello di Tommas.

Il daeva si voltò verso di me. I nostri occhi si incrociarono e io sentii un ruscello di potere fluire attraverso il legame. Raccolse una manciata di sabbia e la lasciò scivolare attraverso le dita. Ero lieta che quel tipo di rilevazione non lo ferisse. Era solo quando Darius utilizzava la volontà per influenzare un elemento che ne pagava il prezzo in termini fisici.

La sua mente si fece silenziosa mentre fissava la spiaggia.

«Sono andati a ovest», disse. «Dodici cavalieri. Hanno mezza giornata di vantaggio.»

Quando lo dicemmo a Ilyas, lui sembrò sicuro di raggiungerli sul terreno impervio delle montagne. Dopo aver visto la fortezza incrinata, non potevo fare a meno di domandarmi cosa sarebbe successo in quel momento. Ma il nostro capitano se lo era aspettato – a meno che i fuggitivi non avessero preso una nave, l'unica altra via di fuga sarebbe stata rappresentata dalla catena del Khusk – e nelle sacche agganciate alle selle avevamo scorte per un viaggio di due settimane, insieme a giacche imbottite simili alle arqalok del clan Four-Legs.

«Smontate da cavallo per ricevere la benedizione», disse Ilyas, riempiendo la ciotola con l'acqua del mare.

Ci inginocchiammo in fila sulla sabbia, con i capi chini, mentre Ilyas camminava lungo la linea. Rabbrividii un po' quando l'acqua ghiacciata gocciolò attraverso il qarha e lungo la nuca. Quindi sentii la pelle d'oca un'altra volta mentre Darius veniva bagnato.

«Possa il Sacro Padre guidarci e sostenerci. Possano le nostre impurità essere lavate via.» Ilyas rovesciò la testa all'indietro e risolutamente versò il resto dell'acqua gelata su di sé. Quindi si scosse le ciocche bagnate dagli occhi. Al sole brillavano come rame brunito. «Il mondo è un campo di battaglia e noi ne siamo i guerrieri, Water Dog. Non nella prossima vita, ma qui. Ora. Riporteremo indietro quei rinnegati. Vivi, se possiamo; morti, se dobbiamo. Ma li riporteremo indietro. Se falliamo, non dovremo subire solo il giudizio del Re. Ma anche quello del Sacro Padre.» Ilyas fece il segno della fiamma.

Buoni pensieri, buone parole, buone azioni.

Tenni la testa bassa ancora per un istante, pregando perché ricevessi coraggio. A pochi passi di distanza, riuscivo a sentire il ronzio delle mosche.

«Nazafareen», mi chiamò Ilyas.

Alzai lo sguardo.

«Tu conosci queste montagne, vero?»

«Come il volto di mia madre», risposi. «Ma solo alcune parti. Dipende da quale percorso hanno preso.»

«Allora tu sarai la nostra guida. Darius può seguire le loro tracce, ma dobbiamo ridurre la distanza.»

«Conosco delle scorciatoie.» Tenni la briglia per Darius, quindi balzai sulla sella anteriore.

Tommas esitò per un momento, studiando l'orizzonte con un'espressione malinconica. Intagliava sempre piccole conchiglie, barche e pesci come quello che mi aveva donato il primo giorno nelle stalle. Diceva che così manteneva vivo il ricordo del Middle Sea.

«Sono passati dodici anni da quando ho visto l'oceano», disse.

«E dubito che sia cambiato molto», ribatté Ilyas, senza cattiveria. «Andiamo, le tracce seguono la spiaggia. Puoi guardare quanto vuoi, fino a quando lo fai dalla sella.»

Alcune guardie uscirono da Gorgon-e Gaz per seguirci mentre ci allontanavamo. Tommas salì con un unico movimento flessuoso e fece scattare il suo cavallo.

«Pregheremo per voi», esclamò una delle guardie.

«Possa il Profeta velocizzare il vostro viaggio.»

Diedi un'ultima occhiata alla roccaforte e provai a immaginare la forza necessaria per infrangerla. Quindi mi costrinsi a vedere i morti. Tutti e quattordici, sparsi lungo la spiaggia, gli arti spezzati come ramoscelli. Il fetore dolciastro della putrefazione si mischiava al sapore salmastro del mare e avvertii la bile risalirmi dentro. Poteva Darius davvero proteggerci da qualcosa del genere? Potevano Myrri e Tommas?

Gli altri e più esperti Water Dog erano tutti di pattuglia quando era arrivato il messaggero. Noi eravamo lì soltanto perché Tel Khalujah era la satrapia più vicina a Gorgon-e Gaz. La prigione era una zona sperduta ai confini occidentali dell'impero, a migliaia di leghe dalle capitali. Non succedeva mai niente laggiù. Fino a quel giorno, almeno.

Gli zoccoli dei cavalli alzavano zolle di sabbia bagnata mentre tuonavamo lungo la spiaggia. Superammo una fila di macigni e anch'io riuscii a vedere le tracce. Avrebbero potuto cavalcare sotto la linea della marea, ma non si erano curati di farlo. Non avevano compiuto alcuno sforzo per mascherare la fuga. Forse sapevano che li avremmo seguiti comunque o forse non gliene importava.

Forse non ci temevano affatto.

Avevo ancora i capelli umidi per la benedizione. Sopra di noi, i gabbiani planavano nel vento, urlandosi contro l'un l'altro. Chiusi gli occhi per un momento e avvertii la sacralità di quel luogo di convergenza, il punto in cui l'acqua incontrava la terra.

Realizzai che una parte di me aveva smesso di pensare ai daeva come Druj. Aveva cessato di credere che la loro natura primaria fosse malvagia. Non conoscevo molto bene Myrri, ma conoscevo Tommas. Conoscevo Darius. Erano Water Dog. Ma ciò che era accaduto a Gorgon-e Gaz pareva confermare tutto quello che il magus mi aveva detto. I daeva ci avevano quasi distrutti prima che li incatenassimo. E se quelli in fuga avessero infranto i loro legami, lo avrebbero fatto di nuovo.

Non serravo il potere di Darius da parecchio tempo. Non ne avevo avvertito il bisogno.

Ma adesso lo feci.

Chiusi il pugno su quella pozza scintillante e dilagante e lo sentii irrigidirsi. La mia improvvisa mancanza di fiducia lo aveva ferito, ma era una cosa che dovevo fare. Continuavo a vedere quei corpi. La fenditura frastagliata nella parete.

Cavalcammo per un'ora e più. La spiaggia si restrinse a uno sputo di terra e le tracce voltarono a ovest verso la catena del Khusk, proprio come Darius aveva predetto. I più alti picchi innevati erano ancora a qualche giorno di distanza, ma non appena ci addentrammo tra le colline la temperatura cominciò a scendere. Potevo sentire i morsi del vento anche attraverso il qarha. Tijah si soffiava sulle dita, tremando. Era una figlia di Al Miraj, del brutale deserto del Sayhad, e non aveva idea di cosa fosse il freddo. Presto se ne sarebbe resa conto.

Ci stavamo addentrando nei territori del clan Four-Legs. Non avevo percorso quella via da quando avevo lasciato la mia gente per unirmi ai Water Dog. La catena del Khusk si estendeva a sud e a est di Tel Khalujah. Dall'altra parte c'era la Great Salt Plain e, al di là di essa, la Royal Road verso la capitale estiva di Persepolae. Mi chiesi se fosse quella la destinazione dei fuggitivi o se fosse un luogo completamente diverso.

Quando quella notte ci accampammo, Ilyas ci disse che probabilmente avevano in mente di unirsi a Eskander. «Se riescono a superare i confini occidentali, lui offrirà loro un rifugio. È la loro unica possibilità», ci spiegò. Il freddo sembrava a malapena toccarlo mentre studiava attentamente le mappe, controllando le diverse rotte, cercando di predire con esattezza quando e dove avremmo raggiunto la preda e quali vantaggi avremmo ottenuto da quella conoscenza.

La luce del fuoco addolciva i suoi zigomi affilati, il suo naso dritto e la sua bocca sottile. Il nostro capitano non era attraente come Tommas o come Darius, ma aveva una calma intensità, un'intelligenza irrequieta che lo rendeva interessante da guardare. Negli anni in cui lo avevo conosciuto, avevo imparato che il suo umore poteva cambiare come argento vivo, specialmente quando c'era di mezzo Tommas. Ilyas poteva essere incantevole un momento e glaciale quello successivo. Ma era un buon capo. Mi fidavo del suo giudizio. Non correva mai rischi che non fossero stati calcolati con cura. E il suo coraggio in combattimento era leggendario tra i Water Dog. Lo avevo visto io stessa molte volte.

«Victor è quello di cui dovremmo preoccuparci», borbottò Ilyas, mettendo da parte le cartine in pelle di vitello. «Il custode ha detto che durante la guerra ha ucciso più Druj di ogni altro daeva. Un animale assetato di sangue, sotto ogni punto di vista.»

«Qual è la sua infermità?» domandò Tijah, spezzando un pezzo di pane.

«Un'infermità minore. Gli mancano tre dita alla mano destra. È molto forte con la terra. Non ho dubbi che sia stato lui a infrangere la fortezza.» «E gli altri?» chiesi.

Ilyas recitò una lista di nomi. Non significavano nulla per me.

«Ma sono tutti ancora legati alle loro guardie?» domandò Tijah.

Ilyas si rabbuiò. «Sì. Il che vuol dire che le guardie hanno collaborato durante la fuga. Non avrebbero potuto fare in nessun altro modo.» Ci guardò tutti. «Quando li troviamo, rimanete concentrati sugli umani. Non provate ad affrontare i daeva. Il vostro compito sarà tenere a bada le guardie mentre i demoni combattono l'uno contro l'altro. Voi siete il ferro. Loro il potere.»

«Ma perché le guardie?» domandai. «Una potrei capirla. Ma sei? Tutte nello stesso momento?»

Ilyas scosse il capo. Si vedeva che era preoccupato. «Non lo so. E neanche il custode lo sapeva. Ha detto che erano tutte persone fidate. E il protocollo era di far girare i bracciali a rotazione in modo che non si potesse creare nessun attaccamento tra i daeva e i loro legati.»

Smisi di provare a dare un senso alla faccenda e misi un altro pezzo di legno nel fuoco. Darius si era allontanato nel momento in cui Tijah aveva colpito la pietra focaia. Temeva il fuoco: tutti i daeva lo temevano. Li attirava, li seduceva, ma non poteva essere controllato. Il fuoco era la loro unica debolezza.

E, visto che sembravano esattamente uguali a noi, era anche l'unico test infallibile.

Tutti i daeva erano maledetti dal Sacro Padre con delle infermità fisiche, ma alcune erano nascoste. Come la lingua mancante di Myrri. E alcune erano cose che avrebbero potuto avere anche gli esseri umani: un occhio cieco, un piede equino. Il Re aveva bisogno di un metodo sicuro per distinguerci. Per assicurarsi che nessuno provasse ad allevarli illegalmente.

La risposta era rappresentata dai Numeratori. A migliaia vagavano per l'impero, le loro tonache bianche con il sigillo reale. Potevano bussare a una porta in qualunque momento, inclusa la camera da letto del satrapo, e nessuno poteva rifiutarsi di farli entrare. Ufficialmente erano addetti al censimento, contavano le persone e il bestiame per stabilire le tasse dovute. Ma tutti sapevano cosa fossero in realtà: cacciatori di daeva.

Ciascuno di noi aveva i tatuaggi realizzati dai Numeratori sui palmi. Il mio era composto da due triangoli, uno dentro l'altro. Quello di Darius era un triangolo sbarrato che lo marchiava come daeva. Era un tipo speciale di inchiostro iridescente che non poteva essere contraffatto.

Quando i Numeratori trovavano qualcuno senza il marchio, lo trascinavano al più vicino tempio del fuoco. Non per bruciarlo. Per vedere cosa sarebbe accaduto quando si avvicinava ai bracieri. Gli esseri umani ovviamente non subivano alcun effetto. Ma a due metri dall'altare i daeva avrebbero cominciato a sentirne la spinta. A un metro e mezzo avrebbero dovuto combattere per non avvicinarsi oltre al feroce e selvaggio potere delle fiamme. Ancora più vicini di così il sangue avrebbe iniziato a ribollire nelle loro vene.

Quindi Tommas e Myrri rimasero di guardia sul bordo della luce mentre noi ci avvolgevamo nelle coperte. Lui stava cantando delicatamente, una melodia struggente e malinconica in una lingua a me sconosciuta. La maggior parte degli altri daeva a Tel Khalujah evitava Myrri. Penso che la sua mutezza li disturbasse. Tommas era l'unico a cercarla. Non pareva curarsi del fatto che non potesse parlare. Forse il silenzio era un sollievo dopo aver avuto a che fare con Ilyas tutto il giorno.

Tommas sapeva come imitare il fischio di centinaia di uccelli diversi e Myrri gli faceva segni con le mani per dirgli quale voleva sentire. Oltre a Tijah, lui era l'unica altra persona capace di farla sorridere.

Mentre mi addormentavo, riuscivo ad avvertire Darius là fuori, al buio e al freddo, mentre osservava il percorso da seguire. Il mio daeva riposava solo due o tre ore per notte ultimamente, quando lo faceva. Mi domandai se stesse pensando ai fuggitivi. A cosa sarebbe successo quando li avremmo presi. Se segretamente avesse pietà di loro.

Avrebbe dovuto uccidere quei daeva. Tutti quanti. Sapevo nel mio cuore che non li avremmo mai catturati vivi. Erano troppo veloci. Troppo forti. Degli dei. Con delle leggi tutte loro.

𝕏 10 𝕏

Il giorno seguente cavalcammo dalle prime luci fino a quando non fu troppo buio per proseguire. Ilyas desiderava andare avanti. Non conosceva quelle montagne, non quanto me. Gli spiegai che lì c'erano voragini nascoste e che avevo visto uomini cadere verso la loro morte da un passo all'altro alla luce del sole. Che sarebbe stato un suicidio compiere la traversata nell'oscurità. Alla fine, Tommas gli disse qualcosa a bassa voce e lui acconsentì a malincuore di fermarci, ma c'era una luce disperata nei suoi occhi. Se Ilyas fosse stato solo, credo che avrebbe evitato proprio di dormire. Avrebbe continuato a cavalcare fino a catturarli o fino a quando le montagne non lo avessero ucciso.

Disse di non sapere perché le guardie avessero deciso di compiere il tradimento, e forse non lo sapeva davvero, ma io continuavo a pensare a quei Water Dog a Tel Rasul e a cosa avevano fatto solo pochi mesi prima. Anche loro avevano provato a fuggire, nonostante non fossero riusciti neanche a lasciare gli alloggi. C'era una qualche connessione tra i due eventi? Credevo che le catene fossero infallibili, ma ovviamente avevano un punto debole. L'umano legato. E credo che fosse l'elemento a preoccupare di più Ilyas. Che la nostra stessa specie potesse tradirci. Per quanto volesse i daeva, voleva le loro guardie ancora di più.

Il quarto giorno cominciò a nevicare. Stavamo arrivando ai passi finali, i più insidiosi. La temperatura, già glaciale, si abbassò persino di più. Mostrai a Tijah come avvolgere le mani per evitare i geloni. I guanti servivano a poco. Le dita sarebbero rimaste più calde se si fossero toccate.

Aveva cominciato a lamentarsi di un terribile mal di testa che non se ne voleva andare. Ora era piegata in due sulla sella, tossendo. Feci una smorfia a quel suono rauco. Myrri le diede qualche colpetto sulla schiena, gli occhi castani pieni di paura.

Sapevo che Tijah stava soffrendo della malattia della montagna. Il suo corpo semplicemente non era fatto per reggere l'aria rarefatta delle alte vette. Se non le avessimo superate presto, sarebbe potuta morire.

Secondo Darius, le nostre prede erano ancora a mezza giornata di distanza. Ma presto avrebbero raggiunto le pianure e la nostra pista sarebbe svanita.

«Da che parte, Nazafareen?» domandò Ilyas.

Esitai. Conoscevo una via. La scorciatoia che la mia gente aveva usato per generazioni. Ma non era un posto che avrei voluto rivedere.

«Da che parte?» ripeté Ilyas. Aveva gli occhi iniettati di sangue. Dormiva appena da parecchi giorni e aveva un aspetto brutto quasi quanto Tijah. Il nostro capitano era diventato un uomo posseduto da demoni che lui stesso aveva creato. Non sapevo cosa ne sarebbe stato di lui se avessimo fallito la missione. Persino Tommas, di solito gioioso, aveva adottato l'atteggiamento del suo maestro e rimaneva sulla sella, silenzio so e logorato dalle preoccupazioni.

«Seguitemi», dissi alla fine, conducendoli alla stretta fessura tra le rocce. Proseguimmo su una salita ripida, mentre le raffiche di neve ci investivano.

Per gli altri, ne ero sicura, il sentiero non doveva apparire diverso da quelli che avevamo seguito fino a quel momento.

Spoglio e roccioso, privo di vita. Ma nella mia mente continuavo a rivedere una lunga carovana di persone che conducevano le greggi di pecore e capre verso le praterie che giacevano ai piedi delle colline. Ogni passo era orribilmente familiare.

E quindi oltrepassammo una svolta e vidi il punto preciso dove avevo smesso di camminare tanti anni prima. Dove avevo provato a prendere il cucciolo di Ashraf.

Sono forte quanto te, Nazafareen.

Mi fermai un momento per rendere omaggio. La neve colpiva di lato, pungendomi gli occhi.

«Che succede?» domandò Ilyas dietro di me.

«Niente.» Colpii i fianchi del cavallo con le ginocchia e ricominciai la scalata.

❧

QUANDO QUELLA NOTTE CI FERMAMMO, ASPETTAI CHE ILYAS SI addormentasse. Quindi mi allontanai dal fuoco e andai a sedermi con Darius. Eravamo... be', non amici. Non c'era uguaglianza tra di noi. Ma una volta godevamo l'uno della compagnia dell'altra e pensavo che avremmo potuto farlo di nuovo.

Il suo qarha era avvolto stretto, quindi potevo vedere solo i suoi occhi azzurri. Nonostante il freddo in tenso, il mio daeva era rilassato, con le braccia intorno alle ginocchia. Controllava la temperatura del corpo rallentando ogni processo, come un orso in letargo. Riuscivo a sentire il suo cuore battere una volta ogni dieci o quindici secondi. Il mio avrebbe voluto battere allo stesso ritmo ma avevo imparato tempo prima a scacciare quell'impulso. Mi avrebbe ucciso se lo avessi seguito.

Mi sistemai in un riparo nella roccia. L'orizzonte si era schiarito e le stelle sembravano abbastanza vicine da poterle toccare, una spruzzata di gocce di rugiada congelate contro l'oscuro mantello del cielo.

«L'esercito del Sacro Padre», dissi, indicando in alto. «Il magus dice che sono angeli. Discenderanno sulla terra quando si combatterà la battaglia finale contro i Druj.»

Darius mi guardò. Avvertii il suo divertimento. «Forse.»

«Cosa?»

«Be', potranno essere angeli, ma sono anche soli, come il nostro. Soltanto molto lontani.»

Mi accigliai. «E come puoi saperlo?»

«Lo so. Riesco ad avvertire di cosa sono fatti.» Cambiò posto, a disagio. «Un fuoco terribile.» «Ma sembrano freddi», protestai.

«Fidati di me, non lo sono.»

«Riesci a sentirli attraverso il... il Nesso?»

«Sì.»

«Non ho ancora idea di cosa sia», confessai. «Sia Tommas che il magus hanno provato a spiegarmelo, ma non sono riuscita a capire.»

Darius esitò. «È difficile da descrivere a parole. Ma c'è un'identicità in tutte le cose. Un ordine sotto stante ai livelli più piccoli. È in me, in te e in quelle stelle. Lo chiamiamo *il Nesso*, appunto.»

«Perché non posso sentirlo anch'io?»

«Non lo so. È una percezione che a voi umani sembra mancare, forse perché dovete lasciarvi andare per notarlo. Lasciar andare ciò che pensate di essere.» Si toccò il petto. «Il mio nome è Darius. Ho vent'anni e sono un Water Dog. Sono un daeva.» Lo sentii ghignare. «Odio i fichi secchi. Ma per toccare il Nesso devo dimenticare tutte queste cose. Non devo essere niente. E quindi divento tutto. E questo tutto risponde alla mia volontà. Capisci?»

«Non proprio. Ma lo avverto attraverso il legame.
È lì che andavi? Quando sedevi sotto l'albero di pere?»

«Ci sei venuta una volta.»

«Ero curiosa. Ma non volevo disturbarti.»

«È un posto pieno di pace», disse e non ero sicura se intendesse il giardino o il Nesso o tutti e due. «Ancora più pieno di pace quando non desidero utilizzarlo per trarne potere, ma solo per stare tranquillo.» Darius fece un profondo respiro che si diramò dalla sua bocca come fumo nell'aria fredda. «Cosa è successo, Nazafareen?» domandò.

All'inizio pensai che intendesse il fatto che stessi stringendo di nuovo il suo potere. Cercai un modo per spiegarglielo senza offenderlo. Non era una faccenda personale. Ma avevo permesso a me stessa di dimenticare la prima regola dei Water Dog: mantenere il controllo. Forse qualcosa nel legame, qualche difetto che non conoscevamo, aveva permesso ai daeva di corrompere le guardie. Non credevo che Darius avrebbe fatto lo stesso a me, ma non potevo correre il rischio.

«Prima. Quando ti sei fermata.»

«Oh.»

«Non devi dirmelo per forza.»

Mi abbracciai le ginocchia mentre le parole uscivano. «È successo molto tempo fa. Mia sorella fu presa da uno spettro. La guardai morire.»

«Mi dispiace.»

E gli dispiaceva davvero. Ma ciò non cambiava i fatti.

«Ricordi Gorgon-e Gaz?» gli domandai, sperando di cambiare argomento.

«Non proprio. Ero molto piccolo quando mi portarono a Karnopolis.»

«Come è stato crescere con i magi?»

Avvertii le barriere innalzarsi, spingendomi via. «Forse non te ne sei accorta, ma hai i piedi ghiacciati», disse Darius. «Se non li scaldi vicino al fuoco probabilmente diventeranno neri e ti cadranno, quindi io dovrò portarti lungo queste montagne, cosa che mi creerebbe parecchio disturbo.»

Sorrisi. «Allora buonanotte, Darius.»

«Buonanotte, Nazafareen.»

Mi avvolsi nelle coperte e ascoltai il vento gemere tra gli alti passi. Il sibilo delle fiamme mentre il fuoco si abbassava. Tutti avevamo i nostri fantasmi, pensai. Le persone che avevamo amato – odiato – così tanto da farle diventare parte di noi.

Nessuna scelta in questa vita era veramente nostra. Persino il nostro coraggioso capitano era guidato da desideri e insicurezze che avevano a che fare più con l'incidente della sua nascita che con qualunque altra cosa.

Ma Darius aveva detto di perdersi quando toccava il potere. Di diventare nulla. Solo un filo nel grande arazzo dell'universo. E mi domandai per la prima volta se essere un daeva fosse davvero una maledizione o una benedizione sotto mentite spoglie.

IL QUINTO GIORNO ARRIVAMMO ALL'ULTIMO DEGLI ALTI PASSI. Aveva cominciato e smesso di nevicare per tutta la mattinata, ma ora il cielo era sgombro e il sole brillava. Riuscivo a vedere le colline verdi e, al di là di esse, la Great Salt Plain che si allungava come un calmo mare all'orizzonte. Non c'era un singolo albero né un filo d'erba a spezzare quella distesa di bianco.

Il clan Four-Legs avrebbe svernato sul bordo di quella, molte leghe più a sud di dove eravamo ora. Ma non si avventuravano mai lontano. Le montagne potevano essere spietate, ma la Great Salt Plain significava morte. Ribolliva d'estate, si trasformava in sabbie mobili in primavera ed era una terra desolata per il resto del tempo.

«Fermi», ordinò Ilyas.

Tirai le redini. Darius osservava il paesaggio con il vento che gli scompigliava i capelli. Liberai il suo potere e gli lasciai cercare le tracce. Ci aspettavamo tutti che andassero a nord, seguendo le montagne verso i confini con Bactria. In quel modo si sarebbero uniti a Neblis o avrebbero potuto continuare verso ovest via terra fino all'esercito di Eskander.

«Che succede?» domandò Ilyas. «Dove sono?» Gli occhi di Darius erano fissi su un punto all'interno della Great Salt Plain. Alzò la mano destra. «Da quella parte. Hanno un vantaggio di circa quattro ore.»

Pensavo che Ilyas sarebbe stato contento che avessimo

guadagnato così tanto terreno, ma era cupo. «Ne sei sicuro?» domandò a Darius.

«Sì.»

Ilyas estrasse una cartina dalle sacche, proteggendosi gli occhi dalla luce. Eravamo ancora sopra la linea della neve e il sole era abbagliante. Tracciò una linea con il dito sulla mappa. Quando alzò lo sguardo, il suo viso aveva perso ogni colore. «Sono diretti verso il Barbican», disse. «È l'unica cosa lì fuori.»

Mi scambiai un'occhiata con Tijah. Ora sembrava più forte e mi chiesi se Myrri avesse usato il legame per aiutarla in qualche modo.

«Il Barbican?» ripeté Tijah. «Non è lì che...?» «Forgiano i bracciali», terminò per lei Ilyas, cupo.

Lo shock della notizia ci zittì tutti. Non sapevo molto del Barbican. Come Gorgon-e Gaz era un luogo isolato nel mezzo del niente. Il segreto per la schiavitù dei daeva era custodito gelosamente, ma sapevo che aveva a che fare con la Sacra Fiamma, un tipo speciale di fuoco scoperto dal Profeta duecento anni prima.

Darius cambiò posizione dietro di me. «Ma è il luogo più fortificato dell'impero dopo il palazzo del

Re a Persepolae.»

«Così come Gorgon-e Gaz», puntualizzò Ilyas. «E ciò non li ha fermati.»

«Ma cosa potrebbero volere lì?» domandai, osservando la Great Salt Plain e la roccaforte che giaceva da qualche parte oltre l'orizzonte.

«C'è solo una possibilità», rispose Ilyas. «Vogliono distruggerla.» Si strofinò la mascella. «Non vedo come, però. Sono daeva. Le fiamme che i Purificati utilizzano al Barbican sono persino più sacre e più potenti di quelle di un altare del fuoco. Non possono avvicinarsi.»

«Potrebbero non doverlo fare», rispose Darius, calmo. «E non dimenticate che ci sono gli umani ad aiutarli. Le guardie non hanno le stesse limitazioni.»

Ilyas arrotolò la cartina e la rinfilò nella sacca. «Quindi dobbiamo catturarli nella pianura», grugnì. *Dobbiamo.»* Guidò il destriero lungo la discesa.

Avevo appena cominciato a seguirlo, quando la mano di Darius si sollevò di scatto. Stava scrutando verso un crinale distante. Strizzai gli occhi, ma non vidi nulla.

«Che c'è?» sussurrai.

«Non lo so», borbottò. «Qualcosa di vivo. Qualcosa di potente.»

«Uno dei fuggitivi?» Osservai di nuovo il crinale e credetti di aver visto di sfuggita una figura esile, solo una macchia scura contro la neve. Mi venne la pelle d'oca.

Darius scosse il capo per la frustrazione. «Non saprei. Ilyas! Tommas!»

Erano già lungo la discesa, con Tijah e Myrri subito dietro di loro.

«Dobbiamo...» cominciò Darius, ma non poté proseguire perché in quel momento sentii un sordo suono ruggente dall'alto. La neve intorno a noi cominciò a creparsi, quindi a rompersi in grossi blocchi. I cavalli nitrirono in preda al terrore mentre il banco di neve iniziava a scivolare, dapprima lentamente ma guadagnando velocità.

Darius cercò di attingere al potere e io lo rilasciai, ma era troppo tardi. Eravamo trascinati da quel torrente furioso. Rotolai giù dalla sella. Il mondo mi sfrecciava intorno in scorci confusi: cielo, neve, cielo, neve e, alla fine, un silenzio rotto e spettrale, interrotto solo dal suono del mio respiro affannoso.

Non potevo muovermi di un millimetro. Il peso che mi schiacciava sembrava quello di una montagna. Sentivo la mia mente andare alla deriva, trascinata via. L'unica cosa che mi ancorava al corpo era il legame e il demone che c'era all'altro capo di esso. Sarebbe venuto per me.

I minuti passarono e il respiro si trasformò in una patina di ghiaccio sul mio viso. Provai a sputare. Ci volle un po' per raccogliere abbastanza saliva, ma alla fine ci riuscii. Scoprii che ero più o meno in posizione verticale, con un braccio sopra la testa. Era una fortuna perché così avevo creato una sacca d'aria. Non grande, delle dimensioni di un pugno. Ma era abbastanza per farmi andare avanti, almeno per un po'.

A volte le nostre vite dipendono da piccole coincidenze come quella.

Mentre gli arti diventavano insensibili e Darius non arrivava, mi venne un pensiero che mi avrebbe fatto ridere se avessi avuto abbastanza aria nei polmoni. Con tutti i Druj che avevo battuto, alla fine sarebbe stata quella maledetta montagna a uccidermi.

❧   11   ❧

Naturalmente Darius alla fine arrivò, nonostante fosse quasi troppo tardi. Era stato trascinato lungo la montagna e aveva dovuto risalire. Non poteva sciogliere la neve: avrebbe richiesto l'abilità di lavorare con il calore. Ma sapeva esattamente dov'ero e poteva scavare.

La prima cosa che trovò fu la mia mano destra. Quella con il bracciale. Ricordo il dolore terribile, non mio ma suo, nel momento in cui la pelle entrò in contatto con esso. Ma non mollò. La luce del sole mi accecò gli occhi, quindi questi si riempirono di un azzurro profondo che pensai fosse il cielo ma si rivelò essere la sua tunica.

Lo sentii pronunciare il mio nome in lontananza mentre mi tirava fuori e mi reggeva tra le braccia. Mi strappò la giacca fradicia e fece scivolare la mano destra sotto la tunica fino ad arrivare alla schiena, così da infondermi il suo calore. Tremai come una foglia in una tempesta di vento, in parte per l'agonia del sangue che tornava nei miei arti ghiacciati ma anche per la sensazione del suo abbraccio. Non ci eravamo mai toccati così, premuti insieme dalla testa ai piedi con solo uno strato di tessuto a dividerci, ed era come la notte in cui gli avevo preso la mano, moltiplicata per mille. Vidi me stessa attraverso i suoi occhi e sentii il mio corpo attraverso le sue mani. Tale era la natura del nostro legame.

Le mie barriere si infransero all'istante. Non c'era niente al mondo se non l'intensità di quella strana camera di risonanza e la consapevolezza che lui era perduto in essa quanto me.

Non so per quanto tempo rimanemmo così, aggrappati l'uno all'altra, il suo respiro caldo contro il mio orecchio. Avrebbe potuto essere un minuto, o venti. Ma alla fine gli altri ci trovarono. Ilyas fu il primo. Doveva aver corso perché stava ansimando forte quando le sue mani mi afferrarono le spalle e ci divisero.

Non disse una parola. Si limitava a restare immobile. Ma i suoi occhi fiammeggiavano di una furia malata. Non lo avevo mai visto così. Mi spaventava. La sua mano si mosse verso l'elsa della spada e non sono sicura di cosa sarebbe successo dopo se non fosse arrivato Tommas insieme a Tijah e a Myrri.

«Grazie al Sacro Padre», esclamò Tommas. «Pensavamo fossi perduta.»

E da un momento all'altro, Ilyas prese un respiro sfiancato e si ricompose. Vidi la forza che gli era servita per farlo, ma il nostro capitano era tutto fuorché indisciplinato. «I cavalli sono di sotto», disse con voce piatta, voltandosi. «Tommas si è mosso velocemente e li ha presi con l'aria.»

Sentii Darius risollevare le barriere. Arretrò di un passo da me. Nessuno di noi riusciva a guardare l'altro. Sentivo ancora la sua mano su di me e girai il capo per nascondere il calore delle guance.

«Uno dei daeva deve aver portato la valanga su di noi», disse Darius. «È colpa mia. Ho avvertito qualcosa, ma era troppo tardi. Qualunque cosa fosse, ora sono lontani.»

«Stai bene?» mi domandò Tijah. «Puoi cavalcare?»

Mi limitai ad annuire, non fidandomi della mia voce.

«Certo che puoi, ragazza nomade.» Sorrise. «Immagino che tu sia abituata a questo genere di cose. Come l'ha chiamata Darius?»

«Una valanga», dissi.

«Che carina. E la tua gente vive davvero qui?» Mi costrinsi a sorridere.

«A casa, pensavo che uno scorpione nelle scarpe rappresentasse una giornataccia.» Tijah scosse le trecce per la meraviglia. «Naturalmente abbiamo le tempeste di sabbia. Quelle possono essere molto fastidiose...»

Continuò a chiacchierare mentre tornavamo ai cavalli. Darius fu attento a non toccarmi quando montammo, cosa di cui gli fui grata. Sapevo che stava solo cercando di salvarmi la vita, ma mi sentivo come se il mio mondo fosse stato spostato dal suo asse, mettendo in evidenza sentimenti che avevo combattuto per ignorare da quando lo avevo conosciuto in quei giorni che avevamo trascorso insieme negli alloggi dei daeva. Sotto la sua maschera fredda, Darius era molto divertente, in un modo piuttosto cupo. Un uomo complesso, che sapeva essere indifferente, persino brusco, un momento e gentile quello successivo. Ma, a differenza di Ilyas, i cui cambi di umore parevano essere fuori dal suo controllo, quelli di Darius sembravano intenzionali. Si era allenato parecchio a mantenere gli altri a distanza.

Eppure, quando mi aveva toccata, ciò che avevo avvertito da lui era molto lontano dall'indifferenza.

Il nostro legame era più forte rispetto agli altri, lo avevo già capito al villaggio di Ash Shiyda dove il suo potere mi aveva lasciato ansimante a terra. Non succedeva la stessa cosa a Tijah né a Ilyas. Lo sapevo perché glielo avevo chiesto.

Mi domandai se ci avessero dato dei bracciali difettosi, che in qualche modo ingrandissero il legame e peggiorassero ulteriormente quell'intera situazione impossibile. L'espressione sul volto di Ilyas quando ci aveva visti insieme era stata a dir poco omicida. Ora sentivo i suoi occhi su di noi. A misurarci, a soppesarci. Era la legge della terra che umani e daeva non potessero giacere insieme. Il magus aveva detto che i prodotti di tali unioni proibite venivano uccisi immediatamente come se fossero progenie di Druj e i genitori consegnati ai Numeratori.

Be', noi non avevamo attraversato quella linea in particolare ma, per il Sacro Padre, una parte di me lo desiderava e ciò rappresentò uno shock. Non ero mai stata tanto furiosamente attratta da qualcuno e avevo paura di dove avrebbe potuto condurmi quell'attrazione. E poi, in qualche modo sembrava sbagliata. I daeva erano schiavi in tutto meno che nel nome e io ero una rappresentante dei padroni.

Così rimisi Darius nella sua scatola, decisa a tenerlo lì. Non potevo sfuggirgli, ma avrei potuto sopportare la squisita tortura del nostro legame se lo avessi tenuto al sicuro. Non c'era altra scelta per nessuno di noi. Avevo sacrificato tutto per diventare una Water Dog. Avevo abbandonato il mio clan, rinunciato a ogni possibilità di sposarmi e avere bambini. Avevo giurato di onorare mia sorella dando la caccia ai suoi assassini.

Ilyas poteva guardarci quanto voleva, ma non c'era niente da vedere e non ci sarebbe mai stato.

Solo due Water Dog che portavano la giustizia del Re.

****

Le montagne scemarono dietro di noi mentre cavalcavamo nella Great Salt Plain.

Il mio clan la chiamava Dasht-e Kavir. In primavera, quando la terra diventava satura dei deflussi del disgelo, permettevamo alle greggi di brucare sui confini. Dopo che le paludi stagionali si asciugavano, lasciavano un residuo di sale e il sole cuoceva la pianura in placche frastagliate che parevano le scaglie di una lucertola.

Le temperature in estate potevano uccidere un cavallo e il suo cavaliere nel giro di poche ore. Fortunatamente per noi era inverno, così la giornata fu incredibilmente piacevole. Presto ci togliemmo i mantelli imbottiti e ci crogiolammo al calore, a dispetto dell'andatura implacabile di Ilyas.

Tijah sembrava essersi ripresa dalla brutale attraversata della catena del Khusk. Non aveva avuto reazioni quando aveva visto me e Darius insieme, ma Tijah aveva una visione diversa dei daeva, una visione che sarebbe stata marchiata come eresia se ne avesse parlato a voce alta.

Una volta che eravamo arrivate a fidarci l'una dell'altra, mi aveva raccontato che ad Al Miraj i daeva non erano considerati intrinsecamente cattivi dalla maggior parte delle persone. Né erano considerati Druj. Erano ancora legati perché erano troppo potenti perché fossero tenuti a briglia sciolta e il Re insisteva su quello, ma erano trattati con più rispetto. Non era considerato motivo di vergogna prendere un daeva come amante, cosa che mi aveva scosso nel profondo. Tijah si era limitata a ridere e mi aveva dato della puritana.

Ma non era quello o almeno non era ciò che Tijah pensava. Non mi consideravo una puritana. Il clan Four-Legs non era particolarmente pudico quando si trattava di sesso o nudità o una qualunque funzione corporea. Vivevamo in tende, molto vicini l'uno all'altro, e la riservatezza era un bene raro. Avevo visto animali accoppiarsi e, a volte, persone. Era una parte naturale della vita.

Ciò che mi disturbava di più era che se i daeva *non* erano cattivi, non erano Druj, fosse ancora accettabile schiavizzarli.

Ma un'idea del genere cozzava con ogni cosa che il Profeta ci aveva insegnato, per non parlare del fatto che i daeva avevano combattuto tra i Druj nella guerra. E nessuno che avesse visto uno spettro o un lich o un revenant avrebbe potuto negare che quegli esseri fossero il male incarnato. O che qualunque creatura schierata con loro non fosse la stessa cosa.

Ricacciai indietro il ricordo. Come avevo fatto a passare dall'essere contenta che Tijah stesse meglio a mettere in dubbio le intere fondamenta della mia fede in trenta secondi? Perché le nostre menti sono ridicole, decisi. Non avendo niente da fare se non fissare l'orizzonte vuoto, devono trovare un modo per intrattenersi. Come bambini a caccia di una farfalla, tendono a saltare da una parte all'altra fino a quando all'improvviso non alzano lo sguardo e si trovano sperduti nella vegetazione.

Tutto ciò che contava era quel momento e la sfida che ci

aspettava. Avevamo avuto solo un assaggio di ciò che i nostri nemici erano in grado di fare. Ora stavano correndo verso il Sacro Fuoco, il vero e proprio cuore dell'impero. Solo il Padre sapeva cosa avevano in mente.

O quanti di noi sarebbero morti per fermarli.

Presi un moderato sorso d'acqua dall'otre. Li avevamo riempiti a una fonte che conoscevo tra le colline, ma sarebbe stata l'ultima per centinaia di leghe. O almeno fino a quando non avremmo raggiunto il Barbican, se fosse stato ancora in piedi.

Drizzai la testa di scatto mentre Tommas gridava qualcosa a Ilyas. Tirarono le briglie.

Mi schermai gli occhi. C'era qualcosa sulla pianura, davanti a noi. Una nube di polvere.

«Cavalieri», annunciò Darius.

«Quanti?»

Erano le prime parole che ci scambiavamo da ore.

«Cinque.»

«Sono daeva?»

«No.» Era preoccupato. «Qualcos'altro.» «Umani? Druj?» lo incalzai.

«Non lo so. Umani, credo, ma c'è qualcosa di... *strano* in loro.»

Il suo tono scoraggiava altre domande. Doveva essere frustrato quanto me.

«In formazione!» gridò Ilyas.

Tijah liberò la scimitarra e cavalcammo al fianco di Ilyas e Tommas, i nostri quattro cavalli a formare una linea frastagliata sulla pianura.

«Stanno venendo dal Rig-e Jenn», dissi.

«Sarebbe?» domandò Ilyas. Ogni linea del suo corpo era rigida per la tensione.

«Significa *Dune del Diavolo*. È un posto maledetto. Le carovane di mercanti se ne tengono alla larga.»

Mentre i cavalieri si facevano più vicini, mi accorsi che i loro destrieri erano persino più grandi di quelli allevati per i Water Dog. Grossi animali neri che facevano sembrare pony i nostri. La ragione di questo divenne chiara quando tirarono le briglie a poca distanza da noi.

Perché ciascuno portava non uno, ma tre cavalieri. Quelli seduti dietro avevano delle fasce di metallo intorno al collo. I loro abiti non erano nient'altro che stracci. Ero abbastanza vicina da distinguere le espressioni totalmente vuote sui loro volti. Come se non potessero più vedere niente di ciò che accadeva intorno a loro.

Erano un miscuglio di uomini e donne, c'erano persino due o tre bambini. Ma avevano tutti gli stessi volti inespressivi e con gli occhi spalancati che mi facevano venire la pelle d'oca.

Delle catene partivano dai collari e finivano in una manetta al polso sinistro del cavaliere in posizione frontale. A differenza dei prigionieri, quegli uomini indossavano lunghe tuniche di cuoio chiaro senza maniche. Da dove mi trovavo, parevano umani. Uomini qualunque, salvo il loro strano abbigliamento. Non vidi spade né lance o altre armi. Eppure c'era qualcosa in loro, un'aura invisibile, che mi faceva desiderare di colpirli a morte all'istante.

Darius si irrigidì dietro di me. Il nostro disprezzo era condiviso.

«Negromanti», sputò.

Ilyas batté le palpebre. «Non può essere. Sono secoli che non si spingono tanto a sud.»

«Ha ragione», disse Tommas, il suo bel volto duro come la pietra. «Sono collegati ai loro schiavi umani. Sono la fonte del loro potere.»

Ilyas si fece silenzioso per un momento. «E se uccidiamo gli schiavi?» domandò a bassa voce.

Era crudele anche solo pensare una cosa del genere, lo sapevo. Non avrebbe provato piacere, l'opposto a dire il vero, ma se necessario lo avrebbe fatto senza esitazione. L'idea mi nauseava.

«Non ucciderò bambini», dissi con voce piatta. «Né adulti, per quel che importa.»

«Non funzionerebbe comunque», rispose Darius. «Per ogni

schiavo collegato che muore, nascono cinque Druj. È qualcosa che ha a che fare con il flusso di ritorno della magia oscura. I guerrieri-magi di Karnopolis mi hanno avvisato di questo. Custodiscono delle cronache dettagliate della guerra, lì. Ne dovremmo presto affrontare cinquanta invece di cinque.»

«Usa il potere, allora.»

«Il loro è uguale, se non più forte.»

«E allora come li combattiamo?» domandò Ilyas.

«Non lo facciamo», rispose Darius, secco. «A meno che non siamo costretti.»

«Ma non possiamo lasciare questa gente così», dissi, voltandomi sulla sella per lanciare un'occhiataccia a Darius.

«Ha ragione», mi interruppe Ilyas. «Non possia mo permetterci perdite, non ora. Il nostro compito è catturare i fuggitivi di Gorgon-e Gaz. Ogni altra cosa è secondaria.»

«Cosa?» Non riuscivo a credere a ciò che stavo udendo. «Siamo Water Dog! Non dovremmo proteggere gli indifesi e punire i malvagi?»

«Basta così, Nazafareen», grugnì Ilyas.

«Se non cavalcherete con me, combatterò da sola», dissi, sapendo che mi stavo spingendo troppo oltre, ma ormai incapace di fermarmi. «Non rimarrò seduta come una vigliacca...»

«Basta!» La voce di Ilyas schioccò come una frusta. «Basta. Non mi importa se ti piace o meno. Tu seguirai i miei ordini o non indosserai più il rosso. Capito?»

Mi calmai, pur continuando a infuriare dentro. Tijah sputò a terra e io capii che era disgustata quanto me.

«Water Dog!» ci chiamò il leader dei cavalieri.

«Nel nome di Re Artaxeros II, scendete da cavallo e liberate i prigionieri», esclamò Ilyas di rimando.

Il cavaliere rise. «Ma lui non è il nostro Re. E voi non avete ancora sentito la nostra offerta.»

Tommas e Ilyas si scambiarono uno sguardo indecifrabile.

«Che offerta?» domandò Ilyas. «Non stringo accordi con i negromanti.»

«Noi ci definiamo antimagi, Water Dog. Ma questo è irrilevante al momento.» Il cavaliere sembrava cupamente divertito. «So che i nostri regnanti non sono gli amici più intimi, ma abbiamo lo stesso obiettivo. Per ora, almeno. Catturare l'essere chiamato Victor.»

Bisognava riconoscere a Ilyas che il suo atteggiamento calmo non cambiò, anche se doveva essere sor preso. «Capisco. E cosa vorreste da questo Victor, ammesso che io sappia di chi stai parlando?»

«È il daeva più ricercato a Bactria», rispose il cavaliere e tutti risero. «La Regina ha desiderato il piacere della sua compagnia per troppi anni. È molto lieta che sia riuscito a fuggire dalla prigione in cui lo avete incatenato. La Regina ha un debito con lui. Un grosso debito.»

Ricordai di colpo le parole di Ilyas mentre eravamo intorno al fuoco. *Durante la guerra ha ucciso più Druj di ogni altro daeva. Un animale assetato di sangue, sotto ogni punto di vista.*

Ilyas si passò una mano tra i capelli. «E se vi consegniamo Victor...»

«Potete tenere gli altri. Andiamo, suvvia! Sappiamo tutti e due che siete in misera inferiorità numerica. Quei daeva mangeranno vivi i tuoi cuccioli. E Victor non vi serve a niente. Anche se, per qualche miracolo, riusciste a catturarlo vivo, tornerà di filato a Gorgon-e Gaz. Più probabilmente vi ucciderà tutti. Perciò vi propongo un'alleanza temporanea solo fino a quando non li troviamo.» Il cavaliere sogghignò. Nonostante il sole di mezzogiorno, gli occhi erano fosse profonde nel volto. «E allora sarai libero di trafiggermi con quella tua spada spaventosa!» Si portò una mano al petto in un gesto beffardo.

Osservai il mio capitano. Non poteva davvero considerare quel patto blasfemo...

Il silenzio sulla piana sembrava fragile come ghiaccio su acqua corrente. Lentamente estrassi la spada dal fodero, solo un centimetro, ma abbastanza perché potessi brandirla in un istante. Avrei preferito bru ciare per l'eternità che cavalcare con quelle creature e i loro schiavi umani.

Darius mi fece un cenno appena percettibile mentre rilasciavo la presa sul legame.

Forse saremmo riusciti ad ammazzarne uno o due prima di morire.

Quindi Ilyas raddrizzò la schiena. Aveva raggiunto una decisione. «La vostra offerta è rifiutata», disse, nella voce squillante che ricordavo dal giorno in cui ci eravamo incontrati.

Chiusi gli occhi e sospirai.

«I daeva sono di proprietà del Re, non della vostra strega di Bactria. Dite alla Regina Neblis che se vedremo qualcun altro dei suoi *antimagi* in queste terre, le riconsegneremo le teste e lasceremo i corpi agli avvoltoi.» Le sue labbra si incurvarono. «Se vorranno toccare la vostra carne corrotta.»

Il cavaliere rise ancora, ma non sembrava più divertito. «È davvero un peccato.» Puntò una mano pallida verso Darius e la catena si tirò, quasi facendo cadere gli schiavi umani dalla sella, ma gli occhi da bambola non cambiarono mai. «Ci libereremo presto degli altri e allora potremo trovare il posto per te nel mio seguito.» Fissò Ilyas. «Credo che dureresti parecchio tempo. Ma, ahimè, non vorrei testare il daeva di quella ragazza. Mi ricorda troppo quello che stiamo cercando.»

Il negromante doveva riferirsi al potere di Darius, pensai. Che era forte come quello degli antichi. Nient'altro. Mi rifiutavo di credere che il mio daeva fosse davvero un Druj.

Si voltarono e cavalcarono nella direzione da cuierano arrivati, nelle sabbie mutevoli del Rig-e Jenn. Li osservai fino a quando non svanirono all'orizzonte. Mi domandai se qualcuno di quegli schiavi fosse stato preso al villaggio di Ash Shiyda e mi sentii persino peggio.

«Come faceva questa feccia a sapere della fuga?» domandò Tijah. «Credete che ci abbiano seguiti?»

«Il messaggero da Gorgon-e Gaz», disse Tommas, pensieroso. «Era inseguito dai Druj. Devono essere tornati indietro per fare rapporto.»

«Possono seguire le tracce come Darius?»

«Forse no. La loro magia è focalizzata sui morti, non sui vivi. Spiegherebbe perché hanno bisogno del nostro aiuto.»

«Una volta che avremo catturato quei daeva, daremo loro la caccia e li distruggeremo», disse Ilyas. «Avete la mia parola.»

Fece il segno della fiamma. Ilyas era di nuovo calmo. Nel pieno controllo. Ma non era stato se stesso negli ultimi giorni. Captai l'espressione di Tommas e mi accorsi che anche lui era preoccupato. Non avrebbe mai detto nulla, ma era ciò che provava.

Qualcosa nel nostro capitano era molto vicino a spezzarsi.

12

Cavalcammo così duramente da temere che Ilyas avrebbe ucciso i cavalli, ma non raggiungemmo i fuggitivi sulla pianura. Né incontrammo di nuovo i negromanti. Così mi preparai al peggio quando cogliemmo il primo scorcio del Barbican qualche ora più tardi.

Mi aspettavo un cumulo di macerie. Altri corpi spezzati. Ma all'apparenza la fortezza era immacolata. Si trovava su un blocco di roccia nel mezzo di un lago poco profondo. Fuochi bruciavano lungo le pareti grigie, a mezzo metro l'uno dall'altro. Soldati armati di tutto punto custodivano l'ingresso e altre dozzine di sentinelle ci seguivano dall'alto delle torri circolari che collegavano ogni angolo. Un ponte di legno si stagliava sull'acqua e conduceva a un massiccio cancello di ferro.

Tirammo le briglie sulla riva. L'aria aveva uno strano odore e potevo avvertire il disagio di Darius.

«L'ultima difesa», disse a voce bassa. «Se la fortezza viene attaccata, non devono far altro che scagliare una torcia nel lago e l'acqua brucerà. Una combinazione di resina di pino, nafta e altre sostanze che non riconosco.»

«Ma non lo hanno fatto», osservai.

«No, non lo hanno fatto.»

«Darius!» chiamò Ilyas. «I fuggitivi. Sono venuti da questa parte?»

«Io...» Darius si accigliò e io avvertii il potere fluire nel legame. «Sono passati un po' più a sud. Ma... non capisco...»

«Cosa? Dimmi!»

Darius scosse il capo. «Se ne sono andati, capitano.»

«Cosa intendi?»

«Intendo che non riesco più a percepire la loro presenza.»

«Che siano morti?» domandò Ilyas, speranzoso.

Sapevo a cosa stava pensando. Che i negromanti li avessero catturati e che forse entrambe le fazioni si fossero massacrate in battaglia. Due uccelli presi con una sola pietra.

«Potrebbe darsi», disse Darius. Ma ne dubitava. E anch'io.

Ilyas prese un profondo respiro. «Nazafareen, vieni con me. Gli altri aspetteranno qui. Andiamo a scoprire se hanno visto qualcosa.»

Feci partire il mio cavallo al trotto e attraversammo il ponte, il suono degli zoccoli che echeggiava sulle assi di legno. Quando raggiungemmo i cancelli, Ilyas fece il segno della fiamma e spiegò che eravamo stati mandati dal Satrapo Jaagos, ma non aggiunse altro. I soldati, tutti uomini con i volti duri, aprirono i cancelli lo spazio sufficiente per farci passare, quindi li serrarono di nuovo.

Entrammo prima in un cortile e quindi nella fortezza vera e propria. Ovunque bruciavano le torce e scagliavano luci tremolanti sulla nuda pietra. Nessun daeva sarebbe potuto entrare in quel posto.

Scendemmo da cavallo e due magi incappucciati vestiti di semplici tuniche marroni portarono via gli animali. Un terzo ci fece segno di seguirlo. Non riuscii a vederlo in faccia, ma le sue mani avevano una notevole quantità di cicatrici. Bruciature, a giudicare dall'aspetto.

«Si fanno chiamare Purificati», mi sussurrò Ilyas mentre seguivamo il magus lungo il corridoio. «Accolgono il dolore di lavorare con il Sacro Fuoco. È un segno della loro devozione.»

Annuii, chiedendomi quanto quelle cicatrici si estendessero sotto le vesti. Ero pia quanto chiunque altro, ma il pensiero di bruciare il mio corpo per amore del Sacro Padre mi faceva sentire male.

«L'Alto Magus», disse il nostro accompagnatore, aprendo una porta.

Un uomo si ergeva davanti a un piccolo altare del fuoco. Era curvo e con i capelli bianchi – proprio come pensavo che un magus dovesse essere quando ero una ragazzina – ma i suoi occhi neri erano illuminati dall'intensità di un vero zelota. Indossava una veste bianca con un faravahar d'oro ricamato sul petto. Notai la severità della bocca dalle labbra sottili, l'estrema magrezza del volto, e capii subito che quello era un uomo molto diverso dal magus che avevamo a casa.

«Dei Water Dog da Tel Khalujah», disse l'Alto Magus. La voce era profonda e rauca, come se non la usasse spesso. «Cosa vi spinge al Barbican?»

Di nuovo, Ilyas fece il segno della fiamma prima di parlare. «Una settimana fa c'è stata un'evasione da Gorgon-e Gaz. Sei daeva. Li abbiamo seguiti attraverso le montagne e ora attraverso la piana. Le tracce conducevano qui, ma... be', sembra che li abbiamo persi.»

L'espressione dell'Alto Magus non cambiò, anche se la sua disapprovazione era evidente. «Capisco. E perché avete pensato di trovarli qui?» Fece un gesto verso l'altare, verso la moltitudine di torce che bruciava sui supporti. «Noi non temiamo i *daeva*.» Sputò la parola come se fosse un pezzo di carne andata a male. «Questa fortezza è inespugnabile.»

«Questo lo so bene, Alto Magus», disse Ilyas. «Ma fino a pochi minuti fa si stavano dirigendo proprio verso il Barbican. Temevamo un assalto di qualche tipo.»

«Le vostre paure sono infondate. Qui va tutto bene.»

«Abbiamo anche incontrato dei negromanti sulla pianura», continuò Ilyas. «Hanno dei prigionieri umani. Se avete soldati da inviare...»

«Temo di non poterlo fare», replicò l'Alto Magus. «Specialmente con dei daeva pericolosi in libertà. Ora, se volete scusarmi, ho altre questioni di cui occuparmi.»

Stava per voltarsi, quando mi trovai a parlare. Non avevo in mente di farlo, ma mi era appena venuta un'idea. Non pensavo fosse una coincidenza che i fuggitivi fossero passati così vicini al Barbican. Se ciò che avevano detto i negromanti era vero, avrebbero dovuto evitare Bactria a ogni costo. La Regina Neblis aveva chiaramente un conto in sospeso con loro. Non era una loro alleata, anzi, l'opposto. Se avesse catturato quei daeva, probabilmente li avrebbe torturati a morte.

Cosa che lasciava loro due scelte. Scappare a sud, verso il deserto del Sayhad e la satrapia di Al Miraj, o a nord verso uno dei villaggi costieri del Midnight Sea, dove una nave avrebbe potuto condurli direttamente tra le file di Eskander. Quella sarebbe stata la scelta più ovvia. Ma non avevano fatto nessuna delle due cose. Avevano rischiato di attraversare l'aperta pianura, con i Water Dog che li inseguivano. Fino a quando non li avevamo persi, avevano percorso una linea retta fino al Barbican. Lì doveva esserci qualcosa che loro volevano.

«Aspettate», dissi.

Ilyas si accigliò e provò a prendermi il braccio, ma me lo scrollai di dosso.

L'Alto Magus mi osservò. «Parla, ragazza», disse, impaziente.

Presi un profondo respiro. Se mi fossi sbagliata, saremmo stati fortunati ad andarcene tutti interi. «A Gorgon-e Gaz le guardie li hanno assistiti nella fuga.» Mi fermai, lasciando che la dichiarazione venisse assimilata. «Hanno avuto un aiuto dall'interno.»

Gli occhi neri da predatore dell'Alto Magus si fissarono su di me. «Cosa stai suggerendo, esattamente? Che ci sono dei traditori qui?»

«No, Alto Magus. Non penserei mai una cosa del genere. Solo che magari sarebbe opportuno controllare se qualcuno se n'è andato o è tornato nelle ultime ore», risposi. «Soldati. Purificati. Chiunque.»

Credetti che avrebbe potuto scagliarmi sulle fiamme dell'altare, ma l'Alto Magus si bloccò. I suoi occhi vagarono lungo la stanza. Anche Ilyas e io rimanemmo immobili.

«No, è impossibile», disse alla fine. «Come capirete tra un momento. Il ponte è l'unica via per entrare o uscire.»

Lo seguimmo mentre si incamminava fuori dalla porta e lungo il corridoio, attraverso il cortile interno fino ai cancelli. I soldati scattarono sull'attenti quando lo videro.

«Qualcuno oggi si è allontanato?» domandò l'Alto Magus. «Dite la verità o lo saprò.» Le guardie parvero confuse.

«Be', sì», disse una di loro. «Due Purificati hanno attraversato i cancelli non più di un'ora fa. Per ordine tuo, Alto Magus. Ho controllato i documenti personalmente. Recavano il tuo sigillo.»

La faccia dell'Alto Magus sembrò crollare su se stessa. «Una contraffazione», mormorò. «Qui è avvenuto un tradimento.»

I soldati sembrarono terrorizzati e mi dispiacque per loro.

«Chi era? Quali erano i loro nomi? Parlate!»

«Il Magus Yari e il Magus Mahvar», balbettò la guardia. «Portavano una piccola urna con loro. Hanno detto che era un dono per il Re.»

Quel po' di colore che rimaneva nel volto dell'Alto Magus svanì a quelle parole. Portò una mano tremante alla fronte. «Non può essere... mai, in duecento anni...»

All'improvviso sembrò fragile e sperduto, solo un vecchio in una tunica sfarzosa.

Ilyas imprecò sottovoce e fece un passo in avanti, prendendo l'Alto Magus per il gomito. «Cosa hanno rubato?» domandò con fermezza. «Il Sacro Fuoco?» L'Alto Magus non rispose.

«Posso ancora riprenderlo, ma devi spiegarmi tutto», continuò Ilyas. «Dov'era custodito?»

Pareva sul punto di scuoterlo fino a ottenere una risposta, quando l'Alto Magus parlò, la voce appena un sussurro. «Ve lo mostrerò.»

Ci condusse in una camera nel cuore della fortezza. Nel tragitto superammo diversi Purificati incappucciati, ma l'Alto Magus li ignorò. Mi aspettavo un altare, ma la mia prima impressione fu che eravamo entrati nella forgia di un fabbro. Vidi un'incudine e un martello e altri utensili, una morsa che reggeva diversi bracciali realizzati a metà. Vassoi di pepite d'oro grezzo.

Al centro della sala c'era un piedistallo vuoto.

«Sacro Padre, perdonami.» L'Alto Magus seppellì il volto tra le mani.

«Non lo tenete sotto chiave e custodito?» chiese Ilyas, incredulo.

«Era custodito. I soldati, il lago... mai...» Prese un profondo respiro. «Qui i fratelli servono la fiamma. Abbiamo sempre dato per scontato che la minaccia giacesse fuori da queste mura, non al loro interno.»

«Perché avrebbero dovuto prenderlo?» borbottò Ilyas. «Perché?» Camminò fino ad appoggiare il palmo sulla nuda pietra. «Per forgiare nuovi bracciali? Ma a quale scopo?»

L'Alto Magus alzò lo sguardo. «Non per forgiarne di nuovi», rispose con voce spenta. «Ma per spezzarli.»

☙ 13 ❧

I bracciali non possono essere infranti», disse Ilyas, stringendo le mascelle. «Il legame può essere passato a un altro, questo sì. Ma non spezzato. Anche se fossero rimossi, il collegamento resterebbe. Tutti lo sanno.»

«No.» Quindi le parole uscirono dall'Alto Magus lentamente, dolorosamente. «Quando il bracciale sarà restituito al fuoco che lo ha forgiato, il legame andrà in frantumi. Il daeva sarà libero.»

Ilyas strinse il pugno. Il suo volto era rosso per la rabbia. «Perché non ci è stato detto di questa possibilità?»

«È stata tenuta segreta», disse l'Alto Magus, secco. «Per ovvie ragioni.»

«Siamo Water Dog!» grugnì Ilyas. «Legati a questi Druj. Ci è stato promesso che non ci si sarebbero mai rivoltati contro. Mai! Eppure tu permetti a due Purificati di uscire dalla porta principale con la chiave per le loro prigioni.» Camminava avanti e indietro, quindi si fermò di colpo come se le implicazioni delle parole dell'Alto Magus lo avessero colpito solo in quel momento. «Gli Immortali», mormorò Ilyas. «Ci sono cinquemila daeva legati a Persepolae. *Cinquemila*. Cosa accadrebbe se Victor e gli altri riuscissero a liberarli?»

Di colpo mi ricordai quel primo giorno con il magus a Tel

Khalujah, le sue parole rassicuranti a una bambina spaventata. *Tutti i nostri soldati daeva sono stati cresciuti nella luce. Li abbiamo addestrati per vincere la loro natura malvagia.*

Ma era la verità? E se non lo era, quale sarebbe stata la rappresaglia per la loro schiavitù? Io sapevo cosa avrei fatto se fossi stata una daeva e mi fosse stata offerta la possibilità di essere libera.

«C'è un'altra cosa», continuò l'Alto Magus, con voce vuota. «Una volta liberi, è probabile che non abbiano più infermità.»

«Cosa?»

«L'infermità avviene durante il procedimento che crea il legame. Il bracciale prende un pezzo del daeva. Lo mutila. Succede in modo diverso per ciascuno. Non sappiamo mai prima quale sarà. Ma direi che dovrebbe accadere la stessa cosa al contrario. Se il legame è spezzato, il daeva tornerà integro.»

Pensai al braccio avvizzito di Darius e un'ondata di nausea mi si rovesciò addosso. «Ma la Via della Fiamma insegna che sono nati così», dissi.

L'Alto Magus serrò le labbra sottili e non rispose.

«Siete dei bugiardi», sputai. «Il Sacro Padre non li ha maledetti. Lo avete fatto *voi.*»

«Sono Druj!» tuonò l'Alto Magus. «Tutto ciò che facciamo qui è per necessità. Chi sei tu per dare giudizi?»

Avrei voluto colpire il vecchio all'istante, ma Ilyas si frappose tra noi. «Che altro?» domandò con un tono mortale. «Ci sono altre sorprese?»

L'Alto Magus lo fissò, l'espressione omicida quanto la mia. «Nessuna sorpresa, vi ho detto tutto. E ora dovete giurare di mantenere segreto ciò che vi ho rivelato. Se i nostri nemici sapessero che i bracciali hanno un punto debole...»

«Io non...»

«Zitta, Nazafareen», disse Ilyas, con calma. «Lo giuriamo. Adesso, ho bisogno di cavalli riposati e di tutti gli uomini che puoi darmi senza lasciare la fortezza sguarnita.»

L'Alto Magus annuì e si allontanò dalla stanza.

«Non è cambiato nulla», disse Ilyas. Sembrava stranamente distaccato. «Ci avrebbero combattuti comunque. Non possiamo portarli indietro se i bracciali sono infranti, ma possiamo ancora ucciderli. Possiamo ancora catturarli prima che raggiungano Persepolae. Dobbiamo farlo.»

«Ilyas...»

«Non sarò ricordato come l'uomo che ha fatto crollare l'impero, Nazafareen.»

Lo guardai nei suoi occhi grigi e avvertii un brivido. «Ma dobbiamo dire...»

Mi mise un dito sulle labbra. «No, non dobbiamo.» Ilyas sorrise freddamente. «Sono stato indulgente con te, ma la tua lingua si è lasciata troppo andare negli ultimi tempi. Sono stato il primo a vedere il tuo potenziale. Lo vedo ancora. Ma non spingermi oltre. Adesso siamo alla fine. Bisogna solo vedere la fine *di chi*.»

Diede una manata giocosa al piedistallo. Come argento vivo, pensai.

«Buoni pensieri.» Le dita andarono alla mia fronte. «Buone azioni.» Ilyas mi puntò un dito al petto. «Buone parole.» Mi toccò la bocca un'ultima volta. Avrei voluto morderlo, ma riuscii a tenere a bada il mio caratteraccio. «Ricordami a chi va la lealtà di un Water Dog, Nazafareen. Spero tu lo sappia ancora.» «Al Sacro Padre», dissi. «Al Re e quindi al Satrapo.» «Molto bene. I daeva non sono nella lista, giusto? Legati o meno.»

«No», risposi a bassa voce. «Ma combattono comunque per noi.»

«Perché devono farlo. E senza di loro... be', i nostri confini non sarebbero molto di più che delle linee su una cartina.» Osservò lo spazio sopra il piedistallo, come se vedesse le fiamme. «Anche se non riuscissero a liberare gli Immortali – cosa che non sarebbe un compito facile né con un risultato certo – cosa pensi che farà Eskander con il Sacro Fuoco? Con il potere sia di forgiare i bracciali sia di spezzarli a volontà? O forse lo consegneranno a Neblis. Cosa ne pensi, Nazafareen?»

«Non porteranno il fuoco da Neblis», dissi, secca. «Non stavi ascoltando? Lei vuole quei daeva morti quanto te.»

E mi venne in mente in quel momento che il negromante non aveva detto nulla riguardo al fatto che i daeva avessero *cambiato fazione* nel corso della guerra. Solo che la loro Regina aveva un grosso debito nei confronti di Victor. Darius e Tommas disprezzavano i Druj non-morti più di ogni altra cosa. Lo stesso valeva per Myrri. Se i magi avevano mentito riguardo ai bracciali, su cos'altro avrebbero potuto mentire? Era successo tutto molto tempo prima. Chi viveva ancora e conosceva la verità? Neanche il magus a Tel Khalujah era così vecchio. Mi venivano in mente solo sei esseri – i daeva a cui stavamo dando la caccia – e Ilyas voleva ucciderli tutti.

Chiaramente non ero la sola a nutrire seri dubbi. La situazione era andata oltre ciò che era accaduto a Gorgon-e Gaz. Oltre qualche Water Dog ribelle. Due Purificati – appartenenti alla setta più devota e fanatica dell'impero – avevano appena tradito la loro fede e non erano neanche legati. Non c'erano dubbi che le loro azioni fossero state dettate da scelte deliberate, dal libero arbitrio.

Sentivo le fondamenta di tutto ciò che credevo cominciare a tremarmi sotto i piedi. Come facevano a sapere che Neblis fosse una daeva? E anche se lo fosse stata, avevamo il diritto di punire un'intera razza basandoci sulle sue azioni?

Odio questo. Altre volte odio te...

Forse Darius ne aveva tutto il diritto. Forse non eravamo affatto migliori di quei negromanti.

«Basta così, Nazafareen», disse Ilyas e mi domandai quanto avesse letto nel mio volto. «A ogni secondo si allontanano sempre di più.» Cominciò a dirigersi verso la porta, quindi si voltò di nuovo. «E se dirai al tuo daeva ciò che abbiamo scoperto qui, lo farò uccidere da Tommas all'istante.»

Trovammo sei destrieri ad attenderci nel cortile, insieme a due dozzine di soldati a cavallo che portavano lance. Indossavano elmetti di feltro a forma di uovo e le loro tuniche avevano sia il faravahar che il grifone.

«Capitano Ilyas?» Un uomo con una barba corta e una cicatrice biancastra che gli attraversava il mento cavalcò in avanti. «Sono il tenente Parshad. L'Alto Magus dice che dobbiamo accompagnarvi per riportare due Purificati alla fortezza.»

Ilyas annuì. «Ti ha detto a chi altri stiamo dando la caccia?»

Il tenente deglutì. «Sì, capitano.»

«Bene. Il piano è di catturarli sulla Royal Road.»

Quando le guardie videro il volto di Ilyas, spalancarono i cancelli senza dire una parola. Credo che fossero sollevati di non essere stati arrestati per tradimento.

Per quanto mi riguardava, non sapevo più a chi o in cosa credere. Ma indossavo ancora la tunica scarlatta e non avevo il minimo dubbio sul fatto che Ilyas avrebbe portato a compimento la minaccia. Il che mi lasciava molte poche opzioni, tutte brutte.

Nel momento in cui attraversammo il ponte, Ilyas richiamò il resto dei Water Dog.

«Due Purificati possono essersi uniti ai fuggitivi», disse. «L'Alto Magus mi ha gentilmente concesso alcune delle sue truppe come rinforzi, ma al Barbican è tutto a posto.»

Sapevo che Darius avvertiva il mio tumulto. Non poteva evitarlo, soprattutto perché non stavo facendo alcuno sforzo per mascherare come mi sentissi. Mi guardò con la curiosità negli occhi azzurri, ma mantenendo il volto inespressivo. Era l'unico avvertimento che potessi dargli. Sperai che fosse abbastanza.

«Non possiamo permettergli di raggiungere Persepolae», continuò Ilyas. «Perciò ecco cosa faremo.»

Quando ebbe finito di esporre il suo folle piano, nessuno parlò per un momento.

Infine Tommas annuì. «Potrebbe essere fattibile.» «È fattibile», grugnì Ilyas. «E tu lo farai accadere. Adesso. Oppure imparerai cosa può fare il legame a un daeva che non ubbidisce al padrone.»

Darius si irrigidì, ma Tommas si limitò a sorridere. Mi meravigliai della sua calma. Non avrei saputo da dove iniziare a immaginare come dovesse essere trovarsi legato a Ilyas nel suo stato.

«Piano, capitano.» Tommas si voltò verso gli altri daeva. «Quanto siete forti con l'aria?»

Myrri mosse la mano da una parte all'altra. *Così, così.*

«Abbastanza forte», disse Darius.

«Potete seguire le mie indicazioni?»

«Ci proverò.»

Myrri annuì. La sua pelle era di un marrone più chiaro rispetto a quella di Tijah, dello stesso colore dei miei capelli e aveva degli occhi grandi che parevano quasi sempre fuori fuoco. Penso che vivesse nel Nesso per quanto le fosse possibile e cominciavo anche a capire il perché.

Tijah fece un segno con la mano che avevo imparato voleva dire: *State attenti.*

Guardai la mia sorella tra i Water Dog e mi domandai cosa avrebbe fatto se si fosse trovata alle strette. A chi sarebbe andata la sua lealtà. E seppi nel mio cuore che sarebbe andata a Myrri.

Il problema era che sapevo anche che Ilyas non aveva del tutto torto. Nessuno avrebbe potuto prevedere le azioni dei daeva, una volta liberi. Molto probabilmente, ci sarebbe stata una nuova Gorgon-e Gaz su una scala inimmaginabile. Perché, anche se non erano malvagi prima, duecento anni di servitù dovevano averli resi qualcosa di perverso e vendicativo.

Guardai mentre Tommas, Darius e Myrri camminavano sulla piana. Erano in piedi rivolti a ovest, dando le spalle al Barbican. Tommas prese un profondo respiro. Al suo fianco, Darius e Myrri fecero lo stesso. Avvertii il potere salire attraverso il legame. Le spalle del mio daeva si sollevarono. Il suo cuore accelerò fino a quando non temetti che gli potesse scoppiare nel petto. E quindi attinse altro potere. Il bracciale mi bruciava il polso, quella familiare sensazione di fuoco ghiacciato. Il respiro mi si bloccò nei polmoni mentre la consapevolezza di Darius si dissolveva nell'aria, cominciando a piegare l'elemento alla sua volontà.

I soldati si erano raccolti in un nodo stretto intorno al loro tenente. Gli occhi erano spalancati per la paura. E mi domandai se avessero mai visto un daeva prima di allora. Uno di loro indicò qualcosa. Seguì un mormorio eccitato.

Sul bordo della piana, proprio dove arrivava l'orizzonte, si stava formando qualcosa. Un muro grigio. Battei le palpebre mentre inghiottiva il sole.

Proprio mentre stavo per accorrere e urlargli di fermarsi prima di uccidersi, Tommas cadde su mani e ginocchia. «È fatta», sospirò.

Presi le briglie di uno dei cavalli freschi e lo portai da Darius.

«Ha fatto quasi tutto Tommas», disse con voce roca. «Non ho mai visto niente del...»

«Montate a cavallo!» gridò Ilyas. «Nel nome del Sacro Padre e di Re Artaxeros II, giuro di usare la mia spada per fermare l'ondata di malvagità che impregna questa terra. Chi si unirà a me?»

I soldati del Barbican ruggirono in segno di approvazione. Tijah agitò la scimitarra nell'aria. Darius chinò il capo, sussurrando una preghiera. Solo io rimasi in silenzio, ma Ilyas non se ne accorse. Stava già affondando i talloni nei fianchi del cavallo, la fine del suo qarha che volteggiava dietro di lui come una bandiera insanguinata.

Offrii la mano a Tommas. Pareva consumato.

«Ilyas», cominciai, mentre il daeva lottava per tornare in piedi. «Non è...»

Sano di mente? Affidabile? L'uomo a cui una volta volevo bene come a un fratello? Stavo ancora decidendo cosa avrei voluto dire, quando Tommas si issò sulla sella dell'ultimo cavallo. Aveva una forza silenziosa che facilmente si sottovalutava. Era la bellezza la prima cosa che notavi di lui, ma era la sua personalità che ricordavi. Immancabilmente buono con gli amici, implacabile con i nemici.

«Assicurati di avvolgere stretto il qarha, Nazafareen», disse Tommas. Quindi mi offrì il suo sorriso sbilenco.

E dopo anche lui era andato.

Mentre galoppavamo verso la tempesta di sabbia, mi guardai alle spalle solo una volta. Un crepuscolo innaturale era caduto sulla piana, ma potevo vedere un chiarore rosso in lontananza che brillava come una stella caduta.

L'Alto Magus aveva incendiato il lago.

❦ 14 ❦

Se appartenete alla categoria di quelle persone fortunate che non hanno mai affrontato un'enorme tempesta di sabbia in avvicinamento in campo aperto, posso dirvi che è una delle cose più terrificanti di tutta la natura.

Il fatto che stessimo cavalcando *verso* di essa, invece di allontanarci, peggiorava la situazione. Il vento aumentò di intensità, soffiandoci fine rena negli occhi. Adesso riuscivo a vedere chiaramente i confini più esterni della tempesta. Un'ondata ribollente che mulinava lungo la terra, molto più alta delle torri più elevate di Tel Khalujah e larga quanto il Midnight Sea.

All'inizio sembrava strisciare come una nebbia ma, mentre ci avvicinavamo, mi resi conto che quella cosa che avevano evocato stava correndo. I cavalli nitrirono per la paura.

«Restate vicini», gridò Tommas. «Proverò a creare una bolla d'aria una volta dentro.»

Darius cavalcava a pochi metri di distanza. Era strano non sentirlo dietro di me, ma avevamo preso cavalcature separate al Barbican. Tirò le redini con la mano destra, mentre la sinistra rimaneva morta lungo il fianco. Il bracciale intorno al polso non mi era mai sembrato tanto pesante.

Prende un pezzo del daeva. Lo mutila...

Ilyas era molto più avanti, in prima linea. Ora avrei potuto dire a Darius la verità, raccontargli ciò che avevamo scoperto al Barbican e Ilyas non lo avrebbe mai saputo.

Ma nel tempo che ci misi a pensarci, avevamo coperto la distanza che ci separava dalla tempesta. Presi un profondo respiro e di riflesso feci il segno della fiamma. Un momento dopo il mondo si trasformò in soffocante polvere marrone. Mi sferzava la pelle, ululava nelle mie orecchie come un coro di Druj. Mi accucciai sulla sella, a testa bassa, mentre i cavalli rallentavano fino ad andare al passo.

Sono pazzi, pensai. *Non possiamo combattere in questo stato. Non riusciamo neanche a vedere. Questi poveri cavalli sono ciechi...*

E quindi sentii una forza aprire un piccolo spazio nel maelstrom. Tommas aveva mantenuto la sua promessa. Potevo ancora sentire il ruggito del vento, ma non mi toccava più. Mi domandai quanto gli costasse schermarci e quanto a lungo avrebbe potuto mantenere quello scudo. Una parte di me odiava Ilyas per aver spinto il daeva così duramente, ma avevo visto più di una punta di euforia negli occhi di Tommas quando aveva creato la tempesta. Si *divertiva* a lavorare con l'aria e perché non avrebbe dovuto? Era come un uccello con le ali tarpate, di colpo capace di volare di nuovo. E l'aria non faceva gli stessi danni della terra. Non ti spezzava. Si limitava a usarti, come un fabbro utilizzava delle mantici per riscaldare la forgia.

Strisciammo in avanti, superando un segnale in pietra rovinato dalle intemperie che indicava che avevamo trovato la Royal Road verso Persepolae. Estrassi la spada. La tempesta si infrangeva contro la barriera di Tommas e mi domandai cosa sarebbe successo se fosse crollata del tutto. Non avremmo mai trovato una via d'uscita e solo il Sacro Padre sapeva quanto ci sarebbe voluto prima che la tempesta di sabbia si placasse.

Eppure Ilyas ci condusse più in profondità. La luce diminuì, trasformandosi in una strana ombra giallastra. E quindi ci trovammo nell'aria pulita. E in una scena da incubo.

Corpi ingombravano il suolo. Alcuni indossavano l'oro e il

bianco delle guardie di Gorgon-e Gaz, ma almeno tre avevano le tuniche blu chiaro, con un triangolo attraversato da una sbarra cucito sul petto. Lo stesso simbolo tatuato sul palmo di Darius. Daeva.

Sembravano carbonizzati. Alcuni fumavano ancora.

Non eravamo fuori dalla tempesta, ma qualcuno aveva creato una cupola abbastanza ampia – un centinaio di volte più grande della bolla evocata da Tommas – da tenerla lontana. Dai fulmini neri che scintillavano lungo la sua superficie, immaginai che fosse opera dei negromanti. Gli antimagi.

Quattro di loro stavano affrontando un gruppo dei daeva sopravvissuti. Avevano aggiunto altri collegamenti alle catene e vidi uno dei Purificati vestiti di marrone del Barbican barcollare in avanti, con l'espressione vuota, mentre il suo nuovo padrone marciava attraverso la carneficina, i denti snudati in un ghigno selvaggio.

«Con me!» urlò Ilyas, galoppando verso i negromanti.

Tommas e molti dei soldati lo seguirono. Indirizzai il destriero nel verso opposto, dove gli ultimi umani in vita stavano per essere macellati dai Druj. Contai nove revenant sul campo di battaglia e diverse ombre vaganti che potevano essere soltanto lich. Myrri ne fece a pezzi uno usando l'aria, mentre Tijah sollevava la scimitarra e cavalcava contro un revenant, invocando il suo ululante grido di battaglia.

Mi scossi la sabbia dagli occhi e abbassandomi evitai la lama fischiante di uno di quei guerrieri nonmorti. L'aria puzzava di sangue e carne bruciata. Quindi Darius fu al mio fianco. Eravamo tutti e due a cavallo, ma la cosa ci guardava comunque negli occhi. Parai un altro affondo e sentii i denti tremare fino alle radici mentre Darius strisciava alle spalle della creatura. Il revenant era grande ma non molto sveglio. Un momento dopo, la sua testa stava rotolando in aria.

Una delle guardie del Barbican urlò mentre un lich lo avvolgeva nel suo freddo abbraccio. Guardai in preda all'orrore mentre la sua bocca si muoveva in silenzio, le vene sul viso e sul volto che diventavano nere. Myrri lo fece a pezzi mentre l'uomo si mordeva la lingua. Un secondo dopo, un altro si sollevava dietro di lei, ondeggiando come un cobra. Mi lanciai in avanti, colpendo selvaggiamente. La mia lama lacerò quella sostanza simile a inchiostro, ma le parti cominciarono a fondersi di nuovo all'istante. Infine Tijah emerse dalle tenebre e insieme riuscimmo a tenerlo a bada abbastanza a lungo perché Myrri si riprendesse e lo distruggesse.

Ma l'ondata di Druj sembrava senza fine. Nel momento in cui ne uccidevamo uno, un altro appariva a prenderne il posto. Mulinai la spada fino a quando non persi la sensibilità alle braccia. Eravamo stati fortunati con il primo revenant, ma gli altri si stavano dimostrando più difficili da battere. Stavo sanguinando da una dozzina di posti diversi per essere diventata troppo lenta a evitare quelle lame di ferro lunghe un metro e mezzo. Grazie alla forza che prendevo dal legame, nessuna di quelle ferite sarebbe stata fatale, ma cominciavo a sentirmi annebbiata, disconnessa dal corpo.

Dall'altra parte della cupola, ebbi uno scorcio di Ilyas, e del suo qarha scarlatto, che si tagliava una via attraverso i Druj come una falce attraverso grano maturo. Un negromante pareva essere a terra, ma erano a terra anche molti dei soldati del Barbican. Tijah e Myrri erano state separate da me. La polvere danzava nella luminosità arancione, anche se la barriera per il momento sembrava reggere.

Battei le palpebre per togliermi il sudore dagli occhi e un tremore scosse il suolo, seguito da una pioggia di rocce e detriti diretta verso i negromanti. Qualcuno di molto potente stava lavorando con la terra e non era Darius. Lo avrei saputo.

«Nazafareen!» Il mio daeva cavalcò fino a me. Era ricoperto di sangue, in parte suo, in parte del disgustoso icore nero dei revenant. Quel giorno mi aveva soccorso più volte di quante ne potessi contare, lasciando il mio fianco solo per salvare un Purificato da morte certa per mano di un revenant, la cui testa ora giaceva al suolo.

Mi tolsi il qarha. «C'è qualcosa che devo dirti. Riguardo ai daeva. Ilyas...»

Vidi i suoi occhi spalancarsi e guardai alle mie spalle, giusto in tempo per vedere un negromante marciare fuori dalle tenebre, facendo tintinnare le catene. I suoi prigionieri parevano andare a tempo con i movimenti del loro padrone, flosci come bambole ma senza mai ostacolarlo. I loro capelli erano secchi come erba in inverno, le gengive tirate su denti scheletrici, mentre il sangue e la vita fluivano nelle guance rosee del negromante. Teneva qualcosa di argenteo nella mano. Sembrava un globo.

Il mio cavallo arretrò alla sua vista, nitrendo per il terrore. Fui sbalzata dalla sella e colpii terra con un tonfo scioccante mentre il negromante scagliava la sfera verso di noi. Esplose a qualche metro alla mia sinistra. Sottili fili di fiamme si diramarono in tutte le direzioni. Sentii la furia di Darius mentre veniva ricacciato indietro. Era ovvio che usassero il fuoco, pensai cupamente. Quei corpi carbonizzati avrebbero dovuto essere un avvertimento sufficiente. Capii che non avevo nessuna idea su come combattere quella creatura.

Il negromante camminò direttamente tra le fiamme danzanti come se non esistessero affatto. I suoi prigionieri si trascinarono dietro di lui e adesso potevo avvertire il loro odore. Di feci e urina e del fetore della miseria umana. Mi voltai e vomitai sulla terra spoglia.

Pareva il negromante che ci aveva pregato di unirsi a loro sulla piana. Il capo di quel piccolo gruppo di antimagi. Aveva l'aspetto di un uomo comune. A vederlo in una folla, lo sguardo sarebbe passato oltre. Aveva capelli castani che gli arrivavano alle spalle, tenuti indietro da un cerchietto dorato. Aveva zigomi affilati e un naso lungo e leggermente ricurvo. Mentre si faceva più vicino, notai che la sua tunica aveva una frangia in fondo e che quella frangia sembrava fatta di capelli umani.

Afferrai la spada e la sollevai mentre il cuore mi martellava nel petto.

Si fermò a pochi passi da me e mi guardò. Quindi sorrise.

Senza interrompere il contatto visivo, il negromante tirò in avanti uno dei suoi prigionieri – un ragazzino dai capelli neri – e gli passò un coltello lungo la gola. Il bambino si afflosciò contro il petto del negromante, scalciando debolmente. Non poteva avere più di otto anni. Un esserino pelle e ossa, tutto ginocchia e gomiti. Lo shock mi afferrò mentre la vita del piccolo scorreva via in un flusso cremisi.

È un atto di clemenza, solo un atto di clemenza, mi ripetei, mentre le lacrime mi offuscavano la visuale. Adesso avrebbe riposato con il Sacro Padre.

Cominciai a sollevare la spada, ma non ebbi il tempo di usarla perché il terreno sotto i miei piedi cominciò a tremare e a spalancarsi. Delle mani ne uscirono, le unghie nere e rovinate. Quindi spuntarono cinque spade arrugginite.

«I miei bambini», esclamò il negromante. «Assisti alla loro nascita, Water Dog!»

Sapevo di avere un'unica possibilità di uccidere i revenant prima che emergessero del tutto così non sprecai il fiato a maledirlo. Cominciai a colpire. La lama passò attraverso carne putrida, attraverso ossa vecchie e dure come fossili. Gridai il nome di mia sorella, lasciando che il mio odio per i Druj desse forza al mio corpo stanco. Facevo sempre affidamento su Darius. Combattevamo in coppia, guardando l'uno le spalle dell'altra. Non importava quanto si mettessero male le cose, sapevo che il mio daeva mi avrebbe salvata.

Non quel giorno. Ma ero ancora una Water Dog. La luce contro l'oscurità. E ancora ci credevo, nonostante le menzogne dei magi. Ero nata per uccidere i Druj. Se non per il Re e per il Satrapo Jaagos, allora per me stessa. Per la giustizia.

Quel discorsetto che mi ero fatta quasi funzionò.

Riuscii a decapitarne quattro, ma infine un paio di braccia simili a ferro si avvolsero intorno a me da dietro e mi sollevarono da terra. Puzzavano di tomba. Il respiro mi usciva in rantoli strozzati mentre l'essere stringeva sempre di più. Stelle cominciarono a esplodere davanti ai miei occhi.

Il volto del negromante fluttuava di fronte a me. Lo vidi far scattare un fermo nascosto nel collare del bambino morto e far ricadere il corpo a terra. «Ho sempre voluto un Water Dog», disse, allo stesso modo in cui un ragazzino avrebbe potuto dire di volere un cucciolo con cui giocare.

Lottai e scalciai mentre si faceva avanti, la fascia aperta tra le mani. Era un oggetto spregevole, ricoperto di sangue e di ciò che sembrava vomito secco. Urlai, poi il revenant mi coprì la bocca con la mano.

«Shhhh», sussurrò il negromante, passandomi il collare intorno alla gola. Il metallo era freddo come il ghiaccio. «Ci divertiremo, tu e io.» Fece passare le dita lungo il mio seno. «È un lungo viaggio fino a Bactria. Ma tu sei giovane e forte. Starò attento a non usarti troppo velocemente.» Le mie ginocchia si piegarono mentre il collare si chiudeva di scatto. «Lasciala andare», disse quindi al revenant.

Sentii la sua mente, oscura e strisciante come un tronco in putrefazione. La luce del fuoco si rifletteva sulle catene, riflessa a sua volta dai suoi occhi.

«In ginocchio», ordinò il negromante.

Mi abbassai. La mia spada giaceva ai suoi piedi, ma la cosa non mi riguardava. Lui mi possedeva, ormai.

«Credo che ti chiamerò Lea», disse, quasi parlando a se stesso. «Era il nome di mia madre. Hai i capelli dello stesso colore. Come miele riscaldato dal sole.»

L'espressione sul suo volto mentre afferravo l'elsa e lo infilzavo alla pancia fu impagabile. «Sono già legata, pazzo», gli dissi, dando alla lama una torsione e quindi portandola in un arco che gli recise la mano all'altezza del polso. La catena non aveva ancora toccato terra quando tagliai la testa del revenant con un colpo di rovescio.

Perché dal momento in cui il collare si era chiuso intorno al mio collo avevo sentito il mio daeva ricacciarlo indietro. Il mio vero legame, che precedeva tutti gli altri. Un muro scintillante intorno alla mia mente e alla mia anima che le dita raschianti del negromante non potevano penetrare. Per qualche ragione, non aveva potuto sentirlo. Il potere del Nesso, del mondo vivente, era al di là della sua percezione.

Nel momento in cui il negromante perse i suoi schiavi, le fiamme morirono. Urlò per il dolore e la rabbia. Indossavo ancora la fascia, la fine della catena che si trascinava nella sabbia con la sua mano recisa nella manetta come un qualche tipo di pallido ragno. Me la sarei voluta togliere più di quanto avessi mai desiderato qualcosa in tutta la mia vita. Quante persone quella creatura aveva torturato e ucciso nel corso degli anni?

Mi guardò, ancora tenendosi la pancia, e *sorrise*.

Portai lo stivale in avanti per calciarlo sul volto. Non sarebbe morto velocemente, decisi. No, affatto. E quindi un'ombra si staccò dal suo corpo e si solidificò in un *secondo* antimagus. Realizzai con qualcosa di vicino alla disperazione che quella battaglia non era ancora finita.

La ferita alle viscere avrebbe dovuto essere mortale, se lui fosse stato davvero umano. Ma era qualcosa di più, persino senza le povere creature di cui si nutriva. Grazie al Padre, le altre erano ancora vive. Una donna e uno dei Purificati del Barbican. Si rannicchiarono a terra, tremando. Ero contenta che fossero sopravvissuti sia perché c'era stata già abbastanza morte quel giorno sia perché il pensiero di affrontare altri dieci revenant mi faceva venire voglia di rannicchiarmi vicino a loro.

Sentii Darius dietro di me un attimo prima che mi spingesse via per affrontare i negromanti gemelli. Ciascuno reggeva una lama presa dai revenant che avevo ucciso, brandendola con una mano sola.

«Grazie», sussurrai.

Darius mi lanciò un'occhiata e, come per miracolo, le labbra si distesero in un sorriso. «Pensavo che saresti stata una bistecca difficile da masticare per lui, legame o meno.»

Avvertii il manto di sangue e sabbia spaccarsi sul mio volto mentre ghignavo a mia volta. «Oh, adulatore dalla lingua d'argento.»

Un attimo dopo stavamo di nuovo combattendo per le nostre vite.

Parata, affondo, parata, affondo. I negromanti erano abili con la spada, ma Darius e io eravamo migliori. Ancora e ancora assestammo dei colpi che avrebbero dovuto essere fatali. Ogni volta guarirono in pochi secondi. Lo sfinimento mi travolse mentre mi giravo da un lato ed evitavo appena un colpo diretto al volto. Ma i negromanti non mostravano cenni di stanchezza. Come immagini speculari, a uno mancava la mano sinistra, all'altro la destra. Se fossimo riusciti a ucciderne uno in qualche modo, si sarebbe diviso a sua volta in due? Il pensiero mi gelava fin nel profondo.

Darius barcollò mentre il negromante che stava affrontando lo colpì di piatto sul braccio avvizzito. Cadde su un ginocchio, rialzando la spada giusto in tempo per evitare un affondo mortale. Il vento stava soffiando in loro favore, realizzai con una paura nauseante.

E quindi udii il suono di zoccoli.

«Il cuore!» gridò Ilyas. «Attraverso il cuore!»

«Ci ho già provato!» urlai di rimando attraverso i denti serrati. «Non...»

«Nello stesso momento! Tutti e due nello stesso momento!»

Darius balzò in piedi e attraverso il legame avvertii un'esplosione finale della nostra energia condivisa. Ci mettemmo schiena contro schiena. Ebbi uno scorcio di capelli dorati e un passo zoppicante che mi era familiare mentre Tommas arrivava, seguito da Tijah e Myrri. I negromanti ululaorono mentre venivano sollevati da catene d'aria. Quando levitarono direttamente sopra le punte delle nostre armi, i daeva li lasciarono andare.

Darius grugnì sotto il peso dell'antimagus mentre veniva impalato sulla sua spada, ma il suggerimento era giusto: proprio attraverso il cuore. All'inizio pensai di aver sbagliato i calcoli con il mio. Cadde sulla lama ma la sostanza era come aria. Quindi capii che dovevo essere impegnata a combattere il gemello d'ombra, qualunque cosa fosse. L'anima della creatura, forse, se ancora ne aveva una. In ogni caso, il nostro nemico era finalmente morto.

Abbassai la spada per quella che sembrava la prima volta nel giro di ore e tastai freneticamente lungo il bordo interno del collare. Non riuscivo a sopportare la sensazione di quel metallo ripugnante contro la pelle per un altro secondo.

«Lascia fare a me», disse Darius con calma e io mi bloccai, il cuore che andava all'impazzata, mentre le sue dita mi accarezzavano la nuca. La fascia si aprì e Darius la fece cadere a terra. Quindi ci sputò sopra e io ebbi il desiderio di baciarlo, per quanto strano potesse sembrare.

«Come lo hai capito?» chiesi a Tommas. Aveva un aspetto terribile, ma a quel punto tutti eravamo nelle stesse condizioni.

«Nel peggiore dei modi», rispose. «Finalmente abbiamo avuto un po' di fortuna.»

«Non fortuna», grugnì Ilyas, facendo il segno della fiamma. «La volontà del Sacro Padre.»

Tommas annuì, gli occhi guardinghi. «Naturalmente.»

«I soldati del Barbican?» domandò Darius.

«Tutti morti», tagliò corto Ilyas.

«E i daeva?»

«Cinque corpi che indossavano il blu. Ma dobbiamo fare un conteggio formale. Anche degli antimagi.» Gli occhi del capitano percorsero la cupola. Mi domandai se avesse trovato il fuoco. Ma sapevo che se lo avesse fatto allora sarebbe stato tra le sue mani. Era troppo pericoloso lasciarlo in giro.

«Bene, facciamo in fretta, perché credo che il soffitto stia per crollare», osservò Tijah.

Alzai lo sguardo e vidi che aveva ragione. La cupola era stata costruita dai daeva o dai negromanti, entrambi morti ora, e adesso la tempesta di sabbia – la cui furia non era scemata – stava cominciando a gonfiarsi verso l'interno. La difesa magica stava cedendo.

«Potrei essere capace di tenerla...» cominciò a dire Tommas.

Mi accigliai mentre mi voltavo e guardai dietro di lui. Il

ragazzino era lì, in piedi. Era quello che il negromante aveva ucciso. Gli occhi erano mandorle nere nel volto e reggeva lo stesso coltello che gli aveva tolto la vita. Aprii la bocca per urlare mentre affondava la lama in profondità nella coscia di Tommas.

Gli occhi color smeraldo del daeva si spalancarono per la sorpresa. Vacillò ma non cadde.

«Spettro!» La voce era acuta, spezzata, e mi ci volle un momento per capire che era la mia.

Un istante dopo, la testa del bambino era andata. Ilyas abbassò la spada e arrivò giusto in tempo per sorreggere Tommas quando le gambe del daeva finalmente cedettero.

«Va tutto bene, va tutto bene», disse Ilyas con voce rassicurante, cullando Tommas tra le braccia. «Vediamo con cosa abbiamo a che fare.» Sollevò la tunica e il suo volto si paralizzò.

«Guarirà, vero?» chiesi, inginocchiandomi al suo fianco.

Tijah, Myrri e Darius si erano raccolti intorno a noi. Non mi era parsa una ferita grave. Non un affondo al cuore o al collo o a qualche altro organo vitale.

Ma potevo vedere la pozza di sangue che si allargava a terra. Ilyas si strappò di dosso il qarha e lo legò stretto intorno alla coscia di Tommas. «Tijah, Myrri andate a decapitare il resto dei morti», abbaiò il capitano. «Adesso!»

Tijah annuì, il volto teso per la preoccupazione.

Si allontanarono.

«Darius, Nazafareen, aiutatemi...» Di colpo sembrava sperduto. Il sangue stava continuando a fuoriuscire nonostante il bendaggio e io capii che il coltello aveva perforato la grossa vena nella gamba di Tommas. «Rispingilo dentro. Usa il potere!» urlò Ilyas a Darius.

«Io... ci proverò», disse Darius. «Ma non so come funzionerà con il tessuto vivente. È troppo delicato.»

«Fa' qualcosa e basta!»

Mi tolsi il qarha e lo avvolsi sopra quello di Ilyas. Darius osservò la ferita e attraverso il legame avvertii un delicato flusso di potere. Ciononostante la pozza si allargò ancora. Alla fine, sentii il daeva che lasciava andare il potere. Mi guardò e scosse appena il capo.

Quindi gli occhi di Tommas si spalancarono. «Ilyas?»

«Sì, sì, sono qui.» Ilyas prese la mano del daeva, stringendola delicatamente.

«Io... io vorrei andare a vedere il mare. Ancora una volta.»

Ilyas sbatté le palpebre, confuso. «Il mare?»

«Il Middle Sea. Mi è mancato... per tutti questi anni.»

Il volto di Ilyas collassò. «Ti prego, non andare», sussurrò. «Ti ci porterò, te lo giuro. Solo... non abbandonarmi.»

Tommas impiegò altri sei minuti per morire. Rimase privo di sensi per gran parte del tempo. Non ci furono altre parole tra loro. Ma improvvisamente capii ciò che sarebbe stato ovvio se solo avessi aperto gli occhi.

Ilyas amava il suo daeva più di ogni altra cosa al mondo. Lo amava profondamente e appassionatamente. E si odiava per quello. Odiava tutti e due.

Non perché Tommas fosse un maschio. Non c'era alcuna vergogna in un uomo che amava un altro uomo. Ma Tommas non era solo un uomo. E quello era il cuore di tutta la questione.

Piansi per Tommas, perché anch'io gli volevo bene. E piansi per Ilyas. Ma piansi anche per il resto di noi che erano ancora vivi. Perché l'ultima cosa che rendeva umano il nostro capitano ormai era andata.

15

Ilyas rimase seduto accanto al corpo per molto tempo, senza muoversi, parlare o piangere, limitandosi a strofinare il bracciale attorno al polso. Lo faceva in modo compulsivo come se in qualche modo avesse potuto riportare il suo daeva alla vita. Pareva aver dimenticato che ci fossero altre persone con lui.

Myrri e Darius fecero a turno per tenere in piedi la cupola, mentre Tijah e io trascinavamo i revenant in una pila. Era un lavoro disgustoso, ma avevo bisogno di fare qualcosa che non richiedesse il pensiero. Mi sentivo assolutamente vuota, senza peso. Come se potessi volare via se avessi attraversato le pareti invisibili e avessi messo piede nella tempesta.

Nel momento in cui aveva visto il corpo di Tommas, Myrri si era rifugiata nel nulla del Nesso. Oltre a Tijah, Tommas era stato il suo unico vero amico. Sapevo che avrebbe affrontato il dolore, alla fine. L'avrebbe aspettata come un amante rifiutato che continuava a voler essere ascoltato. Ma non potevo biasimarla per aver scelto l'insensibilità in quel momento. Desideravo la stessa cosa.

Tijah aveva recitato una preghiera nel linguaggio dei suoi dei, quindi si era messa all'opera. Nessuno di noi era forte abbastanza da andarsene fino a quando la tempesta non fosse cessata. Avremmo dovuto aspettare fino all'alba, il che significava accamparsi in un luogo che non puzzasse di morte.

I soldati del Barbican erano stati uccisi fino all'ultimo. Li mettemmo in fila, lontani dai Druj. Quindi facemmo lo stesso per le guardie di Gorgon-e Gaz. Pensavo che dovessero riposare con i daeva per cui avevano sacrificato tutto e Tijah fu d'accordo. Ma trovammo solo cinque corpi che indossavano l'azzurro. E tutti erano carbonizzati al punto da non essere riconoscibili.

Allo stesso modo, trovammo solo quattro negromanti.

Un daeva e un antimagus mancavano all'appello e così anche il Sacro Fuoco.

Ma non volevo pensare a niente del genere.

Usai la spada per recidere le mani di ogni negromante e rimuovere ogni collare dalle loro vittime. Mettemmo i corpi insieme ai soldati del Barbican.

In totale, erano stati uccisi dai Druj trentanove umani e cinque daeva. Sei, se si contava anche Tommas.

Gli unici sopravvissuti erano la donna e il Purificato che avevo liberato quando avevo tagliato la mano del negromante. La donna era in uno stato simile a quello di Ilyas. Era lì, ma al tempo stesso non c'era. Aveva l'aspetto di una nonna, con dei capelli candidi che le scendevano sulla schiena ossuta. Ero sorpresa che il negromante avesse scelto qualcuno così vecchio come schiavo, ma forse la forza di una persona non dipendeva dall'età. Conoscevo una donna nel clan Four-Legs che faceva la traversata tra le montagne anche passati i settant'anni ed era ancora agile e arzilla come le greggi.

O magari era giovane quando l'aveva presa. I negromanti erano come zecche: si nutrivano dei loro prigionieri attraverso le catene fino a quando i loro corpi non erano altro che involucri vuoti. Speravo che la donna si riprendesse con il tempo, ma per il momento guardava nel vuoto. Tijah aveva provato a darle dell'acqua. Era scivolata lungo le labbra fino al davanti della tunica lercia e la donna pareva non essersi neanche resa conto che Tijah fosse lì.

Il Purificato era in condizioni migliori, almeno mentalmente. Era stato in schiavitù solo per un breve lasso di tempo. Quando vide cosa stavamo facendo con i corpi, ci raggiunse e cominciò ad aiutarci senza dire una parola. Era il più giovane dei due che avevano lasciato il Barbican, con capelli scuri tagliati molto corti e un volto stretto e ossuto. Non ero sicura di cosa avremmo dovuto fare con lui e Ilyas non ci stava dando ordini. Sapevo che quell'uomo era un traditore, ma non avevo le forze per preoccuparmene. A dire il vero, ero solo contenta che ci fossero altre due mani all'opera.

«Come ti chiami?» gli chiesi.

«Yari.»

«Io sono Nazafareen.»

Annuì. Le mani recavano solo poche cicatrici da bruciature, non come l'altro Purificato che avevo visto al Barbican. Yari doveva aver indossato le vesti abbastanza di recente.

«Occupati dei cavalli», gli dissi. «Di quelli che riesci a trovare ancora in vita. E metti fine alle sofferenze di quelli feriti troppo gravemente.»

«Hai visto il mio fratello magus?» domandò mestamente. «Si chiama Mahvar.»

«Non lo so», risposi e non lo sapevo davvero. Mi ero dedicata ai corpi nell'ultima ora e non riuscivo a ricordare molto oltre al sangue e all'orrore. Un pensiero continuava a scorrermi nella mente. Tommas e il fatto che non gli avessimo tagliato la testa. Ero consapevole del fatto che Ilyas non ce lo avrebbe mai permesso e non avrei neanche voluto farlo, ma se fosse tornato sotto forma di spettro la mia mente sarebbe andata in frantumi. Non volevo ricordarlo così. Come ricordavo Ashraf.

Cercai di scacciare la preoccupazione dalla mente, ma restando pronta nel caso in cui fosse accaduto.

Quando avemmo terminato il nostro tetro compito, andai a sedermi vicino a Darius. Aveva sollevato di nuovo le sue barriere, ma era chiaro che si sentisse in colpa per non essere riuscito ad arginare l'emorragia di Tommas. Non era colpa sua. Quando la grossa vena nella gamba è aperta, la morte arriva troppo velocemente perché chiunque possa fermarla.

«Perché stai sorridendo?» mi chiese.

Lo guardai e avvertii un flusso di emozione molto forte per il fatto che fosse ancora vivo. Non sapevo cosa avrei fatto se lo avessi perso. Una volta avevo odiato la sua presenza nella mia mente. Darius era così forte che avevo temuto di perdere me stessa. Ora quella forza era un conforto. Sì, aveva dell'oscurità in lui, ma non mi spaventava più. Perché aveva anche della luce, della bontà, persino se lui stesso si rifiutava di vederla.

«Mi sono solo ricordata di un episodio. Il primo mattino dopo il mio arrivo a Tel Khalujah, Tommas mi sorprese a lavarmi nell'abbeveratoio dei cavalli. Non sapevo ci fossero le terme. Non avevo mai visto niente del genere, prima.»

«E lui cosa fece?»

«Conosci Tommas. Non voleva mettermi in imbarazzo. Così si unì a me. Avresti dovuto vedere la faccia di Ilyas quando ci trovò.»

Darius rise. E cominciammo a scambiarci i nostri ricordi di Tommas. Ridemmo e piangemmo, e per un po' il nostro amico tornò con noi. Tijah ci raggiunse e anche Myrri quando il suo turno di tenere la barriera terminò. La sua nebbia interiore parve dissiparsi un po' mentre ci ascoltava parlare, il mento appuntito in una mano e gli occhi scuri luminosi nel crepuscolo.

«E tu?» le domandai. «Credo che tra noi tu sia quella che lo conosceva di più.»

Myrri ci pensò per un momento, quindi le mani cominciarono ad agitarsi. Tijah tradusse, fermandosi di tanto in tanto per trovare le parole giuste.

«Dice che c'è una storia che Tommas le raccontava di solito. Il suo primo padrone era uno dei più ricchi mercanti dell'impero, con influenza a corte, motivo per cui gli era stato donato un daeva dal Re. Aveva un'imponente flotta di navi. Percorrevano non solo il Middle Sea, ma anche il golfo meridionale. Quando Tommas era un ragazzo, serviva quest'uomo non soltanto richiamando il vento, ma anche come tuffatore. Riusciva ad avvertire la presenza di perle nascoste nei loro letti segreti. Con la pratica, aveva imparato ad andare sempre più in profondità con un solo respiro. I tuffatori umani non potevano seguirlo e quindi lui esplorava gli abissi per conto suo. Il padrone non se ne curava, perché Tommas gli riportava sempre le perle più grandi e belle.

«Un giorno Tommas aveva nuotato attraverso una vallata e aveva scoperto una città sotto le onde. Aveva dei palazzi di marmo e giardini di corallo ma chiunque fosse vissuto lì era ormai andato via da parecchio tempo. Il fondale marino era cosparso di frammenti di statue, i loro occhi vuoti a fissare il buio con solo i pesci e far loro compagnia.»

Ascoltavo le parole di Tijah, ma erano il viso e le mani di Myrri che guardavo. Si stava esibendo in un'imitazione silenziosa di Tommas che si immergeva nelle acque con un'espressione di paura e meraviglia e, per un momento, vidi io stessa quella città sommersa. I granchi che si muovevano sul fondo di fontane spaccate. Le cupole e le torri avvolte da un manto verde di alghe.

«Tommas pensava che forse era il posto da cui provenivano i daeva, ma avevano scatenato l'ira del Sacro Padre così lui li aveva privati delle branchie in modo da non farli più tornare a casa.» Myrri scosse il capo e fece un segno che io riconobbi come *sbagliato*, un palmo premuto di piatto contro l'altro. «Gli dissi che non gli credevo. Non siamo pesci, anche se è piacevole stare sotto il mare. Non c'è fuoco di cui preoccuparsi. Ma i daeva hanno tre talenti – aria, terra, acqua – per una ragione. Abbiamo una casa, ma credo sia da qualche parte molto distante da qui.» Sorrise e contrasse le labbra. Quindi fece un cerchio con il pollice e l'indice, e lo sollevò. Gli occhi di Tijah brillavano di lacrime non versate quando tradusse. «Forse adesso Tommas cammina proprio lì, fischiando alla luce della luna.»

Rimanemmo in silenzio per un po'. Ilyas non si allontanava mai dal fianco del suo daeva. Teneva ancora la mano di Tommas nella sua, anche se ormai doveva essere diventata fredda. A volte sono coloro che sembrano i più duri a essere i più fragili. Pensai, in qualche modo amaramente, che Ilyas non si fosse curato di unirsi a noi perché aveva pochi ricordi lieti, ma ciò non era interamente vero. Oltre a quel singolo schiaffo nelle stalle, non lo avevo mai visto trattare il suo daeva in modo fisicamente violento. In effetti, se Tommas si procurava una ferita, anche una minore, Ilyas si preoccupava come una bambinaia.

Ricordavo come osservava dalla finestra della sua stanza mentre Tommas si allenava nel cortile e allo stesso tempo quando eravamo tutti insieme non lo degnava neanche di uno sguardo. E ora capivo cosa intendeva quando aveva detto di combattere una guerra dentro se stesso. Non parlava di un peccato generale, ma di uno molto specifico.

Credo che veda molto di se stesso in te, Nazafareen, mi aveva detto Tommas.

Non perché Ilyas mi desiderasse, come avevo follemente creduto. Aveva riconosciuto i miei sentimenti per Darius perché lui provava la stessa cosa per Tommas.

Pensavo a questo mentre Darius medicava e fasciava le mie ferite. Quindi feci lo stesso per lui, anche se le sue si stavano già rimarginando. Provai a controllare la mia reazione quando mi toccava. Sapevo cosa aspettarmi, adesso. Eppure ancora mi bruciava, ancora mi accendeva la pelle e faceva accelerare i battiti del mio cuore. Ero lì, circondata dalla morte, sofferente per la perdita di una delle poche persone al mondo a cui volevo bene, e Darius ancora riusciva a farsi desiderare. Disperatamente.

Perché le cose stavano così. Non potevo più far finta del contrario. Contro la mia volontà, lo vedevo ancora come quel giorno al fiume, le chiare linee del corpo mentre effettuava la benedizione dell'acqua. Rivedevo il modo in cui il sole dell'alba gli illuminava gli occhi, facendoli brillare come zaffiri. E quindi ricordai il suo palmo scivolare sotto la mia tunica. Il calore intenso che proveniva da lui a ondate e, ancora di più, il modo in cui riuscivo a sentire il suo desiderio mentre mi sfiorava.

Potevo contare sulle dita di una mano le volte in cui Darius si era permesso di lasciarsi andare. Il momento sulla montagna era una di quelle.

E mi domandavo come sarebbe stato se non ci fosse stato nulla tra noi. Solo la pelle, e la sua bocca sulla mia.

Quasi risi e non per la contentezza. Come se non avessi già abbastanza problemi. Dovevamo arrivare a Persepolae ed ero terrorizzata all'idea di riferire al Re le notizie che recavamo.

Stavo per andare a controllare Ilyas quando un uomo arrivò dalla tempesta.

Proprio attraverso la barriera, come se non fosse stata lì. Aveva folti capelli neri tagliati corti e le spalle di un toro. Un uomo attraente in modo oscuro, con una mascella squadrata e una bocca sensuale. Indossava una tunica azzurra. Sotto le macchie di sangue, riuscii a distinguere il triangolo sbarrato cucito sul petto.

Ci guardò. Sono sicura che avevamo l'aspetto di un gruppo di miserabili. «Dov'è?» chiese con voce piatta.

La vista dello sconosciuto risvegliò Ilyas dal suo stupore. Grugnì e si lanciò contro quell'uomo... e si trovò subito scagliato all'indietro, come se avesse colpito una parete invisibile.

Portai la mano alla spada, mentre gli osservavo le mani. L'infermità di Victor era l'assenza di tre dita. Ma quell'uomo pareva normale. Quindi ricordai le parole dell'Alto Magus: quando il legame si fosse spezzato, il daeva sarebbe tornato integro.

Non potevo essere sicura che fosse Victor, ma una parte di me lo sapeva.

«Dov'è?» domandò di nuovo, più bruscamente.

«Potrei uccidervi tutti qui e ora, in un battito di ciglia. Ma voglio soltanto l'urna. Consegnatemela e risparmierò le vostre vite. Anche solo per aver ucciso gli antimagi che mi stavano dando la caccia.»

Ilyas provò a rialzarsi, ma fu di nuovo respinto con l'aria, come se fosse una mosca da scacciare. «Prendetelo!» urlò, il viso contorto dall'ira.

Victor lo ignorò completamente, lo sguardo ora fisso su Darius. Sentii il mio daeva attingere al potere.

«Non farlo», disse Victor con voce spenta.

Vidi Darius rendersi conto della mancanza del bracciale, avvertii la sua sorpresa e capii che nel mio dolore per Tommas avevo dimenticato di dirgli del fuoco. Di dirlo a tutti loro. Tijah aveva la scimitarra in mano, ma non si stava muovendo. Non lo stavo facendo neanch'io. Sapevamo tutte e due che non era la nostra battaglia. Il Purificato guardava e basta, la sua espressione indecifrabile.

«Il Sacro Fuoco è stato rubato dal Barbican», dissi, forte abbastanza perché mi sentissero tutti. «Non solo forgia i bracciali, li spezza. Lo avevano i daeva, ma a quanto pare lo hanno perso.»

Ilyas mi lanciò un'occhiata furiosa, che io ricambiai, calma. Anche lui doveva capire che era troppo tardi per i segreti.

«Dov'è il fuoco?» ruggì Victor e quindi si scatenò l'inferno quando Darius si lanciò contro di lui e i due cominciarono a duellare.

La terra si spaccò sotto i nostri piedi, il vento e la sabbia ci sferzavano i volti. Riuscii a strisciare via, abbassandomi mentre una delle grosse spade dei revenant mi passava sopra la testa e si conficcava in una roccia come un coltello avrebbe tagliato il burro.

Myrri non poteva aiutarci. Stava reggendo la barriera, anche se mi chiedevo quanto a lungo avrebbe tenuto sotto quell'assalto magico. Feci il segno della fiamma, mentre la paura mi stringeva il cuore all'idea che Darius avesse incontrato un degno avversario.

Il Purificato – il cui nome avevo già dimenticato – trascinò via la vecchia donna e le fece scudo con il corpo. Tijah giaceva vicino a me, gli occhi serrati. Cercai Ilyas, sperando che non fosse folle abbastanza da mettersi in mezzo. Ma era disteso sulla schiena vicino a Tommas, immobile. Non riuscivo a distinguere alcuna ferita e pensai che fosse stato messo fuori combattimento.

Il vento raggiunse il culmine, quasi strappandomi i capelli. E quindi cessò, così di colpo come era cominciato. La sabbia si diradò. Sollevai il viso e vidi Victor sospeso in aria, con i piedi penzolanti, mentre la tempesta infuriava a pochi centimetri dietro di lui.

Darius era in piedi con la testa bassa e le mascelle serrate per lo sforzo. Un sottile rivolo di sangue gli scendeva dal naso. Riuscivo a sentire il danno che aveva causato a se stesso. C'era da meravigliarsi che non avesse ancora perso i sensi.

Victor tossì. Anche lui stava sanguinando all'interno, aveva le labbra macchiate di sangue. «Sei forte», mormorò. E quindi sorrise, un sorriso sghembo e amaro.

Darius vacillò. Sapevo quanto gli stava costando trattenere quel daeva. L'uomo che aveva spaccato Gorgon-e Gaz a metà. Che non era più incatenato e che non avevamo modo di controllare. Che non avevamo modo di riportare indietro. Darius lo sapeva. Cominciò a stringere di più.

Victor tossì di nuovo. I denti erano scarlatti quando parlò, le parole uscirono in rapidi sussulti. «Uccideresti il tuo stesso padre, Water Dog?» mormorò. «Sei caduto così in basso?»

«Bugiardo», ribatté Darius, ma sentii il suo potere diminuire.

«Perché ho lasciato che mi trovassi? Credi davvero che non avrei potuto nascondere il mio passaggio a un cucciolo come te?»

Darius non disse nulla, ma il viso gli diventò bianco come la pelliccia di un gatto delle nevi.

«Ti ho portato al Barbican, Water Dog. Volevo liberarti. Liberarvi tutti.» Victor chiuse gli occhi. Anche sospeso in aria come una marionetta, aveva un magnetismo soverchiante e mi chiesi come potesse essere trovarsi legati a un uomo come quello.

Forse qualcosa di simile all'essere legati a suo figlio. Perché ora potevo capirlo. La somiglianza era innegabile. Nella bocca e soprattutto negli occhi, nonostante quelli di Victor fossero quasi neri. Non nel colore, quanto più nella ferocia che mascherava ferite profonde e guarite solo a metà.

«Non voglio essere libero», grugnì Darius. «E tu non sei... non sei mio padre. Come puoi saperlo?» Le sue ultime parole sembravano quasi una preghiera.

Victor rimase a osservarlo, a guardare la sua mano contratta ad artiglio. «Mi hanno costretto a generare molti figli in quella fogna, Water Dog, ma ancora ricordo il giorno in cui sei nato. Perfetto sotto ogni aspetto. Avevi gli occhi di tua madre. Lei provò a soffocarti prima che ti incatenassero, ma le guardie la trascinarono via.»

Darius batté le palpebre, le emozioni che vorticavano fuori controllo e io sentii la sua connessione con il Nesso spezzarsi. Un momento dopo Victor volò all'indietro nella tempesta e svanì.

16

Come hai potuto non dirmi che erano liberi?»

Darius camminava avanti e indietro, la mano destra stretta in un pugno. Non lo avevo mai visto tanto arrabbiato.

«Mi dispiace. Ilyas ti avrebbe ucciso se lo avessi fatto.»

Una piccola bugia, ma non volevo sapesse che Ilyas aveva minacciato di farlo fare a Tommas. Quella consapevolezza avrebbe rovinato il ricordo di Tommas, anche se non avremmo mai saputo cosa avrebbe fatto il daeva di Ilyas.

Gli occhi di Darius diventarono azzurri come il ghiaccio ma sotto bruciava una furia incandescente. Feci involontariamente un passo indietro.

Il problema quando non ci si permette di provare alcunché è che tutto si accumula e quando arriva il disgelo le sponde non riescono più a trattenere il torrente. Darius era un fiume in piena, pronto a esondare. Sapevo di dover stare molto attenta.

«Parlamene ora», disse con voce mortale.

«I Purificati hanno rubato il Sacro Fuoco dal Barbican», dissi velocemente. «Può spezzare il legame. Victor e gli altri devono averlo già fatto, ma hanno

perso l'urna durante la battaglia.»

«È andato?»

«Sì. Deve averlo il negromante che è fuggito.» Mi interruppi. «Victor era integro perché è il bracciale a causare l'infermità. I magi mentivano quando dicevano che è una maledizione.»

Qualcosa guizzò in lui. Quell'oscurità. «Lo sapevi? Di Victor?»

«Naturalmente no! Non ti avrei mai nascosto una cosa del genere.» Guardai lui, il sangue sul suo volto, e avvertii una tristezza lancinante. «Sei ferito. Lascia che ti aiuti...»

«Non toccarmi, Nazafareen», disse Darius, freddo.

«Non è cambiato nulla.»

«No, vero? Mio padre è un assassino. Ero sincero quando ho detto che non volevo essere libero.» I suoi occhi raccoglievano la luce e la riflettevano. «Non è sicuro. Non sono al sicuro.»

«Basta. Quello che dici non ha alcun senso, Darius.» «Darei ogni cosa per essere come te», replicò. «Per essere un buono. Ma sono un Druj. E mi piacerebbe che la smettessi di far finta del contrario.»

«Sono dei bugiardi!» gridai, non curandomi di chi avrebbe potuto sentirmi. «Forse hanno mentito anche su altre cose. Forse hanno mentito su tutto!»

«So cosa sono. Prendi il potere, Nazafareen. Non lo voglio.»

«No.»

«Prendilo!»

Singhiozzai e strinsi il pugno sul legame. Darius alzò una mano tremante a coprirsi il volto. La battaglia lo aveva fiaccato. C'era da meravigliarsi che si reggesse ancora in piedi.

«Questa storia non è finita», gli dissi.

Se Victor era suo padre, mi domandavo dove fosse sua madre. Se i suoi resti bruciati giacessero insieme agli altri daeva o se fosse rimasta al Barbican. Victor aveva detto che lei aveva provato a uccidere il suo bambino pur di non vederlo legato. Il pensiero mi dava la nausea. Avevo sempre accettato il fatto che i dacva fossero nostri nemici, che fossero loro stessi la causa della schiavitù.

Erano maledetti. Erano Druj. Rifiutavano il fuoco perché la loro natura era malvagia. Ma c'era almeno una cosa vera tra quelle? Sapevo per certo che la prima non lo era. Darius era nato con l'aspetto di un qualunque altro bambino sano. Quanto doveva essere grande lo shock per un neonato che veniva legato, che veniva *mutilato*?

Re Xeros aveva vietato la schiavitù umana quando aveva preso il potere. Il suo regno segnava un periodo di illuminazione, tolleranza, prosperità. L'impero era civilizzato e i nostri nemici erano barbari.

Ma era la verità?

Mi ero unita ai Water Dog per servire la luce. Credevo con tutto il mio cuore nella Via della Fiamma. Ed era molto probabile che avessi trascorso gli ultimi quattro anni della mia vita ad aiutare un sistema di crudeltà e oppressione su una scala che sconcertava la mente.

Se non fosse stato per Ilyas, avrei potuto andarmene proprio in quel momento. Non so se Darius se ne sarebbe andato con me. So solo che la scelta lo avrebbe lacerato dentro.

Ma guardai il mio capitano, ricoperto del sangue del suo daeva, e capii che non avrei potuto lasciarlo. Non adesso.

Gli occhi erano aperti, fissi sulla tempesta. Non sapevo quanto avesse udito di ciò che avevo detto. Ma ero abbastanza certa che fosse privo di sensi.

«Non diremo niente a Ilyas di questo», mormorai a

Darius. «Victor si è liberato ed è scomparso. È tutto.» Darius non rispose.

«Non lo hai visto al Barbican. Era instabile anche allora. Con Tommas...» Mi interruppi. «Ti prego, credimi. Non possiamo raccontargli il resto.»

Darius annuì, quindi si allontanò. Tijah era al fianco di Myrri. Si era ritirata velocemente quando aveva visto l'espressione sul volto di Darius. Sapevo che avrebbe mantenuto il segreto se glielo avessi chiesto.

«Ilyas.» Mi lasciai cadere al suo fianco. «Stai bene?»

Una domanda stupida. Era molto lontano dallo stare bene.

La mano sinistra di Ilyas aveva trovato il bracciale e aveva ricominciato a sfregarlo. Nell'ultima ora pareva invecchiato. Non per aver perso il legame, per il dolore. Gli piegava gli angoli della bocca verso il basso, gli tirava la pelle intorno agli occhi grigi. Quando finalmente questi si posarono su di me, scoprii di non essere capace di decifrarli.

«Mi dispiace terribilmente per Tommas», dissi. «Gli volevamo tutti bene. Se c'è qualcosa...» Mi schiarii la voce. «Qualunque cosa di cui tu abbia bisogno. Qualunque cosa io possa fare. Non hai che da dirlo.»

Guardai Tommas, così pallido nella morte, come una statua di marmo. Grazie al Sacro Padre, non si era alzato di nuovo.

«Uno spettro prese mia sorella», continuai. «Un anno prima che arrivaste voi. È il motivo per cui mi sono unita ai Water Dog.»

Ilyas si limitò ad annuire, come se gli avessi appena detto che il giorno dopo avrebbe piovuto.

Sospirai e ripresi fiato. «Victor se n'è andato. Darius non è riuscito a trattenerlo. Ma sappiamo che non ha il Sacro Fuoco. Quindi deve averlo l'ultimo negromante. Probabilmente è diretto a Bactria. Cosa vuoi che facciamo?»

«Cavalchiamo verso Persepolae», disse Ilyas bruscamente, rimettendosi in piedi. «Se i miei calcoli sulla nostra posizione sono esatti, è a meno di un giorno da qui.»

«Sì, capitano», risposi, ignorando la sensazione spiacevole alla bocca dello stomaco.

Si abbassò e depose il suo qarha scarlatto sul volto di Tommas. Le spalle di Ilyas si abbassarono mentre sussurrava una preghiera. Quando tornò in posizione eretta, il volto era di nuovo vuoto. Una maschera. «Perché il prigioniero non è legato?» domandò.

«Cosa?» Il suo cambio di umore mi aveva preso alla sprovvista.

«Il Purificato. È un traditore. Legatelo.»

«Non ha dato alcun segno di voler fuggire», disse Tijah. Ci aveva raggiunto pochi istanti prima.

«Non mi importa», sibilò Ilyas. «Fa parte della cospirazione. Legatelo.»

Tijah si strinse nelle spalle e fece ciò che il capitano aveva chiesto, usando la fune presa dalla borsa agganciata alla sella.

«Ti prego, non dirgli di Victor», mormorai mentre tenevo bloccate le mani del Purificato. Ilyas era andato a radunare i cavalli rimasti.

Tijah sollevò un sopracciglio. «Che è il padre di Darius?»

Mi adombrai. «Sì.»

«Poveretto», disse lei e non seppi se intendesse Darius o Ilyas o magari tutti e due.

«Sono seria, Tijah.»

«Proprio come non hai detto a me del fuoco?» mi chiese.

«È diverso. Non avevo scelta. E lo avrei fatto comunque. Ma non ne ho avuto la possibilità.»

Lei strinse la corda e si alzò in piedi. Il Purificato teneva la testa bassa, ma sapevo che stava ascoltando ogni parola.

«Tieni la bocca chiusa anche tu», gli sibilai all'orecchio. «O potresti non vivere abbastanza da vedere i sotterranei del Re.»

«Sono leale al Profeta, Water Dog», rispose quello, con calma. «Le tue minacce non significano niente per me.»

«Il Profeta?» Scoppiai a ridere. «Che la tua causa sia giusta o meno, dubito che lui possa apprezzare ciò che hai fatto. La Regina Neblis però ti ringrazierà, ne sono certa.»

I suoi lineamenti delicati da ragazzo si afflosciarono. «Neblis?»

«Già. Ecco chi lo ha adesso o chi lo avrà abbastanza presto.» Avvertii degli occhi sulla mia schiena e mi accorsi che Ilyas ci stava osservando dall'altra parte della cupola. «Se come sembra sei un suo alleato, allora vorrebbe che proteggessi suo figlio, giusto?»

Il Purificato deglutì come se avesse un sasso incastrato in gola.

«Tijah?»

Lei ricambiò il mio sguardo, gli occhi fermi. «Naturalmente. Sei mia sorella.»

Battei le palpebre fino a ricacciare indietro le lacrime. Era un miracolo che alcuni di noi fossero ancora vivi. Quel giorno avrei potuto perdere molto di più. Avrei potuto perdere Darius. Sentii il mio cuore lacerarsi, piangendo per qualcosa che non era mai avvenuto. Perché non è il lutto che ci cancella, capii. È il rimpianto per le parole non dette, per le piccole gentilezze trattenute.

Se Ilyas non fosse stato il figlio bastardo del satrapo, se non avesse avuto l'aspetto di un barbaro, sarebbe stato un uomo tanto duro? Forse no, forse sì.

E cos'ero io? Ero del clan Four-Legs? Una Water Dog? Un'eretica? Ancora non lo sapevo.

«Perché li hai aiutati?» domandai al Purificato.

«Dimmi il motivo. Per favore.»

«È il volere del Sacro Padre», rispose lui semplicemente. «Vuole che i suoi figli siano liberi.»

❦

L'ALBA SORSE MENTRE CAVALCAVAMO SULLA PIANA. FU un'aurora rossa. Il sole si rifrangeva sulla sabbia che si andava depositando fino a quando non sembrò che tutto il mondo fosse infuocato. Ero riuscita a dormire qualche ora accucciata contro la schiena di Tijah tra le macerie del campo di battaglia. In qualche modo i suoi capelli ancora profumavano di buono, del sapone alla lavanda che usava a casa.

Ilyas si era rifiutato di lasciare indietro Tommas, così aveva avvolto il suo corpo tra le coperte e lo aveva deposto sul dorso del cavallo. Mi domandai se avesse intenzione di portarlo fino al Middle Sea una volta terminato il suo compito. Forse esaudire l'ultimo desiderio di Tommas gli avrebbe dato un po' di pace. Ma l'espressione tormentata e vuota non lasciava mai i suoi occhi e dubitavo che lo avrebbe fatto per parecchio tempo.

Trovammo la Royal Road e ci dirigemmo a nord verso Persepolae. Dopo diverse ore il deserto lasciò spazio a colline e quindi a prati. Ci fermammo a un fiume dove riempimmo le otri. Mi arrischiai anche a lavarmi, togliendomi dalla pelle la sabbia e il miscuglio disgustoso di sangue umano, daeva e Druj.

Darius cavalcava per conto suo, perso in pensieri oscuri. Le barriere erano tornate, ma non avevo alcuna intenzione di introdurmi nelle sue emozioni. Proprio come Ilyas si aggrappava al bracciale, Darius si aggrappava al faravahar che indossava intorno al collo. Lo faceva con così tanta forza da lasciarsi profondi segni nel palmo della mano.

La donna sedeva dietro di me, ondeggiando silenziosamente sulla sella. Avevo provato a parlarle svariate volte e alla fine mi ero arresa. L'avrei consegnata ai magi. Forse loro avrebbero potuto scoprire la sua provenienza e riportarla ai suoi familiari, se ne aveva ancora in vita.

La Royal Road cambiava da strada sterrata a lastricata. Superammo una salita e vidi il muro meridionale della capitale, posto contro uno spettacolare sfondo di enormi dirupi. C'erano due cancelli. Bracieri ardenti fiancheggiavano il primo, ma non il secondo. Un flusso costante di persone entrava e usciva, per la maggior parte attraverso il primo cancello. Il manipolo di viaggiatori che usava il secondo indossava diverse sfumature di azzurro.

«Darius e Myrri dovranno passare attraverso il cancello dei daeva», disse Ilyas. «Ci divideremo e ci incontreremo dall'altra parte.»

Persepolae era costruita a terrazze, con il complesso del palazzo in cima. La Royal Road passava attraverso una fervida città non fortificata di case di mattoni dove vivevano i servitori e gli artigiani. Alcune magioni di nobili erano sparse nella valle all'esterno dei cancelli, ma solo alla famiglia reale, ai suoi domestici e alla guarnigione di Immortali era permesso vivere all'interno delle mura di Persepolae.

«Cosa vi porta qui, Water Dog?» domandò il capitano del

cancello, diffidente, osservando il corpo avvolto sulla sella di Ilyas e il Purificato legato.

Notai che i bracieri ardenti erano stati piazzati in modo che chiunque volesse oltrepassare il cancello fosse costretto a cavalcare direttamente vicino a essi.

«Porto un messaggio urgente per il Re», replicò Ilyas. «Veniamo da Tel Khalujah.»

«Allora vi scorterò io stesso», disse il capitano. «Scendete da cavallo. I miei uomini si occuperanno dei vostri cavalli.» Si fermò. «E del loro fardello. Chi è?» «Il suo legato», spiegai.

Il capitano del cancello non indossava un bracciale, ma capì immediatamente e i suoi lineamenti duri si addolcirono un po'. «Lo porteremo alla guarnigione dei daeva. Potrai riprenderlo dopo l'udienza.»

Ilyas guardò il corpo di Tommas ed esitò, mordendosi il labbro inferiore. Si passò una mano attraverso i capelli ingarbugliati e chiuse una ciocca nel pugno.

«Rimarrò io con lui», disse Tijah.

Ilyas alla fine annuì. «Giurami che non ti allontanerai mai. Non voglio che venga toccato.»

«Lo giuro.»

Guardai Darius e Myrri cavalcare fino al secondo cancello. Le guardie afferrarono brutalmente le loro braccia e le sollevarono per studiare i bracciali, quindi fecero loro segno di passare.

«Prendiamo noi in carico il prigioniero», disse il capitano.

«Portate anche lui», rispose Ilyas. «Il Re vorrà interrogarlo di persona.»

Una volta arrivati dall'altra parte, ci riunimmo con i daeva. La vecchia donna fu data in affidamento a due servitori. Myrri andò con Tijah e i cavalli. Era meglio per loro tenersi lontani dal palazzo, pensai. Tel Khalujah era in una zona sperduta, ma questa era la capitale estiva dell'impero. Era più che possibile che il padre di Tijah vi avesse mandato degli uomini per cercarla. Erano passati quasi cinque anni da quando era fuggita da Al

Miraj, ma qualcuno avrebbe potuto facilmente ricordare la sua descrizione.

Darius si mise al mio fianco mentre il capitano ci conduceva lungo un viale fino alla prima rampa di scale che portava all'enorme piattaforma del complesso del palazzo. Un lato era aperto ma l'altro era stato scolpito in modo da mostrare una processione di persone provenienti da tutte le parti dell'impero che portavano doni come tributo al loro governante.

Ilyas camminava con la schiena ritta e gli occhi fissi sul capitano del cancello. Immaginai che stesse pensando a cosa avrebbe detto al Re.

Non avevo mai incontrato Artaxeros II, ovviamente, ma avevo sentito dire che aveva un dono, così come suo padre e suo nonno. Avevamo avuto solo tre regnanti da quando l'impero era sorto, due secoli prima. Xeros il Grande era stato sbalzato da cavallo poco dopo la costruzione di Persepolae. Artaxeros aveva regnato per i successivi centocinquantasette anni, quando anche lui era morto all'improvviso di una malattia misteriosa che neanche la resistenza garantita dal dono era riuscita a contrastare. Secondo alcune voci era stato avvelenato, ma nessuno aveva osato parlarne pubblicamente dato che il primo sospettato era il nuovo Re, suo figlio, Artaxeros II.

Era asceso al trono poco più di dieci anni prima. Il magus a Tel Khalujah aveva detto che era un uomo giusto, anche se non il brillante stratega che era stato suo padre. Mi aggrappai a quella speranza mentre ci avvicinavamo al palazzo. Alla speranza che non incolpasse Ilyas per ciò che era avvenuto.

Sapevo già che si stava giudicando più duramente di chiunque altro. Ma Ilyas aveva fatto quanto di umanamente possibile per portare a termine la missione. Anche il suo rifiuto di affrontare i negromanti sulla piana era stato logico. Non gli si poteva imputare di aver perso il fuoco nel caos sanguinoso della cupola.

Non sarò ricordato come l'uomo che ha fatto crollare l'impero, Nazafareen.

Studiai le file di Immortali allineati sulle scale che conducevano al palazzo reale. Erano sull'attenti, le armature a scaglie che alternavano il cremisi e l'azzurro, le lance alte quanto un revenant che brillavano al sole. Parevano ben nutriti e disciplinati. Molti erano stati allenati dalla nascita per quel compito, sia uomini che daeva. Vederli mi fece dubitare che la loro lealtà al Re potesse essere spezzata tanto facilmente, persino con la promessa della libertà.

Erano legati, proprio come me e Darius. Sapevo che non si sarebbe mai messo contro di me. Non voleva neanche essere liberato. La mia ansia scemò un po' fino a quando non superammo un edificio rettangolare che poteva essere soltanto il Palazzo dei Numeratori. Un gruppetto si ergeva sugli scalini, guardandoci passare con volti impassibili. Cacciatori di daeva. Indossavano tuniche bianche immacolate con orli rossi. In contrasto con il loro abbigliamento semplice, persino austero, quegli uomini trasudavano arroganza e il mio senso di disagio tornò.

Il Purificato camminava vicino a me a capo chino, ma tutti e due sollevammo lo sguardo alla vista della statua del Profeta, alta più di dodici metri. Aveva la barba lunga e le fiamme danzavano sopra il suo palmo aperto. Un daeva maschio era inginocchiato al suo fianco, la testa abbassata come per ricevere una benedizione. Lo scultore aveva diplomaticamente scelto di non dare al daeva nessuna infermità visibile, ma aveva abilmente catturato la grazia animalesca ed eterea negli agili muscoli del corpo.

Lanciai un'occhiata a Darius. Sapevo che non mi aveva perdonata per avergli mentito. Sapevo anche che la sua rabbia era diretta a Victor quasi quanto era diretta contro di me. Era stato appesantito da una conoscenza che non voleva e che non poteva accettare.

Ciò di cui aveva bisogno era riposo, decisi. In ogni caso, avrebbe dovuto stare a letto, a riprendersi dalle ferite che si era auto inflitto utilizzando il potere. Se fossimo stati fortunati, l'udienza sarebbe stata breve. Mi sarei occupata di lui più tardi, che mi volesse o meno.

Salimmo l'ultima rampa di scale, oltre due tori di pietra e altri bassorilievi di leoni e altre belve fantastiche per cui non avevo nomi.

«La Sala dalle Cento Colonne», disse il capitano del cancello, conducendoci in un enorme spazio che mi fece venire in mente una foresta di pietra, pieno di colonne scanalate con in cima capitelli a forma di teste di animali.

C'erano almeno cinquanta Immortali intorno a un trono all'estremità dell'immensa sala, insieme a nobili, magi e consiglieri assortiti. Camminammo tra le colonne di centro, i nostri passi che echeggiavano sul marmo. Le mie mani cominciarono a sudare. Quando ci trovammo a pochi metri dal trono, il capitano del cancello si fermò. Abbassai lo sguardo, ma vidi di sfuggita il Re. Era un uomo robusto con una corta barba nera. Una donna era in piedi dietro di lui, con addosso la sottile veste dell'harem. Aveva un lungo viso malinconico, non bello in senso classico ma in qualche modo affascinante. Un occhio era morto, bianco latte, l'altro di un azzurro zaffiro. Sollevò una mano per spostarsi una ciocca dietro l'orecchio e vidi il bracciale d'oro intorno al polso esile.

Il capitano spinse il Purificato prigioniero a terra e gli premette la fronte contro la pietra. Ilyas, Darius e io ci affrettammo a fare lo stesso.

Stavo mormorando una preghiera al Sacro Padre affinché il Re ci andasse piano con Ilyas, quando lui balzò in piedi. Un mormorio agitato eruppe tra la corte.

«In ginocchio, Water Dog!» tuonò un magus, facendosi avanti. «Il Re ti dirà quando alzarti.»

«Chiedo perdono», disse Ilyas umilmente. Quindi fece un passo indietro e indicò Darius. «Ma questo daeva è un traditore e sta cospirando per deporre il

Re. Arrestatelo!»

Il mio cuore si fermò. Rilasciai all'istante il potere e portai la mano alla spada, ricordandomi solo allora che me l'avevano tolta al cancello. Gli Immortali si lanciarono in avanti, un muro blu e rosso a circondare Darius.

«No!» gridai, mentre venivo afferrata per le braccia. «Non è vero!» Mi voltai verso Ilyas. Lui si rifiutò di guardarmi in faccia. «Diglielo! Abbiamo combattuto i negromanti insieme! I Druj! È leale, non ha fatto niente!»

«È il figlio di Victor, uno dei daeva più anziani», disse Ilyas a voce alta. «Un gruppo è riuscito a scappare da Gorgon-e Gaz e ha rubato il Sacro Fuoco dal Barbican. Lui ha fatto finta di perderne le tracce. Ma poi ho visto io stesso questo daeva permettere a Victor di fuggire. Sono chiaramente dei cospiratori. Il Purificato lo confermerà. È in combutta con loro.»

Lottai e sputai contro gli Immortali, aspettando il momento in cui Darius avrebbe afferrato il potere e creato il caos. Sentivo il suo shock per il tradimento di Ilyas. Ma non combatté né disse una parola per difendersi. Rimase lì e basta mentre i soldati lo incatenavano.

«Il Sacro Fuoco è stato rubato?» Il Re si alzò in piedi. «Dov'è?»

«Preso dagli stregoni di Neblis», rispose Ilyas. «Gli altri daeva sono tutti morti. Avrei cavalcato fino a Bactria per inseguire l'urna, ma sapevo di dover riferire al mio Re ciò che avevo scoperto.» Ilyas si abbassò su un ginocchio e avrei voluto prenderlo a calci in faccia. «Questo daeva è molto pericoloso. Non riuscirei ad arrestarlo neanche io. Ma sono certo che vi assicurerete che giustizia sia fatta.»

Il Re lo osservò. «E la Water Dog con cui è legato? Anche lei è una traditrice?»

«No, mio Re. Lei è innocente.»

«E allora perché combatte?»

Ilyas allora mi guardò. Gli mostrai i denti. «È sorpresa. Non potevo spiegarle le mie intenzioni, altrimenti il daeva avrebbe provato a fuggire. Il legame scorre in profondità, ma credo che lei possa essere redenta. Forse se la confinate nei dormitori...»

«Tu, bastardo», gli sibilai contro. «Sporco bastardo traditore. Ti vedrò morto...»

Il Re mosse una mano. «Allontanatela dalla mia presenza.»

Mentre mi trascinavano oltre Darius, chiamai il suo nome. «Non glielo lascerò fare», dissi. «Non...» E quindi un gomito mi colpì all'addome, bloccandomi sapientemente i muscoli che mi permettevano di respirare. Qualcuno mi afferrò i capelli e mi tirò indietro la testa. L'ultima cosa che vidi mentre mi portavano fuori fu un bellissimo soffitto di legno lavorato con migliaia di faravahar, ogni piuma realizzata con vividi dettagli.

Scappa da questo posto, Darius, pensai, mentre l'oscurità scendeva su di me. *Se fossi Victor, li uccideresti tutti.*

17

Ilyas era lì quando ripresi i sensi. Aprii gli occhi e lo vidi seduto ai piedi del letto, come se fosse arrivato per una visita casuale. Avevo mani e piedi legati con una corda pesante che mi passava anche dietro la schiena, ma mi contorsi e mi piegai nel vano tentativo di prenderlo a calci.

«Calmati, Nazafareen», disse Ilyas.

Mi scrollai i capelli dal viso e mi guardai attorno. Eravamo in una piccola stanza all'interno degli alloggi degli Immortali, almeno a giudicare dal suono di spade che risuonava fuori dalla finestra. Il sole lanciava lunghe ombre sul pavimento di pietra. Era tardo pomeriggio, dunque. Era passato un intero giorno. Cercai di raggiungere Darius attraverso il legame e quasi singhiozzai. Era ancora lì. Era vivo.

«Perché, Ilyas?» domandai, sedendomi per quanto me lo permettessero i legacci. «Perché stai facendo questo? È follia.»

Mi osservò. «Credevi davvero che non lo sapessi? Ho visto tutto. Ho visto il demone reclamarlo come sua empia progenie. Ho visto Darius liberarlo. Solo allora ho capito perché il nostro viaggio sembrava maledetto.» Ilyas si passò il pollice lungo il bracciale, facendo piccoli cerchi sull'oro. «Pensavo che il Sacro

Padre avesse distolto il volto da me. Che avessi fatto qualcosa per offenderlo. Ma dopo gli eventi della pianura, ogni cosa è diventata chiara. Il tuo daeva in qualche modo era in combutta con lo stesso Druj che stavamo inseguendo.»

«Hai perso la testa», dissi con voce piatta. «Victor ha detto quelle cose per far perdere l'equilibrio a Darius, per fargli perdere la connessione con il potere. L'ho sentito! Victor si è liberato da solo, Ilyas. Nessun altro daeva oltre a Darius avrebbe potuto trattenerlo tanto a lungo. Tu hai visto cosa ha fatto a Gorgon-e Gaz! Come puoi dubitare?»

Ilyas scosse il capo, cupo. «Il legame ti ha contaminato, Nazafareen. I Druj sono malvagi. Non te ne rendi conto.»

Lo fissai. «Se non rinunci alle tue accuse, giuro davanti al Sacro Padre che ti vedrò bruciare. Ti darò la caccia fino alla fine dei miei giorni...»

Ilyas fu al mio fianco con due passi e il colpo a mano aperta che mi diede contro la mascella mi fece girare la testa. «Ora basta. Il Re emetterà una sentenza su di lui domani.»

Alcune delle peggiori imprecazioni di Tijah mi passarono per la mente, ma sapevo che Ilyas mi avrebbe semplicemente colpito di nuovo. E avevo bisogno di restare lucida. Spingerlo oltre il limite non avrebbe aiutato Darius. «Voglio parlare in suo favore», dissi, avvertendo il sapore del sangue. «E voglio vedere Tijah.»

«No.»

«A cosa?»

«A tutte e due le richieste. Ma ho un'offerta per te.» Ilyas si sedette di nuovo e appoggiò le braccia sulle ginocchia. Lo avevo visto fare così tante volte, era un gesto familiare. Ora mi faceva rizzare i capelli.

Sembrava ancora Ilyas, si muoveva come lui, ma l'uomo davanti a me adesso era uno sconosciuto.

«Il Re e i Numeratori preferirebbero che Darius confessasse i suoi peccati.»

«Non lo farà», risposi immediatamente.

«Probabilmente no», ne convenne Ilyas. «Il che vuol dire che sarà giustiziato. Quella è la punizione per il tradimento. Essere dati alle fiamme.»

Il dolore saettò dietro i miei occhi. Il mio respiro si fece affannoso per la paura. Non poteva accadere davvero. Oh, Padre, stavano per ucciderlo...

«Parlerò con Darius», mi sentii mormorare.

Ilyas sorrise. «Bene. Se ammette i suoi crimini pubblicamente, il Re potrebbe prendere in considerazione una punizione minore. Una prolungata permanenza nei sotterranei, magari. Ma, Nazafareen...»

Guardai nei suoi occhi grigi. Erano dello stesso colore delle pareti di pietra e avevano anche la stessa empatia.

«Se lasci andare il legame o se uno di voi cerca di scappare, allora brucerete insieme.»

Dieci Immortali mi scortarono nelle celle sotto il palazzo. Il loro leader era un uomo chiamato Kamdin. Somigliava un po' a mio zio, con dei baffi folti e la fossetta sul mento. Non era né amichevole né ostile, solo efficiente.

Mi fiancheggiarono cinque per lato, gli umani a sinistra e i daeva a destra. Tutti erano esemplari impressionanti e la punta della mia testa arrivava a malapena alle loro spalle.

Fui sollevata almeno nel vedere che i sotterranei erano ben tenuti, anche se freddi. Gran parte delle celle era vuota. Anime logore si accucciavano nell'oscurità e ci chiamavano mentre passavamo, ma per il resto tutto era silenzioso. Superammo un angolo e il tenente Kamdin si fermò. Una dozzina di Immortali, tutti con addosso l'azzurro, sedeva su sedie di legno a osservare attraverso le sbarre di una prigione. Capii che non avrebbero mai lasciato sguarnito un prigioniero daeva come facevano con gli altri.

«Hai cinque minuti», disse, aprendo la porta della cella con una grossa chiave di ferro.

Entrai e la sentii chiudersi alle mie spalle. Il pavimento era di nuda pietra, senza neanche un letto di paglia. Non vidi né cibo né acqua. Solo Darius. Si alzò in piedi quando fui dentro.

«Non saresti dovuta venire», disse.

«Non fare lo stupido», risposi, chiudendo la distanza tra di noi.

Non ci erano andati leggeri con lui. Vidi un livido fresco sulla sua guancia. Aveva i capelli incrostati di sangue. E ciononostante per me era ancora bello. Più che mai. Le lacrime mi offuscarono gli occhi mentre alzavo la mano per sfiorare la sua bocca gonfia.

Darius mi afferrò il polso per il bracciale, stringendo i denti per il dolore. Sembrò quasi accoglierlo.

Tirai indietro la mano. «Va bene», dissi, ferita. «Non ti toccherò, allora.» Mi feci più vicina. «Ma voglio che mi ascolti. Ti uccideranno. Ilyas è un mostro. Non ritratterà mai. È il nostro capitano. Anche se Tijah e io dovessimo negare le accuse, nessuno prenderà in considerazione quello che diciamo. È la parola di Ilyas contro la nostra. Tutto ciò che vogliono adesso è un capro espiatorio. Hai capito?»

Qualcosa nei suoi occhi sembrò ritirarsi, come una tartaruga che stesse rifugiandosi nel guscio. «Ti ha minacciata? Sta dicendo che ne fai parte anche tu?»

«Non proprio. È perverso. Una parte di lui ancora vuole proteggermi.»

Darius sospirò. «Grazie al Padre.»

Avrei voluto scuoterlo. «Non è per me stessa che sono preoccupata!»

Le sue labbra si curvarono in una specie di sorriso. «Allora uno di noi deve farlo.»

Mi costrinsi a riprendere fiato. Il mio stile usuale era di spiattellare qualunque cosa mi venisse in mente e preoccuparmi delle conseguenze dopo. Non ero abituata a mordermi la lingua e ora lo avevo fatto due volte nello stesso giorno. Ma sapevo che avevo una sola possibilità di convincerlo a fare cosa bisognava fare. Lanciai un'occhiata alle guardie. Non pensavo ci avrebbero sentiti, ma il tempo a nostra disposizione era quasi scaduto.

«Darius, per favore. Ti sto implorando», mormorai. «Potresti far saltare le porte di questa cella prima che si accorgano di quello che sta succedendo. Prenderei una delle loro spade e insieme...»

Mi premette il pollice contro le labbra. Come sempre, il contatto mi annullò, incendiando ogni nervo e indebolendomi le ginocchia.

«No», rispose, anche se potevo sentire il suo battito accelerato. «Non sono mio padre. Non prenderò altre vite per salvare la mia.»

«Allora sei un pazzo», dissi amaramente, voltando il capo. «E lo sono anch'io perché mi preoccupo per quello che ti succede.»

Il dolore gli deformò i lineamenti, come se gli avessi assestato un colpo fisico. Era così difficile da comprendere, a volte.

«Ricordi l'ultima cosa che ti ho detto sul tetto quella notte? Dopo Ash Shiyda?» Il corpo di Darius era rigido per la tensione, ma non si allontanò.

«Sì.»

Non avevo dimenticato neanche una parola. Le mie provocazioni. La sua furia improvvisa. La pioggia che gli gocciava dai capelli mentre mi afferrava il braccio e mi impediva di cadere.

Aveva detto che odiava il bracciale. Che odiava me.

Darius adesso era così vicino che dovetti sollevare il mento per guardarlo negli occhi. Ero solita pensare che fosse fatto di ghiaccio. Freddo, privo di sentimenti. Ma non era così. Si stava solo proteggendo e lo faceva da così tanto tempo da non sapere come fermarsi.

«Ero serio solo sulla prima parte», disse Darius.

«Non sulla seconda.»

Ci guardammo l'un l'altra per un lungo momento. Desideravo che mi abbracciasse, che mi baciasse, che facesse qualcosa. Ma sembrava paralizzato, ancora aggrappato testardamente a quelle barriere e, prima che potessi farlo per lui, la porta della cella fu aperta di colpo e il tenente Kamdin mi afferrò il braccio. «Darius!» gridai, all'improvviso terrorizzata all'idea che avrei potuto non parlargli più.

«Arrivederci, Nazafareen», rispose.

E quindi mi diede le spalle.

Mi scrollai di dosso la mano di Kamdin, la rabbia e la disperazione che trasformavano il mio cuore in una massa dura nel petto. In quel momento odiai Darius. Odiavo il suo rifiuto di vedere del buono in se stesso. Di reagire. Probabilmente pensava di meritare quella punizione, in qualche modo.

Cosa gli avevano fatto i magi a Karnopolis? Quegli uomini pii e anziani?

Mi passai una mano sugli occhi, non volendo che gli Immortali mi vedessero piangere. Il tenente Kamdin mantenne lo sguardo fisso in avanti. Mi sembrò un tipo a posto.

«Dov'è il Purificato con cui siamo arrivati?» gli domandai mentre camminavamo lungo il corridoio. «Devo vederlo. Solo per un momento.»

Kamdin esitò. «È qui, in una delle celle orientali.» «Ti prego. Potrebbe salvare la vita di un uomo. Non ho neanche bisogno di andare dentro.»

I baffi si mossero su e giù mentre ci pensava. «Immagino che non farebbe alcun danno.» Mi guardò di sbieco. «Ho sentito dire che hai ucciso un negromante.»

«Insieme al mio daeva. Non ce l'avrei fatta da sola.»

Il volto di Kamdin si fece grave. «Tempi oscuri incombono su di noi. Gli occhi del Re sono diretti al fronte occidentale, su Eskander e i suoi compagni, ma mi chiedo se la minaccia peggiore non si trovi alle nostre spalle, a nord.»

«Neblis.»

«La strega di Bactria è stata quieta per troppo tempo», grugnì lui. «Alcuni dicono che il tuo daeva sia in combutta anche con lei.»

«Cosa? Non ha alcun senso. Abbiamo combattuto un centinaio di Druj per arrivare qui.»

«Non ho detto di crederci», ribatté Kamdin, burbero. «Ma sarà il Re a decidere del suo destino.»

Mi scortò a una cella. Il Purificato era in condizioni leggermente migliori, notai. Era in ginocchio su una coperta, gli occhi chiusi e la bocca che si muoveva mentre recitava una preghiera.

Cercai di ricordare il suo nome, ma non ci riuscii.

«Magus?» sussurrai attraverso le sbarre.

Guardò verso di me. Per il Sacro Padre, era giovane. Le guance erano lisce come quelle di un ragazzino, senza la minima traccia di barba.

«Devo saperlo, dirai la verità domani? Quando il Re emetterà la sentenza?» Il Purificato parve confuso.

«Sul mio daeva, Darius. Sai che non ha niente a che fare con il furto del fuoco, vero?»

«Mentire è un atto malvagio», rispose, facendo il segno della fiamma.

Ricambiai il gesto.

«Non temere, bambina. La mia anima è nuda per il Sacro Padre. Sa che sono pulito dal peccato. Che ho solo portato avanti la sua volontà.»

«Sì, lo so», dissi, impaziente. «Ma devi dir loro che Darius è innocente.»

Il Purificato considerò la cosa. «Nessuno di noi è innocente. Ma dirò la verità.»

Annuii. Era il meglio che avrei potuto ottenere.

Quando mi riportarono ai miei alloggi, Ilyas mi stava aspettando. Mi domandai se fosse rimasto lì per tutto il tempo.

«Be'?» mi fece.

«Immagino che tu stesso abbia fatto l'offerta», dissi. «Prima che chiedessi a me di farlo.»

Ilyas mi guardò. «Sì.»

«Dunque la risposta è ancora no. Perché se pensi che lo implorerò di confessare qualcosa che non ha fatto, allora non mi conosci affatto. E se pensi che Darius lo farebbe, allora non conosci neanche lui.»

Ilyas ebbe uno strano spasmo. La repulsione gli distorse i lineamenti in una smorfia, solo per un istante, quello successivo già non c'era più. Infine si alzò e se ne andò senza dire un'altra parola. Udii la porta chiudersi dietro di lui.

Ero ancora seduta sul letto a guardare il vuoto, quando diverse ore dopo un Immortale mi portò un piatto di cibo. Solo guardarlo mi faceva rivoltare lo stomaco.

Chi avrebbe potuto aiutarmi? La risposta era nessuno. Lì ero una straniera. Kamdin mi aveva trattato equamente, ma non poteva essere considerato un alleato. Avevo sperato che Tijah venisse, ma da quando avevamo superato i cancelli non l'avevo più vista. O Ilyas non le permetteva di farmi visita o lei credeva che Darius fosse colpevole. Non pensavo che Tijah mi avrebbe voltato le spalle se avesse avuto una scelta.

Almeno non avevano provato a spezzare il nostro legame. Non avrebbero potuto, non senza la chiave dei bracciali, che si trovava presso il magus a Tel Khalujah. Ciò significava che avrei sentito ogni attimo dell'agonia di Darius quando lo avrebbero dato alle fiamme...

Scacciai via quel pensiero, ma continuava a tornare. Come era possibile essere arrivati a quel punto? Ero solita guardare Ilyas con ammirazione. Era il mio mentore. Coraggioso, leale, altruista. Gli avrei affidato la mia vita.

Ma in lui c'era sempre stata una faglia nascosta. Sepolta in profondità, invisibile all'occhio, come i crepacci tra le montagne che avevo conosciuto quando ero una bambina. Applicando la giusta pressione sul punto giusto, Ilyas sarebbe andato in frantumi.

Prima la fuga, poi il Barbican, infine Tommas. Avrebbe potuto tenersi insieme se non fosse accaduto l'ultimo evento. Sapevo che perdere il suo daeva era stato il colpo più duro.

Non volevo finire come Ilyas. Un essere torturato che disprezzava se stesso per il fatto di amare un demone. Ma Darius non era un demone. Valeva più di mille di quei cosiddetti bravi uomini. Quegli stessi uomini che dichiaravano di camminare nella luce anche se diventavano ricchi e potenti alle spalle dei daeva. Era una immane e imperdonabile bugia.

Se solo avessi potuto farlo capire anche a Darius. Perché nel mio cuore sapevo che l'unica persona a poterlo aiutare era lui stesso.

❦ 18 ❦

Il processo di Darius ebbe luogo il giorno seguente nella Sala delle Cento Colonne. Temevo che Ilyas mi avrebbe impedito di partecipare, ma pareva che il Re stesso avesse insistito perché fossi presente. Molto probabilmente per tenere il mio daeva sotto controllo mentre veniva espressa la sentenza.

Avevo riflettuto tutta la notte, cercando di predire ogni possibile esito, alla ricerca di crepe nelle dichiarazioni di Ilyas. Ovviamente erano tutte una montatura. Non aveva delle prove reali, oltre a ciò che Victor aveva detto. Ma sapevo che Ilyas ci credeva e che le sue parole avrebbero portato il peso di quel convincimento. Aveva bisogno di qualcuno a cui dare la colpa. Qualcuno da punire. I veri colpevoli – Victor, il negromante, persino la Regina Neblis in persona – erano fuori dalla sua portata. Restava soltanto Darius.

Mentre camminavo insieme alla mia scorta di Immortali fino alla sala dell'udienza, provai a restare calma, nonostante mi sentissi la bocca secca. Avevo una strana sensazione, come di fluttuare, a causa della mancanza di sonno e, ammettiamolo, del puro terrore. Ma avrei dovuto scegliere le mie parole con cura. Se avessi offeso il Re, sarebbe stata la fine.

La sala era piena fino a scoppiare di Immortali, Numeratori, magi e la scorta di nobili del sovrano. Il Re stesso sedeva sul trono, impassibile. Aveva un bastone di traverso sulle ginocchia e indossava una corona d'oro massiccio, ornata con gioielli e seghettature in cima che sembravano piccole torri.

Quasi piansi per il sollievo quando vidi Tijah. Era in piedi vicino a Ilyas dall'altra parte della sala. Feci per unirmi a loro ma una delle guardie Immortali mi bloccò il braccio con la mano.

«Portate fuori l'accusato», disse il Re.

Il silenzio calò sulla sala mentre Darius veniva condotto fuori e spinto a inginocchiarsi. Mi si mozzò il respiro a vederlo. Provai a mandargli un po' di conforto attraverso il legame, ma lui era stranamente calmo. Come se avesse già accettato ciò che stava per succedere.

Nessuno si mosse, salvo la donna che avevo visto dietro il trono il giorno prima. Si portò una mano alla bocca, come per soffocare un grido. Il Re la guardò per un lungo momento, con gli occhi socchiusi. Quindi le fece cenno di sedersi ai suoi piedi. La donna abbassò la mano, l'espressione perfettamente neutrale, e si accomodò a terra, il vestito raccolto intorno a lei. Il modo in cui le sue membra si muovevano con una grazia ultraterrena confermava i miei sospetti che fosse una daeva. Era legata al Re. Il suo occhio buono, di un azzurro stupefacente, era fisso su Darius mentre lei si portava le lunghe gambe sotto il mento.

«Capitano Ilyas», disse il Re. «Sostieni che questo daeva abbia commesso un atto di tradimento. È corretto?»

«Sì, Re dei Re», rispose Ilyas, facendo un passo avanti. «Siamo partiti da Tel Khalujah otto giorni fa. Era arrivato un messaggero da Gorgon-e Gaz che riportava la fuga di sei daeva e delle loro guardie. Avevano massacrato quattordici bravi uomini ed erano fuggiti nella catena del Khusk. Così ci siamo messi al loro inseguimento. Quel daeva», e indicò Darius, «era la nostra guida. Qualcuno, forse lui stesso, ha fatto scendere una valanga su di noi quando siamo usciti dalle montagne. Ma siamo sopravvissuti e abbiamo continuato fino alla Great Salt Plain, dove le tracce parevano condurre al Barbican.»

Avevo sperato che Ilyas apparisse disconnesso e delirante come sapevo era all'interno, ma il tono era mite, quasi dolente, e il mio cuore precipitò.

«Abbiamo incontrato un gruppo di negromanti sulla piana, Re dei Re. Ci ha suggerito di non affrontarli, visto che le forze non erano equilibrate e io sono stato d'accordo. La priorità era garantire la sicurezza del Barbican.»

Serrai i denti mentre il Re annuiva. Non era esattamente una bugia, ma neanche l'intera verità. Era stata una decisione di Ilyas quella di lasciar andare i negromanti. E Darius aveva espresso una valutazione corretta. Erano più pericolosi di quanto avessi immaginato. Se gli altri daeva non ne avessero già uccisi due, a quell'ora saremmo stati tutti morti.

«Poco dopo, ha dichiarato di aver perso le tracce dei fuggitivi. Non aveva alcun senso. Li aveva seguiti da Tel Khalujah. E all'improvviso ecco che spariscono? Il Barbican sembrava immacolato, ma ho pensato che fosse prudente consultarmi con l'Alto Magus. È stato lui a confermare che il Sacro Fuoco era stato rubato da due Purificati soltanto un'ora prima. Senza alcun dubbio, Darius era in combutta con loro.»

«Mi sembra di capire che tu sia riuscito a riportarne uno», disse il Re. «Dov'è? Vorrei sentire da lui cosa sia successo e cosa lo abbia portato a commettere un tale atto di eresia.»

Strinsi le labbra per soffocare un sorriso. Il Purificato era la nostra migliore speranza. Pregavo soltanto che mantenesse la sua parola. Pensavo che lo avrebbe fatto. Temeva il giudizio del Sacro Padre più di quanto temesse quegli uomini.

Quindi il tenente Kamdin si fece avanti, l'espressione cupa. Si inginocchiò davanti al Re.

«Parla.»

«Re dei Re», cominciò Kamdin. «Ho paura che il Purificato si sia tolto la vita. Uno degli Immortali mi ha appena informato di aver scoperto il suo corpo che penzolava da una sbarra all'interno della cella. Deve essere accaduto durante la notte. Ha usato la corda delle sue vesti.»

Un mormorio eccitato riempì la sala.

«Un peccato», commentò il Re, interrompendo le chiacchiere. «Ma un chiaro segno di un cuore colpevole.»

Portai una mano tremante alla fronte. Ci volle ogni grammo di forza di volontà per non puntare un dito a Ilyas e gridare: *Assassino!* Perché non era nient'altro che quello. Non avevo alcun dubbio.

«Continua, capitano Ilyas», disse il Re, come se la morte di un uomo fosse una faccenda di poco conto.

Ilyas si fermò per raccogliere i pensieri. «Quando ho saputo che il fuoco era stato preso, ho ordinato ai nostri daeva di mandare una tempesta di sabbia, sperando di rallentarli.»

«Una strategia intelligente», osservò il Re.

«Ha funzionato. Li abbiamo catturati poco dopo, ma i negromanti li avevano trovati per primi. Così siamo arrivati nel mezzo della battaglia tra le due fazioni. Mi è stato raccontato che Darius ha affrontato i Druj, ma io stesso ero occupato a uccidere uno dei negromanti e i suoi empi servi, così non posso verificare questo fatto.»

Guardai Ilyas. Sapeva che Darius aveva quasi perso la vita una dozzina di volte in quella battaglia. E non perché non avesse scelta. Era un guerriero. E non importava cosa gli avrebbero fatto, non importava quanto lo avrebbero trattato male, avrebbe sempre scelto la luce. Lo aveva fatto ancora e ancora. E ora sarebbe morto per essa, per mano delle stesse persone che aveva provato a salvare.

Se avessi potuto afferrare il potere in quel momento, lo avrei fatto. Avrei abbattuto il palazzo e ogni persona al suo interno, anche se ciò mi avrebbe ucciso. Mi allungai verso il potere attraverso il bracciale, per quanto futile fosse quel gesto, e mi sembrò di vederlo brillare di più per un secondo. Provai a immobilizzare i miei pensieri come Darius fermava i suoi e affondai ancora di più nel mio corpo. Il sangue fluì velocemente e il potere parve battere allo stesso tempo del mio cuore. Sembrava così vicino...

E quindi la voce di Ilyas mi riportò indietro. Aveva assunto un timbro duro. Stava per consegnare la prova più schiacciante. «La battaglia sembrava finita. Avevamo ucciso i nostri nemici, ma il Sacro Fuoco non c'era più. Il mio daeva...» Ilyas si schiarì la gola. «Il mio daeva, Tommas, era morto, ucciso da uno spettro. Ero ancora intontito dalla perdita quando uno dei daeva di Gorgon-e Gaz è tornato. L'unico sopravvissuto del gruppo, Victor.»

La donna ai piedi del Re si irrigidì nel sentire quell'ultima dichiarazione. Qualche emozione forte sembrò fluire nel legame tra loro, perché il Re cambiò posizione sul trono, afferrando il bastone con così tanta forza da farsi sbiancare le nocche.

«Ho ordinato a Darius di ucciderlo. Victor aveva usato il fuoco per spezzare i bracciali e non c'era verso di consegnarlo alla giustizia. Hanno fatto finta di combattere ma, nello stesso momento in cui ha avuto la meglio, Darius ha permesso a Victor di fuggire.» Ilyas si interruppe per accentuare l'effetto drammatico. «Forse non c'è da sorprendersi, visto che Victor è suo padre. È stato Victor a dirlo, l'ho sentito io stesso.»

Alcuni dei nobili trasalirono a quella rivelazione, ma i Numeratori che fiancheggiavano il trono e il Re stesso sembravano indifferenti. Naturalmente lo sapevano già. L'intera udienza era solo uno spettacolo, realizzai con disgusto.

«Qualcun altro lo ha sentito?» domandò il Re.

«Sì, Re dei Re. Nazafareen, la sua legata. E Tijah, la terza Water Dog partita da Tel Khalujah.»

«Dove sono?» Gli occhi del Re vagarono per la sala.

«Io sono Nazafareen», dissi, con il cuore che mi batteva nelle orecchie.

«Vieni avanti.» Il suo sguardo si fissò su Tijah, a cui Ilyas stava sussurrando qualcosa. «E anche tu.» Camminai fino a Darius e mi inginocchiai al suo fianco. Aveva mani e piedi incatenati insieme. Il sangue scendeva da tagli nella pelle dove le manette erano andate in profondità. Incrociai i suoi occhi solo per un istante prima che distogliesse lo sguardo.

Tijah trascinò i piedi fino ad avvicinarsi al Re e a inchinarsi. La sua espressione era l'immagine stessa della miseria.

«Cominciamo da te», disse il Re a Tijah. «Il daeva ladro chiamato Victor ha reclamato Darius come suo figlio in tua presenza?»

Lei si leccò le labbra. «Sì, ma...»

«E ha detto di voler liberare Darius e gli altri daeva con il fuoco del Profeta?»

Ora sapevo per certo che Ilyas aveva informato il Re privatamente, perché non aveva menzionato quella parte, prima.

«Non è stata colpa di Darius, lui non sapeva...» «Lo ha detto?» tuonò il Re.

Le spalle di Tijah si afflosciarono. «Sì.»

Il Re si voltò verso di me. «Due testimoni hanno confermato la collusione tra quei daeva. Osi negarlo?»

Presi un lento respiro, gli sguardi dell'intera corte fissi su di me. I volti dei nobili recavano uno sdegno celato a stento. Non importava di che colore fosse la mia tunica, loro vedevano solo una sporca ragazza nomade. Il Re stesso sembrava impaziente di concludere.

Procedi con cura, Nazafareen, pensai. *Non farlo arrabbiare ancora di più*.

«Re dei Re, non negherei mai l'ovvia verità. Ma posso dirvi come sua legata che Darius ha fatto quanto in suo potere per trattenere Victor. Ilyas non ha menzionato il fatto che Victor è uno dei più forti daeva in tutto l'impero. Che ha aperto una breccia nella fortezza di pietra di Gorgon-e Gaz.»

Un mormorio stupefatto accolse quella dichiarazione. I magi e i Numeratori si guardarono gli uni con gli altri, allarmati.

«Darius ha subito diverse ferite combattendo prima i Druj e poi il suo stesso padre. Se lo esaminate, vedrete voi stesso che è la verità. Queste non sono le azioni di un traditore, ma di un daeva leale con il cuore e con l'anima all'impero. Quando Victor ci ha esposto i suoi piani, Darius ha risposto che non voleva essere libero. Queste sono state le sue esatte parole.» Tijah annuì. Ilyas si rabbuiò, ma non negò.

«Darius è stato cresciuto dai magi a Karnopolis», continuai. «È la persona più devota che abbia mai incontrato. Indossa persino il faravahar intorno al collo, come simbolo della sua fede. Siamo legati solo da due anni, ma in questo lasso di tempo l'ho visto uccidere centinaia di Druj.» Sollevai un braccio e tenni il bracciale in alto così che tutti potessero vederlo. «Il legame non mente. Sarebbe impossibile per lui nascondermi le sue vere intenzioni. Posso attestare che il suo cuore è puro.»

Alcuni degli Immortali annuirono. Il Re si limitò a guardarmi, l'espressione indecifrabile. Ma lui stesso era legato. Doveva sapere che le mie parole corrispondevano a verità.

«Credo che il mio capitano sia un brav'uomo», e quelle parole quasi mi fecero soffocare, ma dovevano essere pronunciate, «che ha subito una perdita inimmaginabile. Vede serpenti nell'erba dove non ve ne sono. Con tutto il dovuto rispetto, la Regina Neblis è il vero nemico. È lei che ha mandato i negromanti oltre i confini, lei che adesso è in possesso del Sacro Fuoco del Profeta. La minaccia giace a nord, non in questa sala. E dovremo combattere insieme se vogliamo avere una speranza di sconfiggerla. Avremo bisogno di ogni soldato, di ogni daeva.» Indicai Darius. «Lui è la tua arma, Re dei Re. Vive solo per uccidere i Druj ed è molto abile nel farlo. Non gettarlo via per delle false accuse lanciate da un uomo che ti ha deluso.»

Ilyas mi fulminava con lo sguardo, ma sentivo che l'atmosfera nella sala era cambiata. I Numeratori non sembravano contenti, ma erano un gruppo viscido, preoccupato principalmente di mantenere il potere. I magi erano già nervosi, visto che due dei loro erano stati dichiarati cospiratori. Ma parecchi Immortali avevano espressioni pensierose. Sarebbero stati loro a essere chiamati se la guerra fosse scoppiata. Capivano il bisogno di unità.

Incontrai lo sguardo del tenente Kamdin e lui fece un piccolo cenno di assenso.

Il Re batté le dita sul bastone. «Darius», disse.

«Anche tu rifiuti queste accuse?»

«Sì», rispose Darius, sottovoce. «Victor potrà essere mio padre, ma io sono un leale figlio dell'impero.» «Bugie...» sibilò Ilyas.

«Silenzio!» Il Re si alzò in piedi. Esaminò l'ambiente, quindi fissò lo sguardo su Darius. «Nel nome del Sacro Padre, la mia sentenza è questa.» L'intera sala parve trattenere il fiato. «Il daeva Water Dog è un traditore e sarà consegnato ai Numeratori. Loro si occuperanno di farlo bruciare.» Il suo sguardo si abbatté su di me. «La sua legata è colpevole di conseguenza. Portatela in cella. Deciderò la sua punizione in un altro momento.»

Le mie ginocchia cedettero mentre un manipolo di Immortali si avvicinava e afferrava me e Darius. Lui stava gridando che ero innocente, finalmente risvegliato dalla sua apatia, ma era troppo tardi. Il vento si innalzò nella sala quando una dozzina di daeva richiamarono il loro potere per tenerlo immobile.

Mentre mi trascinavano fuori per la seconda volta in due giorni, vidi il volto sconvolto di Tijah, il ghigno di Ilyas e, per ultima, la daeva del Re. Mi stava osservando intensamente ed ebbi la strana sensazione che quel suo occhio morto e lattiginoso non fosse cieco, dopotutto.

Per tutto il tragitto fino ai sotterranei, Darius invocò il mio nome. Gridò fino a consumarsi la voce. Sapevo che non voleva che succedesse niente di tutto ciò. Era colpa di Ilyas. Di Ilyas e del Re.

Ci misero troppo lontani perché potessimo sentirci. Mentre mi rannicchiavo sul freddo pavimento di pietra, riuscivo a pensare solo al fatto che non lo avevo mai baciato. Neanche una volta. Di tutti i rimpianti della mia vita − e ne avevo tanti − quello era il più grande.

⚜ 19 ⚜

I Numeratori arrivarono il giorno seguente. Almeno credo che fosse il giorno seguente. Non c'era verso di stabilire lo scorrere del tempo nei sotterranei. Avevo dormito, mi ero svegliata e avevo dormito ancora un po'. Era la mia unica fuga. Accoglievo l'oscurità, anche se era tormentata da incubi di Darius sull'altare del fuoco, l'imponente statua del Profeta che incombeva su di lui mentre degli uomini senza volto pregavano per la sua anima.

Ma non potevo dormire per sempre. E quando mi portarono una ciotola di brodaglia, la bevvi fino all'ultima goccia. Non avrebbe avuto senso morire di fame. In realtà dubitavo che ce ne sarebbe stato il tempo.

Stavo cautamente saggiando i vari tagli e ferite sul mio corpo quando vidi la luce danzante di una torcia arrivare lungo il passaggio. La cosa mi suggerì subito che non si trattava di Immortali. Andavano sempre a coppie di legati, e i daeva erano incapaci di tollerare il fuoco.

Avevo pensato di essere oltre la paura, visto che ormai il peggio era già accaduto, ma non appena vidi quelle tuniche bianche le mie viscere si strinsero.

Ce n'erano sei. Cinque tenevano i visi celati nell'ombra, ma l'ultimo estrasse una chiave ed entrò nella mia cella. Aveva l'aspetto di un nonno gentile. Folti capelli argentei, occhi azzurri e scintillanti, la pelle splendente anche se gli si afflosciava un po' intorno alle guance.

«Nazafareen», disse, sorridendo. La voce era ricca, setosa, come quella di un gatto che faceva le fusa, ma manteneva un timbro autoritario. Oltre ai ricami rossi sull'orlo, la sua veste portava il simbolo di un occhio con una fiamma danzante dove avrebbe dovuto esserci la pupilla. Non avevo idea di cosa significasse, solo che quell'uomo doveva appartenere a un rango speciale all'interno dell'ordine.

Mi appoggiai con la schiena contro la parete e non dissi nulla.

«Mi pare di capire che tu provenga dal clan FourLegs», continuò. «Gente di montagna. Non mi sarei aspettato che una nomade parlasse con così tanta eloquenza.» Ridacchiò. «Spero che non ti abbia offeso. Voleva essere un complimento. Immagino tu sia stata educata dal magus di Tel Khalujah.»

Le sue labbra si restrinsero al mio silenzio ostinato.

«Non abbiamo fatto visita alla catena del Khusk per troppo tempo», disse. «Non che dubiti della lealtà della tua gente. Ma ho scoperto che persino coloro che vivono negli anfratti più remoti dell'impero hanno bisogno di un richiamo, di tanto in tanto.»

«Cosa vuoi?»

«Dritta al punto, eh? Ti risparmio i convenevoli, allora. Il tuo daeva sarà messo a morte nel giro di cinque giorni. È un traditore, questo è chiaro. Eppure il Re sente che sarebbe prudente se confessasse i suoi peccati. Grazie al tuo bel discorso, alcuni pensano che potrebbe essere innocente.»

Immaginai che si stesse riferendo agli Immortali.

«È un problema irrisorio, ma ci piacerebbe che queste dicerie cessassero.»

«Darius non lo farà mai», ribattei. «Mai.»

Il Numeratore mi studiò. «Quanto capisci il legame?»

«Abbastanza.»

«Sei consapevole del fatto che può essere usato per... costringere?»

Di colpo mi ricordai delle parole di Ilyas verso Tommas sulla piana, proprio prima che invocasse la tempesta di sabbia. *E tu lo farai accadere. Adesso. Oppure imparerai cosa può fare il legame a un daeva che non ubbidisce al padrone.*

«Vuoi che io lo torturi», dissi con voce piatta. «Con il bracciale.»

Gli occhi del Numeratore brillavano. «*Tortura* è una parola forte. Il processo non lascia segni fisici. Ma sì, il dolore può essere provocato. Persino un'agonia mortale.»

Mi domandai se sarei riuscita a spezzargli il collo prima che gli altri entrassero nella cella. Le probabilità sembravano decenti.

«Se confessa, la sua sentenza sarà commutata. Come la tua. Non un pieno perdono, naturalmente. Ma sfuggirà alle fiamme. Pensaci, Nazafareen. Tieni la sua vita nelle tue mani.» Fece un movimento svolazzante con le dita. «Non ti preoccupare, tendono a spezzarsi molto velocemente. Posso insegnarti le tecniche più efficaci.»

Rimasi a osservarlo, chiedendomi come avessi potuto fare parte di una cosa del genere. Erano mostri. Tutti quanti.

«Ti piacerebbe sentire qualcosa di molto interessante?» gli chiesi.

Il Numeratore si inclinò impazientemente in avanti. «Cosa?»

«Sapevi che le stelle in realtà sono soli? Dei globi che ardono nei cieli?»

Il Numeratore si accigliò, confuso.

«Già, è vero», continuai. «Me lo ha detto il mio daeva. E un'altra cosa: le montagne sognano. Ma un solo sogno può durare migliaia di anni.» «Hai perso la testa?» sbottò.

«Oh, e se rimani davvero fermo, puoi sentire il respiro della foresta.» Sorrisi. «È in un posto chiamato il Nesso. È un peccato che tu sia troppo stupido per notarlo.»

Il volto del Numeratore si rabbuiò. I suoi occhi azzurri non brillavano più. «Farò in modo che tu rimanga viva per sentirlo bruciare. E quindi mi assicurerò che il tuo clan sia spazzato via dalla faccia della Terra.»

Quindi lo attaccai, ma gli altri furono su di me in un batter d'occhio, calciandomi e calpestandomi fino a quando il sangue non macchiò le loro tuniche bianche. Quando ebbero finito, e la porta della cella fu chiusa di nuovo, mi raggomitolai a terra. Pensai a mia madre e a mio padre, a mio fratello Kian, ai miei zii e ai miei cugini. E piansi. Per loro, per me stessa, per Darius.

Non mi mossi per parecchio tempo. Mi faceva male tutto. Non avevo più energie. Probabilmente lo avrebbero torturato comunque, ma io non li avrei aiutati.

Il tempo passò. Delle voci lontane si avvicinarono, quindi svanirono.

Potrei aver dormito ancora. Riuscivo sempre a sentire Darius, anche se la sua condizione mentale era fosca quanto la mia. Trovai il suo battito e mi focalizzai su quello, lasciando che il mio cuore andasse allo stesso ritmo. Era la seconda cosa migliore nell'averlo con me.

Provai a toccare di nuovo il potere, come avevo fatto nella Sala delle Cento Colonne, ma ero troppo stordita, troppo esausta. Riuscivo ad avvertirlo, però, vorticare attraverso le pietre della prigione, l'aria stantia che mi riempiva i polmoni. Era ovunque, in ogni cosa. Sapevo che Darius lo avrebbe afferrato se avesse potuto. In qualche modo lo stavano bloccando.

Tre giorni. Avevo tre giorni per pensare a qualcosa. Ma la mia mente era vuota. Non c'era verso di uscire da quel posto, non da viva, almeno.

LA TENUE LUCE DEL SOLE FILTRAVA NEL CORRIDOIO. MI MISI A sedere, facendo una smorfia per il dolore. C'erano dei passi, leggeri e furtivi. Il mio cuore si risollevò, nella speranza che potesse essere Tijah. La immaginavo con la scimitarra abbassata, grondante del sangue delle guardie, con Myrri al suo fianco.

Quindi vidi che era Ilyas. Gli occhi erano due buchi neri nel volto, come se non dormisse da giorni.

«Dobbiamo parlare», disse, fermandosi davanti alla cella. «Non volevo che accadesse niente del genere.»

Mi sorpresi a ridere, anche se mi faceva male come una coltellata alle costole. «Ah, no?»

«No, non a te. Non pensavo che avrebbero arrestato te.»

«Rimangiati tutto, allora», risposi, anche se sapevo che era troppo tardi per quello.

«Salva te stessa», mi implorò Ilyas. «Ti prego. Rinuncia a lui. Di' che sai che è un demone. Che ti ha corrotto, ma che adesso cammini nella luce. I Numeratori ci andranno piano con te. Posso riportarti a casa a Tel Khalujah. Il satrapo...»

«No.»

«Perché no?» Colpì le sbarre con un pugno. «Perché continui a difenderlo?»

Sostenni il suo sguardo. «Perché non sarò come te, Ilyas.»

Lui si paralizzò. «Cosa vuoi dire?»

«Sai cosa voglio dire.»

«No», rispose lui, in tono mortale. «Non lo so.»

«Tu amavi Tommas», continuai. «Proprio come io amo Darius.» Mentre pronunciavo quelle parole, seppi che erano vere. «Ma, invece di accettarlo, hai lasciato che quel sentimento ti avvelenasse.»

Ilyas scosse il capo, muovendo i boccoli rossooro. «No, no...»

«Tommas ne era a conoscenza. È naturale che ne fosse a conoscenza. Non so se ti ricambiasse, ma ti ha sopportato per tutti questi anni con più grazia e pazienza di quanto avrei fatto io.» Sapevo che mi stavo spingendo troppo in là, ma ormai non mi importava più. «Forse ti amava. Forse. Ti saresti dovuto comportare meglio con lui, Ilyas. Non era un Druj. Nessuno di loro lo è. Sono tutte menzogne. E io non voglio più farne parte.»

«Il tuo daeva lo ha lasciato morire!» gridò Ilyas e all'improvviso realizzai che avevamo raggiunto il punto della questione. «Avrebbe potuto salvarlo, ma non lo ha fatto. Ha lasciato che il suo sangue sgorgasse...» La mano di Ilyas si abbassò sul bracciale. «Posso ancora sentirlo. Lo sento marcire. Il legame esiste ancora,

Nazafareen. Non se ne va mai via! E io non posso spezzarlo.» Singhiozzò.

Feci un passo in avanti. Per quanto lo odiassi, non lo avrei augurato a nessuno. L'idea mi ghiacciava fino all'osso. «Ilyas...» cominciai.

E la sua mano scattò in avanti, afferrando il polso e trascinandomi contro le sbarre.

«Anche tu sei corrotta», mormorò, il suo caldo respiro contro il mio orecchio. «L'ho visto il giorno al fiume e ancora nelle montagne. È una cosa sporca. Empia. C'è un motivo per cui alla progenie di umani e daeva non è permesso di vivere. Sono abomini. Non lascerò che succeda a te, Nazafareen. Non lo permetterò.»

«Lasciami andare!» urlai, ma il mio viso era premuto contro le sbarre della cella e la presa del suo braccio destro era ferrea.

«Tu sei come una sorella. È compito mio proteggerti. Proteggerti da te stessa.» Estrasse un lungo pugnale dal fodero alla cintura. «Non combattere, Nazafareen. Peggiorerai solo le cose.»

«Ilyas, ti prego... ti prego, non farlo...»

Allora lo implorai. Lo implorai e urlai e piansi. Gli promisi che avrei fatto qualunque cosa mi avesse chiesto. Ma una strana calma era discesa su di lui e io capii con un brivido di puro terrore che aveva pianificato tutto da molto tempo, se le cose non fossero andate come voleva lui.

«Guardie!» chiamai, la voce alta e spezzata. «Aiutatemi! Qualcuno mi aiuti!»

Ma non arrivò nessuno. Ilyas mi girò il braccio in modo che il gomito fosse bloccato. Lottai. Oh, quanto lottai. Quando la lama affondò nella soffice carne sopra il bracciale, vidi le stelle esplodere davanti ai miei occhi. E quando arrivò all'osso e cominciò a segare, desiderai morire.

Ma la parte peggiore fu la fine. Mentre scivolavo nelle tenebre, avvertii un buco dove di solito viveva Darius. Il nostro legame era stato spezzato. Il mio daeva era svanito.

✵ 20 ✵

Trascorsi i giorni seguenti come in un sogno indotto dalla febbre. Riacquistavo i sensi e li perdevo di nuovo. I magi venivano, trattenendomi mentre mi cauterizzavano il moncherino con della cera calda. Vidi il volto di Ilyas nuotare sullo sfondo, mentre mi osservava senza dire niente. Pareva triste, ma mentre mi tagliava la mano aveva la stessa espressione.

Mi avvolsero in una coperta, eppure tremavo in modo incontrollabile fino a battere i denti. Il dolore era qualcosa a cui aggrapparsi. Una distrazione dalla solitudine e dalla paura di ciò che veniva fatto a Darius. Per la prima volta in due anni, non lo sapevo.

Non lo sapevo.

Non sapevo se fosse vivo o morto. Dove fosse. Come stesse. Perché lui era legato a Ilyas adesso. Il bracciale doveva solo toccare la pelle e Ilyas lo indossava con una catenina sul petto.

Desideravo che mi uccidessero e la facessero finita. Ma sapevo che non mi voleva morta. Solo distrutta, come lui.

A volte ancora sentivo la mano. Allora provavo a portarmela al volto per scostare una ciocca di capelli e vedevo il moncherino, il cerchio di osso e la carne martoriata. La pelle sui bordi era di un colore più chiaro, dove era stata protetta dal sole. Quella vista mi faceva venire i conati.

Venivano a controllarla due volte al giorno – per le infezioni – e io ero troppo stanca per combatterli. Così la mia mente si assestò in un'abitudine delirante. Immaginando cosa avrei fatto se fossi mai stata capace di uscire da lì. E pensando a Darius, non alle cose che facevamo in quanto Water Dog, ma al tempo trascorso mentre si stava riprendendo a letto. A tutte le storie che mi aveva raccontato. Al sole del pomeriggio che si raccoglieva sul pavimento, al fruscio delle lenzuola mentre si tirava su.

Era stato allora che mi aveva detto dei sogni delle montagne. All'epoca avevo riso, pensando che mi stesse prendendo in giro, ma il suo volto era rimasto serio.

Darius chiuse il libro. Mi prese la mano e se la portò alle labbra, gli occhi illuminati da un fuoco interiore. «Sei la mia isola nel Midnight Sea, Nazafareen», disse, distendendomi sul suo letto...

Be', non aveva detto proprio così. Ma era così che mi piaceva ricordare.

Sognavo anche Tommas. Il suo sorriso. Il modo in cui cantava per Myrri. Se non avesse ucciso quei Druj, non sarebbe mai stato venduto ai Water Dog. Sarebbe stato ancora uno schiavo, ma avrebbe potuto vivere i suoi giorni su navi mercantili, soffiando vento nelle loro vele.

E se il Druj non avesse ucciso mia sorella, neanche io sarei stata lì. Sempre i Druj.

La mia unica consolazione era che il Numeratore si sbagliava quando aveva detto di voler cancellare il mio clan dalla faccia della Terra. Non sapeva con chi aveva a che fare. Al primo segno di pericolo, sarebbero scomparsi nelle montagne. Il clan Four-Legs si era sottomesso all'autorità del Re perché aveva bisogno di fare scambi a Tel Khalujah, ma nessun regnante aveva mai soggiogato la mia gente con la forza.

Ci avevano provato, naturalmente. Per mille anni. E nessuno di quei soldati aveva lasciato vivo la catena del Khusk. La guerra tra i passi di montagna è molto diversa dalle grandi armate che si scontrano in campo aperto, o dalle tattiche d'assedio, come erano addestrati a combattere gli Immortali.

E quando una fazione sta difendendo la terra, le donne e i bambini, non importa quanti corpi in armatura gli scagli contro. Perderai.

Sapevo questo, eppure il mio cuore si faceva freddo al pensiero di ciò che sarebbe accaduto. Quanti sarebbero morti prima di capire di essere sotto attacco? La mia gente era stata lasciata in pace per circa duecento anni. Nel vedere i soldati del Re, non avrebbero avuto ragioni per ritenerli una minaccia. Fino a quando le lance non avessero cominciato a volare...

Giacendo in quella cella, mi sentivo come una pulce nel ventre di un uro. Come se fossi stata inghiottita da qualche enorme animale che mi stava lentamente digerendo, pur muovendosi alla ricerca del prossimo pasto. Perché io ero appena uno spuntino, che valeva a malapena lo sforzo di essere divorato.

Per cosa aveva dato la vita Tommas? Il satrapo? Il Profeta? Il Re? Il grande impero, traballante sotto il peso della sua stessa corruzione? Saremmo dovuti fug gire dopo il massacro nella cupola. Ero stata cieca e folle a credere che Ilyas potesse tornare dal posto oscuro in cui era finito. Che il Re potesse in qualche modo raddrizzare le cose. E quella convinzione ci aveva ucciso.

È strano come non ci manchi qualcosa fino a quando non svanisce. Una verità stupida eppure universale. Avevo dato per scontato mia sorella Ashraf e avevo dato per scontato Darius. Quanto avevo desiderato la pace? Quanto mi ero infuriata per il fatto di non potermi liberare di lui? C'erano state volte – molte volte – in cui avrei dato tutto pur di averlo fuori dalla mia testa per un'ora soltanto.

E adesso che se n'era andato – irrimediabilmente, completamente – ogni minuto mi sembrava un'eternità di vuoto. Mi faceva quasi comprendere cosa avesse portato Ilyas nell'abisso. *Quasi*. Perché adesso avrei fatto di tutto per riavere Darius.

Udii il tintinnio delle chiavi. La porta della cella che si apriva.

Allontanai il viso dalla luce. Se Ilyas era con i magi, in

qualche modo lo avrei preso. Avevo solo una mano, ma avrei potuto comunque strappargli la gola con i denti, se fossi riuscita ad avvicinarmi abbastanza.

Una figura incappucciata si piegò su di me. Delle mani soffici mi toccarono la fronte. L'odore era esotico, femminile. Spalancai gli occhi per la sorpresa.

La sconosciuta si tirò indietro il cappuccio e vidi che si trattava della daeva del Re.

Si chinò fino a quando il suo occhio da strega non fu a pochi centimetri dal mio. Provai a focalizzarmi sull'altro che era di un azzurro puro e cristallino. Con siderati separatamente, i suoi lineamenti erano troppo affilati o lunghi perché si potessero considerare belli. Ma quando si voltò all'improvviso, per qualche rumore troppo lontano perché anch'io potessi udirlo, il suo profilo si fuse in qualcosa di travolgente. Di elegante.

«Il mio nome è Delilah», mormorò. «Posso farti uscire di qui, ma solo se porti Darius con te. Questa è la mia offerta.»

Mi misi a sedere. Quell'azione mi fece girare la testa. «È vivo?»

Non sapevo neanche quanti giorni fossero passati. Avrebbero potuto essere cinque, o sei, o dieci.

«Fino a domani mattina», rispose lei, cupa. «Giura che non lo lascerai indietro. Deve essere legato di nuovo o lo troveranno attraverso il bracciale.»

«Lo giuro. Preferirei morire.» Il mio cuore martellava. Avvertii una strana sensazione nel petto, come una specie di bolla che lentamente si espandesse. Ci misi un momento per capire cosa fosse: speranza.

Lei annuì. «Vieni, non abbiamo molto tempo. Il capitano dei Water Dog ora è nella sua cella. Puoi camminare?»

Ilyas. Il pensiero di lui con Darius mi fece scattare in piedi. Troppo velocemente. Un'ondata di vertigini mi si rovesciò addosso. Sentii le ginocchia cedermi e senza pensarci allungai le braccia per sorreggermi. Il moncherino urtò contro la parete di pietra e soffocai appena un urlo.

«Perché lo stai facendo?» domandai, ansimando.

«È mio figlio», rispose, avvolgendomi un braccio intorno alle spalle.

Avrei dovuto saperlo. Lei e Darius non si somi gliavano affatto, ma quell'occhio azzurro...

«Il Re lo sa?»

La bocca di Delilah si piegò. «Perché credi che lo abbia condannato a morte? Si è accorto dei miei sentimenti quando ho visto Darius, anche se ho provato a nasconderli. Erano passati vent'anni da quando me lo avevano portato via, ma l'ho riconosciuto subito.»

«E il Re ucciderebbe deliberatamente tuo figlio?» chiesi, inorridita.

«Darius ha molto di suo padre. Ricorda ad Artaxeros ciò che non potrà mai avere. Gli ricorda che, anche se ha il mio corpo, il mio cuore appartiene a un altro.» Delilah si interruppe. «Hai incontrato Victor?»

«L'ho incontrato.»

«Stava bene?»

«Abbastanza bene da sfuggirci», risposi.

Lei chiuse il suo occhio buono. L'altro scrutava in lontananza. Quindi voltò la testa di scatto, anche se io non avevo udito nulla. «Non c'è tempo! Ascoltami. Una volta che lo avremo preso, dovrai andare a un villaggio di pescatori chiamato Karon Komai. È a due giorni a piedi da qui, sulle rive del Midnight Sea. Victor ha preparato una nave, la *Amestris*. Vai a cercarla. Il capitano ti porterà da Eskander.» «Come fai a saperlo?» domandai.

«Mi ha mandato un messaggio tramite il Purificato. Victor aveva in mente di venire a Persepolae per portarmi con lui, ma senza il fuoco per spezzare il mio legame con il Re non avrei potuto andarmene. Se lo trovi, digli... digli che sto bene.»

Annuii pensando: *Eskander? Il giovane lupo?*

Avevo sentito dire che era una belva assetata di san gue, uno schiavista e un conquistatore. Ma che scelta avevo?

«Porterò il tuo messaggio se tu porterai il mio», risposi. «Al clan Four-Legs della catena del Khusk. Di' loro che la guerra sta arrivando. Devono convocare i khan e portare donne e bambini al sicuro. Artaxeros II non è più il loro Re, ma un nemico.»

«Sarà fatto», disse Delilah senza esitazione.

«E gli Immortali?» sussurrai mentre ci incamminavamo lungo il corridoio. Le mie gambe erano ancora poco stabili, ma il pensiero della libertà mi dava forza. «Come li supereremo?»

«Lascia fare a me», rispose Delilah.

Strisciammo attraverso i sotterranei. I miei nervi erano tesi e non solo per la paura delle guardie. Quella era la donna che aveva cercato di uccidere Darius alla nascita pur di non vederlo in catene. Il cui figlio era diventato il suo peggior incubo. Una cacciatrice della sua stessa specie. Eppure stava rischiando tutto pur di aiutarlo.

Sapevo che ero lì solo perché aveva bisogno di qualcuno che rompesse il legame con Ilyas. Altrimenti, mi avrebbe lasciata nella cella a marcire. E forse era ciò che meritavo.

Quindi svoltammo un angolo e udii delle urla soffocate. Le urla di Darius.

Ricacciai indietro un grido e scattai in avanti. Delilah mi spinse contro la parete. Era magra come un salice, ma non ebbe problemi a trattenermi. Sacro Padre, ero debole.

«Non ancora», sibilò. «Seguimi a breve distanza.

Rimani nelle ombre.»

E quindi svanì, camminando agilmente verso la cella in cui Darius veniva torturato.

Imprecai sottovoce e mi trascinai dietro di lei. Anche se avessi avuto la spada, dubitavo che sarei riuscita a sollevarla. Il Re doveva tenere il suo potere. E se era attento, avrebbe dovuto sapere esattamente dove fosse diretta. Cosa aveva in mente quella folle?

Si fermò davanti a me, estrasse un piccolo coltello e si tagliò il palmo. Quindi si cosparse di sangue il volto e il collo, disegnando impronte rosse sull'abito.

Svoltò l'angolo e scomparve. Un attimo dopo udii un grido.

Mi arrischiai a sbirciare. I dodici Immortali, tutti daeva, erano ancora sulle loro sedie. Ma c'era un Numeratore con loro, quello che era venuto nella mia cella. E Ilyas. Aveva un'espressione nauseata sul volto, di colpa e piacere e furia tutte mischiate insieme. Le dita erano strette intorno al bracciale di Darius. Il *mio* bracciale.

«Il Re è sotto assedio nella camera delle udienze!» gridò Delilah. «C'è stato un attacco al palazzo! È stato invaso dai Druj!»

Gli Immortali si scossero come un formicaio preso a calci, balzando in piedi.

«Presto, andate!» continuò Delilah. «Il Re dei Re ha bisogno di voi!»

Dieci di loro saettarono lungo il corridoio, seguiti dal Numeratore. Ma Ilyas rimase lì. Così come altri due Immortali.

Il mio cuore si inabissò. Ovviamente erano troppo disciplinati per lasciare un prigioniero completamente sguarnito. E due valevano come venti. Erano daeva.

Non avrei potuto batterli nel mio giorno migliore, integra e riposata, figuriamoci nelle condizioni in cui ero adesso. Lo stratagemma di Delilah era fallito.

Ma non avrei comunque lasciato che Ilyas avesse Darius. Anche se gli Immortali mi avrebbero abbattuto, prima lo avrei ucciso.

Corsi in avanti, scoprendo i denti. Ilyas si voltò, il viso una maschera di sorpresa quando mi vide. Ma si riprese in fretta. Non era sopravvissuto a così tante battaglie perché era tenero o esitante. Estrasse un coltello dalla cintura, lo stesso che aveva usato su di me, raddrizzando le spalle massicce.

«Prendetela!» urlò alle guardie.

Guardai nella cella e vidi Darius. Giaceva a terra, madido di sudore. Dalle intensità delle urla, mi sarei aspettata che le pareti fossero rosse di sangue. Ma lui sembrava illeso, anche se di un pallore mortale.

Quella vista mi portò a nuovi picchi di furia. La mia visuale si restrinse a un tunnel, con al termine solo Ilyas. Vidi appena uno degli Immortali muoversi per bloccarmi la via e ringhiai come un animale. Ma non fu me che afferrò.

Fu Ilyas.

«Il bracciale!» gridò Delilah.

L'Immortale annuì e strappò la catenina dal collo di Ilyas in un unico movimento. Quindi me la lanciò.

Guardai il bracciale roteare nell'aria. Senza un pensiero cosciente, la mia mano sinistra scattò e lo afferrò. Il dolore mi attraversò il braccio, passando attraverso la spalla e arrivando alla testa come un fulmine mentre lo forzavo sul moncherino. Le gambe vacillarono ancora una volta. Per il metallo che stringeva la mia carne martoriata, ma anche per la sensazione di Darius che fluiva di nuovo in me. Una specie di amara estasi.

Gli occhi di Darius si aprirono e si fissarono nei miei. Quindi si alzò. «Fatti indietro», gracchiò.

Delilah mi afferrò sotto le braccia e mi trascinò lungo il corridoio. Gli Immortali si scambiarono uno sguardo e si tolsero dai piedi. Ilyas rimase paralizzato di fronte alla cella, la bocca che si apriva e si chiudeva in silenzio.

Sentii il potere attraverso il legame. La porta della cella gemette. Quindi esplose dai cardini, abbattendo Ilyas contro la parete e schiacciandolo sotto di essa.

«In fretta!» urlò Delilah a Darius.

Potevamo udire grida, ancora in lontananza ma si stavano avvicinando. Non c'era voluto molto perché gli Immortali capissero di essere stati ingannati. Darius guardò Ilyas con desiderio e io capii che avrebbe voluto sollevare le sbarre e ucciderlo.

Delilah lo raggiunse. «Non c'è tempo. Lei ha bisogno di te. Dobbiamo andarcene subito, prima che arrivino.»

Darius fece scattare la testa, portando gli occhi su di me. Quando vide il moncherino si restrinsero. Mi raggiunse e mi sollevò con il braccio destro come se non pesassi più di un gattino. «Nazafareen», mormorò. Premetti la mano sulla sua bocca. «Corri.»

Delilah scattò lungo il corridoio. «Da questa parte!»

Dietro di noi, potevamo udire il clangore delle lance, il tuono di dozzine di stivali sulla pietra. I due Immortali che ci avevano aiutati estrassero le spade, in posizione di combattimento, i possenti muscoli tesi. Sapevo che sarebbero stati abbattuti. Che stavano per dare la vita in modo che potessimo fuggire.

Cominciai a fare il segno della fiamma, per pregare il Sacro Padre affinché conducesse le loro anime nell'aldilà. Ma il gesto mi sembrò vuoto. Falso. Lasciai cadere la mano, avvolgendola intorno al collo di Darius e sentendo i riccioli setosi e umidi tra le dita.

Mi domandai se anche i loro legati umani fossero parte della resistenza. Prima le guardie di Gorgon-e Gaz, poi i Purificati e adesso gli Immortali. Dovevano essere ancora in pochi o ci sarebbe stata una vera e propria ribellione. Mi chiesi anche se Victor fosse il loro leader o se fosse qualcun altro. Avevo così tante domande per Delilah, domande che probabilmente non avrebbero mai ricevuto una risposta.

Ci condusse attraverso i sotterranei fino a un magazzino con scudi di vimini allineati contro una parete. Non aveva finestre né una via d'uscita e mi sentii come un topo in trappola. Di sicuro ci avrebbero trovati nel giro di pochi minuti...

Quindi Delilah sollevò l'angolo di un arazzo sbiadito – che ironicamente raffigurava il Re vestito di tutto punto – per rivelare una porta segreta.

«Un architetto daeva ha progettato il palazzo», spiegò con un sorriso. «Ha molti passaggi segreti, commissionati da Xeros il Grande perché potesse far entrare le concubine nelle sue camere. La Regina era una donna gelosa.»

«Dove porta?» domandò Darius.

Non le aveva chiesto chi fosse o perché ci stesse aiutando. Forse aveva paura della risposta. Come se una parte di lui avesse già dei sospetti.

«Da qui puoi arrivare praticamente ovunque nel palazzo, ma voi dovrete raggiungere le fogne che si trovano sotto i bagni. Vi porteranno al di là delle mura del palazzo.» Lo osservò intensamente. «Sei un segugio, vero?»

«Sì.»

«Allora potrai trovare da solo la via d'uscita.» Delilah fece scattare la serratura e si voltò per andarsene.

«Aspetta», disse Darius.

Delilah si fermò sulla soglia. Con il vestito sporco di sangue e i lunghi capelli arruffati, adesso sembrava davvero una strega. Non una Druj, ma neanche un'umana.

«Vieni con noi», propose Darius. «Il Re saprà che lo hai tradito. Ti ucciderà.»

La bocca di Delilah si incurvò in un sorriso amaro. «Sì, lo saprà. Ma non mi ucciderà. Non ne ha il coraggio.» Ci fece cenno di andare. «Sbrigatevi! Non vorrai che il sacrificio dei tuoi cugini sia stato vano?»

Darius distolse lo sguardo di Delilah e aprì la porta. Aria fresca mi accarezzò la pelle. Lo spazio stretto al di là dell'entrata era buio pesto. Darius ci si infilò, lasciando che l'arazzo tornasse al suo posto dietro di lui. Richiuse la porta e io sentii la serratura scattare dall'altra parte.

Il suo fiato caldo mi spostava i capelli. Era la prima volta che ci trovavamo davvero soli da quando avevamo lasciato Tel Khalujah.

«Quando il legame si è spezzato, ho pensato...» La voce di Darius era roca. «Ho pensato di averti persa per sempre.»

«Ilyas lo ha tagliato via.» Ricordi si affastellarono nell'oscurità. Le mie urla. Lo spezzarsi dell'osso. L'improvviso vuoto nel cuore. Ebbi un tremito e li ricacciai indietro.

Darius fece un suono terribile, a metà tra un grugnito e un gemito. Avvertii la forza della rabbia e del senso di colpa, così intensi che minacciavano di spazzarlo via.

«Non è colpa tua», dissi fermamente. «Pensa solo a trovare la via d'uscita. E ora puoi mettermi giù. Sono in grado di camminare.»

Darius emise un profondo sospiro. «Farò Ilyas a pezzettini e poi li darò in pasto agli avvoltoi. Per quando avrò finito con lui, maledirà il giorno in cui il Satrapo Jaagos ha messo gli occhi sulla sua madre barbara. E se dovessi mai incontrare di nuovo Victor, giuro su tutto ciò che è sacro che la farò pagare anche a lui.» Cominciavo a pensare che Delilah fosse l'unica persona in tutto l'impero, più Bactria, a non volere Victor morto. Forse era meglio non dire subito a Darius che avevamo bisogno di lui come alleato.

«Aggiungi quel Numeratore alla tua lista, già che ci sei», dissi. «Ora possiamo andare?»

Mi aggrappai al retro della sua tunica mentre Darius mi guidava lungo una serie di passaggi, alcuni così angusti che fummo costretti a metterci di lato per attraversarli. Ragnatele mi facevano il solletico alle guance. Di tanto in tanto udivamo voci dall'altra parte del muro. Sembravano impazienti, arrabbiate. Immaginavo che gli Immortali stessero mettendo a soqquadro il palazzo per trovarci.

Alla fine il passaggio in cui eravamo ci condusse a una ripida rampa di scale che scendeva. Acqua corrente echeggiava nell'oscurità.

«Sai nuotare?» domandò Darius.

«No. Non c'è un'altra via?»

«Non credo. C'è un acquedotto. È pieno solo a metà.»

«Oh, che sollievo», sbottai. «Ci metterò solo il doppio del tempo ad annegare.»

Sentii uno strano suono. Una sorta di respiro affannoso soffocato.

«Stai ridendo di me, Darius?» chiesi.

«Non lo farei mai. Sono solo contento che tu sia la creatura docile e dolce di sempre.»

«Ilyas mi ha preso la mano, non il cervello.»

«Be', adesso siamo davvero una coppia ben assortita», commentò Darius. «Suppongo che ora fare a braccio di ferro sia fuori discussione, eh?»

Avevo dimenticato che tipo di senso dell'umorismo cupo avesse. Era uno dei modi in cui affrontava le difficoltà. Quello e le tante preghiere, un'abitudine che avevo intenzione di interrompere alla prima occasione.

«Temo di sì. Ma una lotta tradizionale...»

Il mio respiro si interruppe mentre Darius mi accarezzava il volto con la mano destra. «Anche se fossi libero, sceglierei te», sussurrò.

Qualcosa dentro di me si allentò. Avevo paura che mi vedesse come io vedevo me stessa: mutilata, spezzata. Una creatura degna di pietà e niente di più. Ma mi desiderava ancora molto. Riuscivo a sentirlo.

Addolcii le labbra per un bacio. Il bacio che avevo aspettato tanto. Invece fui sollevata come un sacco d'orzo.

«Darius? Cosa...»

«Tieniti stretta, Nazafareen. Non mollare.»

Stavo aprendo la bocca per protestare quando si riempì di acqua fredda. Sputai e annaspai mentre scivolavamo nella corrente. Darius mi teneva contro il suo petto. Non mi piacevano gli spazi ristretti e mi piacevano ancora meno gli spazi ristretti e bui e in special modo non mi piacevano gli spazi ristretti che erano bui e quasi pieni di acqua ghiacciata.

Così ogni volta che riuscivo a prendere aria, la utilizzavo per maledirlo mentre cavalcavamo il torrente che passava sotto il palazzo. Il complesso reale si trovava in cima a un'alta collina. Non sono sicura di come riuscissero a portare l'acqua verso l'alto, ma la gravità lavorava nel modo inverso. Il condotto di pietra era pieno di curve e svolte. Ero terrorizzata all'idea che potessimo finire contro una grata o qualche altro ostacolo. Darius avrebbe potuto abbatterla, ma gli Immortali lo avrebbero sentito usare il potere. Sarebbe stato come accendere un segnale.

Finalmente sbucammo sugli argini di un fiume. Darius mi aiutò a raggiungere la riva. Almeno quel bagno aveva lavato via un po' dello sporco. Avevo smesso di sentire il mio odore qualche giorno prima, ma sapevo che non doveva essere piacevole.

Mentre strizzavamo gli abiti, gli ripetei cosa mi aveva detto Delilah riguardo alla nave. Avrei dovuto rivelargli chi fosse in realtà, prima o poi. Il mio daeva non reagiva bene ai segreti. Ma capivo perché lei mi avesse lasciato quel fardello. Se Darius lo avesse saputo, non l'avrebbe mai lasciata indietro, anche a costo della sua stessa vita.

Ce l'avevamo fatta a superare le mura, ma potevo vedere il complesso del palazzo torreggiare a meno di una lega di distanza. Dovevamo muoverci. E l'ultima cosa di cui avevo bisogno era che Darius si sciogliesse di nuovo.

«Victor?» ringhiò, passandosi una mano tra i capelli. «Noi dovremmo incontrare *Victor*?»

«Sì», risposi. «Se hai un'idea migliore, sputa.»

Il cielo a est stava iniziando a schiarirsi. Mi sentii stordita per un momento. In parte perché la traversata nell'acquedotto mi era costata le ultime energie residue. Mi stavo ancora riprendendo dalla battaglia con i Druj quando i Numeratori mi avevano picchiato, e poi Ilyas... avevo perso molto sangue. Lo shock per il corpo – e per la mente – era stato pesante. Erano passati solo pochi giorni da quando Ilyas mi aveva preso la mano. Giorni trascorsi su un pavimento di pietra fredda.

Ma non era questo a sconvolgermi di più. Era il pensiero che, se non fosse arrivata Delilah, i Numera tori in quel momento sarebbero stati impegnati a pre levare Darius dalla cella e a condurlo presso l'altare del fuoco...

«Quanto è lontano questo villaggio?» domandò Darius. «Come si chiama?»

«Due giorni», risposi stancamente. «Si chiama Karon Komai. Delilah dice che è sulle rive del Midnight Sea.»

«Lo troverò.» Quindi Darius mi lanciò un'occhiata. «Sicura di poter camminare?»

«Sì», replicai, mentre le mie gambe tremavano e cedevano.

Darius mi prese al volo e mi sollevò tra le braccia. Mi meravigliai della sua forza. Anche lui aveva subito delle cose terribili nei sotterranei, anche se la sua tortura era stata inflitta attraverso il bracciale invece che con pugnali o ferri roventi. Ma sapeva come tagliare fuori i suoi sentimenti e ora aveva bisogno di quell'abilità.

Ci dirigemmo a nord. La terra oltre il fiume era ricoperta di boschi di faggi e querce, anche se i loro rami erano spogli. Darius correva in silenzio perfetto, come uno spettro. Attraverso occhi sonnolenti vidi il rosso di un beccofrusone tra gli alberi e udii il cinguettio di uno scricciolo. Il bosco in inverno sembrava un posto di pace.

Ma sapevo che gli Immortali avevano segugi come Darius. Daeva capaci di sentire la preda da molto lontano. E sarebbero stati a cavallo. Darius era in grado di correre più veloce di un destriero per una breve distanza, ma non avrebbe potuto mantenere quel ritmo per sempre.

Erano chiamati *Immortali* non perché vivevano per parecchio tempo. Pochi soldati nell'impero avevano la possibilità di diventare vecchi e grassi, anche con il legame. Erano chiamati *Immortali* perché il loro numero era esattamente di diecimila unità. Quando uno cadeva, quello – perché erano sempre maschi –

veniva immediatamente sostituito da un altro. A differenza dei Water Dog, i loro bracciali erano fatti perché potessero essere strappati in battaglia in modo che un daeva potesse essere legato subito se l'umano veniva ucciso. Così facendo, Xeros e la sua discendenza avevano forgiato un impero che il mondo non aveva mai visto.

A mezzogiorno incontrammo una strada. Conduceva a nord e sarebbe stata più comoda rispetto a proseguire nella foresta, ma non potevamo correre quel rischio. Ormai dovevano aver capito che eravamo scappati dal palazzo. E Delilah sapeva esattamente dove stavamo andando. Aveva dichiarato che il Re non l'avrebbe uccisa, ma l'avrebbe torturata come Ilyas aveva torturato Darius? Il Numeratore aveva detto che la maggior parte dei daeva si spezzava velocemente.

Lanciai un'occhiata a Darius. Mi aveva messo giù per riposare qualche minuto. Il suo viso era teso per la stanchezza. Per quanto tempo Ilyas era andato avanti prima che arrivassi io? Non riuscivo a chiederglielo. Sapevo che Darius era capace di procedere senza cibo o sonno per giorni, ma anche lui aveva dei limiti, come tutti.

«Mostrami il braccio», mi disse.

Lo strinsi ancora di più contro il mio corpo. Non mi piaceva l'idea che lo guardasse.

«Non puoi nasconderti da me, Nazafareen», ag giunse gentilmente. «So che ti fa male. Dobbiamo assi curarci che guarisca bene.»

«Non c'è niente che tu possa fare.»

«Mostramelo e basta.»

Ubbidii. Il suo respiro sibilava attraverso i denti. Delle linee rosse cominciavano a irradiarsi lungo l'avambraccio. Sbatteva contro il bracciale a ogni battito del cuore.

«Hai bisogno di un magus», commentò alla fine.

Ricordavo i magi che mi trattenevano quando infilavano il mio braccio in un contenitore di cera bollente.

«Se un magus si azzarderà a toccarmi di nuovo, lo ucciderò.»

«Una levatrice, allora. Qualcuno che conosca le arti guaritrici.» Si colpì la coscia con un pugno. «Mi piacerebbe sapere come aiutare. Ci deve essere un modo per usare la terra per ricucire la carne, l'acqua per ripulire il sangue... ma mi hanno insegnato soltanto a distruggere.» «Ora sto bene», mentii. «Dobbiamo solo arrivare a Karon Komai.»

Il sole filtrava attraverso gli alberi, riscaldando il manto di aghi di pino. Non faceva freddo come nelle montagne, anche se la temperatura sarebbe scesa con il calare della notte.

«Anche se dovessimo trovare questa nave e ci dovesse portare oltre l'Ellesponto, credi davvero che possiamo fidarci di Eskander?» mi domandò Darius. «Ho un brutto presentimento, Nazafareen.»

«Non lo so», risposi onestamente. «Ma il nemico di un nemico...»

«Può rivelarsi persino peggiore», terminò lui. Si aggrappò al faravahar, il pollice ad accarezzare distrattamente le ali dell'aquila. Il gesto mi ricordò troppo quello di Ilyas con il bracciale di Tommas. Distolsi lo sguardo.

«Eskander vuole rovesciare l'impero», disse.

«E ciò sarebbe davvero un male?»

«Dipende da come vuole rimpiazzarlo.»

«Offre un rifugio per i daeva in fuga», puntualizzai.

«Ma a quale scopo?» domandò Darius, dando voce ai miei stessi dubbi.

«È nel suo interesse dividerci... dividerli. A meno che non spezzi gli Immortali, la sua è una causa persa. Victor sembra fidarsi di lui.» Non appena quelle parole ebbero lasciato la mia bocca, capii che erano state un errore. Alla faccia della nuova e discreta Nazafareen.

«E perché noi dovremmo fidarci di Victor?» domandò ancora Darius. «Lui e gli altri daeva hanno massacrato le guardie al Barbican. Hai visto i corpi.»

Mi strinsi nelle spalle. «Ogni guerra ha le sue vittime.»

«E tu combattevi per l'altra fazione.»

Lo guardai negli occhi. «Cosa stai dicendo, Darius?»

Lui sospirò. «Niente. Solo che dobbiamo stare attenti.» Quindi il suo sguardo si fissò nel mio, quello sguardo inquietante da daeva, lo sguardo di una pantera. «Mi fido di te. Di nessun altro.»

Sospirai a mia volta e mi portai le ginocchia al petto. «Eskander controlla la Macedonia e le Città Libere. L'unica altra via a nord è Neblis. Potremmo tentare con i confini meridionali, ma l'unica cosa dall'altra parte è il deserto del Sayhad e dovremmo at traversare la Salt Plain per arrivarci. Ma se è lì che de sideri andare, ti seguirò.»

Darius rimase in silenzio per un po'. «Il Sayhad. Non è da dove viene Tijah?» Faceva male pensare a lei. «Sì.»

«L'hai vista... dopo?»

«No.» Avvertii il bisogno di difendere la mia amica. «Sono sicura che Ilyas le abbia impedito di visitare le celle. Non c'è nulla che non avrebbe fatto.»

Darius non si azzardò a negarlo. Ma mi preoccupava il fatto che Tijah non fosse mai venuta anche solo a salutarmi. Se fosse successo a lei, niente mi avrebbe fermato. Ma Tijah aveva i suoi fantasmi di cui preoccuparsi, ricordai a me stessa. Uomini cattivi quanto Ilyas.

Darius raccolse un bastone e cominciò a ridurlo a piccoli pezzi. «Se Victor non fosse tornato indietro... se non avesse detto quelle cose...»

«Ilyas avrebbe trovato un'altra scusa per punirci.

Era impazzito dal dolore.»

«Be', se Victor pensa di reclamarmi può andare all'inferno. Non voglio avere niente a che fare con lui.» Gettò il bastone nel sottobosco. «Niente!»

«Va bene. Ma non sei neanche un po' curioso? Deve essere molto vecchio, Darius. Conosce la verità su ciò che sei...»

«La so già.»

«Io non credo.»

Darius socchiuse gli occhi. «Non farmi pressioni,

Nazafareen.»

«Quei negromanti sulla piana. Non hanno mai detto davvero...»

Di colpo le pupille di Darius si dilatarono. Ci eravamo fermati in un gruppo di sempreverdi vicini alla strada. In un istante, si era trasformato in un animale.

«Sulla mia schiena!» mormorò. «Veloce!»

Avvolsi il braccio destro intorno al suo collo mentre balzava verso l'alto e si aggrappava a un ramo. In un attimo fummo a metà di un abete, appollaiati nell'incavo dei rami. Darius era appoggiato contro il tronco, le braccia intorno alla mia vita. Mi strinsi a lui, il cuore che mi martellava sul petto.

«Ferma la mente», mi disse all'orecchio. «Trova il legame e tienilo. Solo il legame, nient'altro. Puoi farlo?»

«Penso di sì.» Provai di nuovo ciò che avevo fatto nella Sala delle Cento Colonne, solo che invece di provare a raggiungere il potere mi limitai a osservarlo mentre pulsava all'angolo del campo visivo. I colori fluivano attraverso di esso, striature di blu, porpora e verde. Era bellissimo, ipnotico. Il mio cuore rallentò. Non ero più qualcosa di separato da lui, o dai boschi o dall'aria. Ogni cosa si fondeva insieme.

Persino il suono degli zoccoli sulla strada. L'odore di molti cavalli e il freddo e affilato sapore del ferro. Ero unita anche con quegli elementi. Si riversavano su di me, attraverso di me. Non erano nemici. Non c'era niente di cui preoccuparsi. Erano solo fili in un arazzo. Quando rallentarono, urlando per lo sgomento, e una parte di me cominciò a farsi prendere dal panico, la calma di Darius fluì in me, gentile ma decisa, e i miei pensieri si bloccarono di nuovo.

Il potere sembrò risplendere ancora di più mentre i cavalieri indugiavano sulla strada. Si affievolì non appena ci superarono.

Passarono molti minuti. Non volevo lasciare quel posto. Il Nesso. Leniva il mio dolore.

Quindi la voce di Darius mi riportò indietro. «Dobbiamo andare, Nazafareen. La *Amestris* ci aspetta.»

❦ 22 ❦

Proseguimmo anche dopo il tramonto. Camminai fino a quando non ne potei più, poi fu Darius a portarmi. Il bosco si fece più fitto. I rami mi graffiavano i capelli e il volto. Mi sentivo ribollire un momento e quindi gelare quello successivo. Capii che era un brutto segno.

Diverse volte Darius aveva avvertito la presenza di soldati nella foresta. Non vicini come prima, ma eravamo stati comunque costretti a fermarci e a nasconderci nella macchia. Questo ci aveva rallentato ancora di più.

Quando cominciò a nevicare, Darius insistette che ci fermassimo per la notte.

«Quanto manca alla costa?» gli domandai.

«Un giorno, almeno.» Ruppe diverse fronde di pino, facendone una pila a terra. Mi distesi, più stanca di quanto fossi mai stata in tutta la vita. Un brivido mi assalì, facendo tendere ogni muscolo del corpo. Darius mi attirò a sé. Era la prima volta che ero così vicina a lui senza provare il minimo desiderio. Ero davvero sulla soglia della morte.

«Mi dispiace», sussurrai. Il terreno vorticava in un circolo ozioso.

«Per cosa?»

«Per aver pensato che fossi un Druj. Per averti trattato... male.»

Lui emise una risatina. «Non mi hai mai trattato male, Nazafareen.»

«Sì, invece. Li ho aiutati a incatenarti.»

«Quella non eri tu.»

«Ilyas... il modo in cui ha usato il legame... non era la prima volta, vero?» Darius si irrigidì dietro di me.

«Mi dispiace», borbottai.

«Shhhh.» Mi tolse la neve dai capelli. «Adesso dormi.»

E lo feci, ma mi svegliai molte volte, le mie stesse urla che mi risuonavano nelle orecchie. Mostri infestavano i miei sogni, mostri con volti umani. Mi spaventavano molto più dei Druj. Al mattino la febbre era un inferno. Morivo di sete. Darius mi diede della neve, ma il suo viso pareva strano. Tutto sembrava strano, distorto, come se vedessi gli oggetti sul fondo di un fiume.

Mi tirò su e cominciò a correre. Il mondo scorreva in lampi mentre continuavo a perdere e riprendere conoscenza. Sentii un suono ruvido, come se qualcuno stesse segando dei tronchi, e capii che era il respiro di Darius. In lontananza, un cane abbaiò.

Darius perse l'equilibrio e si riprese. Continuò a correre. Il ghiaccio si era raccolto tra i suoi capelli e sulle sue ciglia. I miei brividi erano cessati. Ero oltre il concetto di freddo. Oltre ogni sensazione tranne una sorta di rimpianto. Da qualche parte, una nave ci aspettava. Ma non l'avremmo mai raggiunta.

Il mio daeva superò un torrente ghiacciato e cadde in ginocchio. Lo guardai bene. I suoi occhi erano diventati piatti, vuoti. «Si stanno avvicinando», ansimò. «Non posso...»

«Lo so», gracchiai.

«Se attingo troppo potere mentre tocchi il legame, moriremo tutti e due», disse, così vicino che potei sentire il calore del suo respiro sulle labbra.

«Fallo, allora.»

Darius incrociò il mio sguardo fermo e un po' di quella spaventosa freddezza si dissipò dai suoi occhi. Intrecciò le sua dita ghiacciate tra i miei capelli. I cani abbaiarono di nuovo, più insistentemente. Sentii il bracciale cominciare a scaldarsi. Il vento scompigliò la tunica di Darius e il potere salì attraverso il legame. Prima l'aria, quindi la terra. I denti mi facevano male e le ossa sembravano vibrare, mentre un'increspatura si diffondeva sulla neve, partendo dalle profondità del sottosuolo.

C'erano ancora troppe cose non dette, eppure le parole erano diventate irrilevanti. Nessuno era comunque molto bravo con quelle. Portai una mano alla sua guancia e lasciai che gli occhi mi si chiudessero. In lontananza, sentii lo scricchiolio dei rami, il gemito pesante delle rocce e della terra che si scuotevano. Darius richiamò altro potere e il dolore si fece più intenso.

«Ancora», dissi sottovoce.

Darius ebbe un tremito e mi tirò a sé. Riempii i polmoni per l'ultima volta con il suo odore, che era difficile da descrivere ma che mi ricordava sempre il vento salmastro del mare.

«Aspettami dietro il velo, Nazafareen», mormorò. «Promettimi che mi aspetterai.»

Provai a rispondere per giurare che lo avrei trovato, ma la morsa del potere mi teneva troppo stretta. E quindi udii dietro di noi il suono di passi sulla neve.

Fallo, pensai, mentre un terrore improvviso quasi mi esplodeva nel cuore. *Ti prego, oh ti prego, non lasciare che ci prendano di nuovo.*

Un piede coperto da un sandalo colpì Darius, allontanandolo da me. Il mio primo pensiero, per quanto assurdo, fu: *Sandali? Nella neve?* Il potere scomparve. E io fui sollevata di nuovo, questa volta da qualcuno persino più grande e forte del mio daeva.

«Mettila giù», grugnì Darius, saltando in piedi.

Una voce, profonda e roca. «Seguimi o rimani a morire. La scelta è tua, Water Dog.»

Conoscevo quella voce. Apparteneva a Victor.

❧ 23 ❧

Ricordo poco della nostra fuga attraverso i boschi. Solo che senza il fardello rappresentato dal mio corpo, Darius riusciva a mantenere il passo implacabile di Victor. I miei pensieri non erano molto lucidi. Da chi stavamo scappando? Negromanti? Ilyas? Immortali con occhi neri da spettro? A volte credevo di essere di nuovo sotto la cupola. Che Victor fosse Darius. Ma l'odore non era quello giusto. E poi era troppo grande.

Il caldo groviglio delle emozioni del mio daeva vorticava nella mia mente. Rabbia, sollievo, frustrazione, paura. Finalmente chiusi gli occhi e lasciai che l'oscurità mi prendesse.

Gabbiani.

Le loro strida fu la prima cosa che udii.

Sollevai le palpebre, quindi le riabbassai immediatamente. Era stato un errore. Mi sentivo peggio di quella volta che Tijah e io avevamo bevuto due caraffe di vino per il mio diciottesimo compleanno. Avevamo riso fino a tarda notte, discutendo su quale tra i Water Dog avesse... la spada più grossa. Lei aveva scommesso sul gigante Behrouz che pareva sempre ottenere razioni extra dalle serve.

Non ero nei sotterranei. Non con il soffice contatto del lino contro la pelle. Mi rannicchiai ancora di più sotto le coperte, mentre gli eventi degli ultimi due giorni riaffioravano in piccole rivelazioni. Victor. Eravamo stati salvati da Victor. A Darius quella cosa non piaceva neanche un po'.

Gabbiani... la *Amestris*... eravamo riusciti ad arrivare sulla nave? Ero troppo confusa per capire se l'intero letto si stesse muovendo o fossi solo io.

Sbirciai fuori, di colpo assetata da morire, e vidi una finestra che dava su un porto. Barche da pesca andavano su e giù sul mare.

«È sveglia.»

Quindi gli occhi azzurri e splendenti di Darius stavano incrociando i miei. Il suo volto si distese in un sorriso.

«Acqua», sussurrai.

Mi aiutò a sollevare la testa per bere. Tracannai un'intera coppa, quindi ricaddi sui cuscini.

«Dove siamo?»

«Sei a casa di un amico», rispose la prima voce. Un momento dopo anche Victor stava incombendo su di me. Osservai i suoi lineamenti forti, mascolini. Aveva capelli mossi come Darius, anche se di una tonalità più scura, tagliati corti. Una barba incolta gli rendeva la mascella ruvida. Non sembrava avere più di trent'anni, ma io sapevo che aveva combattuto nella guerra. Due secoli prima.

Darius lo ignorò. «Siamo al sicuro. Per ora.» «Quanto...»

«Quanto sei stata priva di sensi? Due giorni.»

«Il mio braccio...» Capii che il dolore terribile era cessato. Mi sentivo ancora debole, terribilmente debole, ma la sensazione velenosa di bruciore era sparita.

«Victor lo ha guarito.» Darius si interruppe. «La tua mano è ancora... lui non può rigenerare...» «Lo so.» Guardai di nuovo Victor. «Grazie.» Il daeva annuì. La sua espressione era guardinga. Mi domandai di cosa avessero parlato negli ultimi due giorni. L'atmosfera nella stanza era carica come l'aria prima di un temporale. Forse erano rimasti seduti in silenzio per tutto il tempo.

Presi un profondo respiro e lanciai le coperte da un lato. Indossavo solo un'esile sottoveste che mi arrivava alle cosce. Darius trovò immediatamente qualcosa di interessante da guardare sul soffitto. Soffocai un ghigno. Se fosse stato cresciuto nel clan Four-Legs, invece che da un gruppo di vecchi magi decrepiti, non ci avrebbe neanche fatto caso.

«Dove sono i miei vestiti?»

«Devi restare a letto», disse Darius a una ragnatela nell'angolo.

«E noi dobbiamo andare su quella nave. Non vi tratterrò oltre.» Misi piede a terra, reggendomi con la mano destra. I miei muscoli parevano fatti d'acqua.

«Non è ancora arrivata», spiegò Victor, spingendomi di nuovo giù con una mano possente.

Emisi un sospiro e lo lasciai fare mentre mi rimetteva sotto le coperte. Per quanto desiderassi disperatamente attraversare i confini dell'impero, la notizia era stata un sollievo. Mi sentivo già pronta a dormire di nuovo. «Quando?»

«Quattro o cinque giorni», rispose Victor. «La *Amestris* è stata rallentata da una tempesta. Ma mi è stato assicurato che arriverà in meno di una settimana.»

«Cinque giorni?»

«Riposa, Nazafareen», disse Darius. «Gli Immortali sono già arrivati e se ne sono andati. Hanno setacciato la città, interrogato chiunque. Il proprietario di questa casa è un mercante. È anche il proprietario della *Amestris*. Tiene una stanza segreta nell'attico per... gente come noi.»

«Perché? Perché ci sta aiutando?»

«Puoi chiederglielo tu stessa», disse Victor. «Una volta che starai meglio.» Si alzò in piedi. «Mi assicurerò che arrivi della zuppa dalle cucine.»

Rimasi sveglia abbastanza per mangiare qualche boccone. Il mio stomaco si chiudeva ogni volta che mandavo giù, come se non riconoscesse la strana sostanza che gli stavo infliggendo. Da quanto tempo era che non mangiavo? Giorni, se si contava anche la brodaglia che mi davano nei sotterranei.

«Raccontami una storia», dissi, mettendo via il cucchiaio.

«Se è ciò che desideri», replicò Darius. Si accomodò su una sedia con una gamba su un bracciolo e cominciò a raccontare la storia di Pantea, sposa del più grande generale di Re Xeros, che era così bella da dover tenere il viso coperto da un velo tutto il tempo o gli uomini si innamoravano disperatamente di lei. Quando il suo sposo era stato ucciso in una battaglia contro i Druj, Re Xeros era venuto a darle la notizia di persona. Naturalmente aveva subito desiderato Pantea per lui. Voleva sposarla, nonostante il suo cuore fosse spezzato.

«Questa non finisce bene, vero?» domandai, infastidita dal fatto che avesse scelto una tragedia. «Probabilmente lei si uccise pur di non sposare il Re. Ora lei e il suo vero amore sono sepolti uno accanto all'altra su una collina, ricoperti da fiori selvatici. Bla, bla bla.»

«No, lui le diede il comando degli Immortali», rispose Darius, le labbra che si incurvavano in uno dei suoi sorrisi. «Lei prese il legame dello sposo defunto e li guidò alla vittoria.»

«Oh.» Chiusi gli occhi mentre il sole sbucava da dietro una nuvola, inondando la stanza con la sua calda luce. In strada i gabbiani litigavano per degli avanzi. «Va' avanti, allora.»

⬥❧⬥

QUANDO IL GIORNO SEGUENTE MI SVEGLIAI, MI SENTIVO PIÙ forte. Forte abbastanza da mangiare un'intera ciotola di zuppa e chiedere un bagno caldo. La domestica, una ragazza carina con sopracciglia folte e una figura invidiabile, si offrì di aiutarmi, ma non volevo che vedesse il mio corpo. Potevo contarmi le costole. I lividi e le ferite erano svaniti grazie a Victor, ma il mio braccio... lo odiavo. Odiavo il suo aspetto e quanto fosse inutile. Osservai il leone ruggente sul bracciale, disprezzando ciò che significava, nonostante fosse il mio legame con Darius.

Era serio quando aveva detto quelle parole prima che balzassimo nell'acquedotto?

Anche se fossi libero, sceglierei te...

Perché? Le dita mancanti di Victor erano tornate quando il legame era stato infranto. Anche Darius sarebbe potuto tornare integro, se avessimo mai trovato il fuoco. Avrebbe potuto usare il potere ogniqualvolta avesse voluto, non solo quando glielo avessi permesso. Forse c'erano altre cose che un daeva libero avrebbe potuto fare.

Erano parole facili da pronunciare, ma come sarebbe andata se la scelta non fosse stata astratta?

E se si fosse trattato di me? Lo avrei scambiato per la mia mano?

Affondai nell'acqua calda. Diventò subito grigia. Disgustosa. Ero disgustosa. Avvertii un moto di rabbia nei confronti di Ilyas. Non avrei mai dovuto lasciarlo vivo. In quel momento, se avessi potuto torturarlo come lui aveva torturato Darius, lasciandolo tremante sul pavimento madido di sudore e urlante, lo avrei fatto.

Lottai con il sapone, facendolo cadere ripetutamente. Ci volevano due mani per insaponarsi per bene. Ricordai a me stessa che almeno avevo ancora il braccio con cui usavo la spada. Avevo in mente di utilizzarlo non appena avessi visto Ilyas di nuovo.

Ma erano le centinaia di azioni mondane – cose con cui non avevo avuto a che fare nei sotterranei o nella fuga con Darius – che mi ricordavano ogni momento la mia perdita. Lavarmi i capelli. Asciugarmi. Vestirmi. Dovevo rimparare a fare tutto, come una bambina goffa. Farmi le treccine era ovviamente fuori discussione, così lasciai i capelli sciolti sulla schiena. Mi arrivavano quasi al sedere e finalmente mi arresi e chiesi alla domestica di aiutarmi a sistemare i grovigli.

Nel pomeriggio venne Darius. Feci finta di essere addormentata. Lui rimase sopra il mio letto per un bel po', guardandomi e basta. Sapevo che lui sapeva che stavo facendo finta. Riuscivo ad avvertire il suo dolore, ma non volevo affrontarlo adesso. Battute sul braccio di ferro a parte, non avevo idea di cosa fossimo l'uno per l'altra. Non Water Dog. Era la prima volta in quasi cinque anni che non stavo indossando la tunica scarlatta.

La domestica mi aveva chiesto cosa volessi fare con quella. Le avevo risposto di bruciarla.

Mangiai altra zuppa, del pane, e mi addormentai per un po'. Quando mi svegliai, fuori era buio. Una singola candela bruciava nell'angolo. Stiracchiai le braccia sopra la testa, portando le dita lungo il moncherino. Avevo evitato di toccarlo il più possibile, ma ora ero curiosa. Era ricoperto da pelle liscia. Come se non ci fosse mai stato attaccato nulla.

«Hai incontrato Delilah.»

Sobbalzai. Victor era seduto sulla sedia che Darius aveva occupato, anche se l'aveva spinta nelle ombre, fuori dalla portata della luce della candela. Indossava una tunica bianca che gli lasciava scoperti i polpacci e i sandali che ricordavo dai boschi.

«Sì.»

«Come... ti ha detto qualcosa?»

C'era una punta di disperazione nella sua voce, anche se stava facendo quanto in suo potere per nasconderla.

«Mi ha chiesto di te. Voleva che ti dicessi che stava bene.»

Victor cambiò posizione. La sedia scricchiolò pericolosamente. Non era passato molto da quando ero terrorizzata da quell'uomo. Da quello che era capace di fare. Ero stata il cacciatore e lui la preda, nonostante se lo avessimo preso prima dei negromanti i ruoli si sarebbero rovesciati in un batter d'occhio. Sapevo che nessuno di noi aveva dimenticato quel particolare.

«Vi ha aiutati a fuggire dal palazzo.»

«Sì.»

«Quindi penso sia certo presumere che non stia più *bene*», ringhiò Victor.

«Io... lei ha detto che il Re non l'avrebbe uccisa.»

Victor prese un profondo respiro attraverso il naso ed espirò lentamente.

«Lo hai detto a Darius?» gli chiesi. «Che lei è sua madre?»

Victor si incupì. «Non lo sa?»

«Speravo ci pensassi tu.»

Una risata amara. «Ho perso quel ragazzo per sempre. Un Water Dog in tutto e per tutto. Non abbiamo niente da dirci.»

«E perché ci hai salvati allora?» domandai.

«Mi trovavo a passare di lì.»

Non potei farci niente, alzai gli occhi al cielo. Victor si strinse nelle spalle con noncuranza.

«Pensavo che avresti inseguito il negromante», dissi. «Quello che ha preso il fuoco.»

Il volto di Victor si rabbuiò. «L'ho fatto. Ma quando ero sul punto di prenderlo, ha incontrato altri otto dei suoi. Hanno cavalcato a nord, dentro Bactria. Non avrebbe avuto senso seguirli.»

«Abbiamo incontrato i negromanti sulla piana, proprio prima di raggiungere il Barbican. Ci hanno detto che la Regina Neblis aveva un grosso debito nei tuoi confronti. Volevano un'alleanza. Per catturare te.»

Victor mi osservò. Trattenni il fiato, sperando che non mi fossi spinta troppo in là. Forse non avrei dovuto ricordargli il suo status precedente.

«Mi stai chiedendo perché ha mandato i suoi antimagi così tanto a sud? All'inseguimento di un daeva storpio?»

Guardai le sue spalle possenti, le sue mani da lottatore e il suo collo taurino. Anche da incatenato, quell'uomo non sarebbe mai stato uno storpio. Non come me.

«Be', sembravano terribilmente ansiosi di prendere la tua testa», dissi.

«Non è la mia testa che vuole Neblis.» Victor mi offrì un sorriso da lupo. «Anche se potrebbe accontentarsi di quella.»

Un animale assetato di sangue... uno dei primi a essere incatenati... il distruttore di Gorgon-e Gaz...

Qualunque cosa fosse Victor, avevo bisogno di risposte e lui le aveva. Era l'unica persona che conoscevo ad aver vissuto abbastanza da conoscere la verità.

«Dimmi solo una cosa. I daeva combatterono per lei nella guerra? Prima che venissero incatenati?» «È ciò che ti hanno insegnato?» Annuii.

«Per gli Dei, no, però ci tenemmo distanti, all'inizio. Rimanemmo fuori dai giochi. Ero contrario. Ma eravamo in pochi.» Le sue labbra si incurvarono. «Molti meno di quelli che adesso sono nel *programma di riproduzione* del Re.»

«Ma come...» Mi interruppi. «Contro la tua volontà.»

«Il piacere può essere indotto attraverso il lega me, proprio come il dolore», rispose Victor.

Sentii il calore diffondersi sulle mie guance. «Oh, non lo sapevo.»

Victor andò alla finestra, affacciandosi sul molo avvolto dall'oscurità. Una luna piena lanciava la sua luce argentea sul profilo del daeva. Darius aveva lo stesso naso aquilino. «Siamo esseri solitari per natura. Rimaniamo l'uno fuori dagli affari dell'altro e fuori dagli affari degli umani. Odiavamo i Druj e li uccidevamo a vista, ma loro non ci avevano mai disturbati prima. Non in grandi numeri.»

«E così vivevate all'interno dei confini dell'impero?»

«Sì. Non nelle città, però. Nei luoghi selvaggi.»

Non sapevo niente dei daeva, di ciò che fossero *prima*. Scoprii di essere estremamente curiosa. «E cosa successe?»

«Finalmente richiamai un'adunanza di tutti i daeva che riuscii a trovare. Circa un centinaio. Xeros voleva che combattessimo per lui. Ancora non era Re. Era solo un signore della guerra come tanti. La mia gente si rifiutò. Erano ciechi al pericolo.» Si fermò. «Così mi recai da Zarathustra.»

«Tu conoscevi il *Profeta*?»

«Sì. Eravamo vecchi amici. Allora era l'Alto Magus di Karnopolis.»

Provai a immaginare Victor mentre parlava con il Profeta bevendo coppe di vino Ramian, ma la scena era troppo surreale.

«Mi disse di aver trovato un modo per unire umani e daeva, in modo da combattere Neblis e i suoi demoni insieme. Qualche tipo di alchimia fantastica che avrebbe permesso a entrambi di utilizzare il pote re. In quel momento le sue orde di Druj avevano invaso gran parte delle terre a nord del deserto. Pensai che i daeva potessero capire. Se non ci fossimo uniti alla lotta, saremmo morti tutti.»

Mi portai le coperte fino al mento, sentendomi come quando ero una bambina e mio padre mi raccontava storie di fantasmi. Con gli occhi spalancati e attenta a ogni parola, pur rassicurata dalla sua presenza. Victor rimase silenzioso così a lungo che pensai avesse deciso di non raccontarmi il resto. Infine sospirò e tornò sulla sedia.

«Zarathustra mi chiese di poterlo testare su di me. Fui d'accordo.»

«Aspetta... hai detto di combattere *insieme*? Di condividere il potere?»

«Se avesse parlato di padrone e schiavo, pensi che mi sarei offerto volontario?» grugnì Victor.

«Io... no.»

«Inutile a dirsi, c'era una fregatura. Il potere fluiva solo da una parte.»

«Così lui ti aveva tradito?»

«Non lui. Zarathustra era sconvolto da ciò che aveva creato.» Victor sollevò una mano, quella a cui una volta mancavano le dita. «Quando vide ciò che i bracciali facevano, avrebbe voluto restituirli alle fiamme. Xeros lo fermò. Provai a togliermelo da solo e avvertii un dolore che non avevo mai conosciuto prima.» La sua voce si indurì. «Xeros voleva usarmi per catturare gli altri. Quando Zarathustra si oppose lo trascinarono via.» Victor mi guardò con aria di sfida. «Non lo avrei mai fatto. Avrei sopportato qualunque tormento mi avessero inflitto. Ma poi trovarono Deli lah. E la usarono come ostaggio.»

Non sapevo cosa dire. Se Victor mi stava raccontando la verità – e non vedevo ragioni per cui avrebbe dovuto mentire – era stato compiuto un male sconvolgente. Avevo sempre pensato che Xeros il Grande fosse il nostro salvatore, il più grande generale mai nato, e forse lo era stato, ma a un prezzo terribile.

«Alcuni riuscirono a fuggire, ma non molti. Xeros ci legò al suo esercito. Dunque diede vita agli Immortali.»

«Non sapevo... non ne sapevo niente. E neanche Darius. I magi dicono che combattevate per i Druj. Che voi stessi eravate Druj.» Mi fermai. «Neblis è davvero una daeva?»

«Lo era. Non sono sicuro... di cosa sia ora.»

«Che vuoi dire?»

Victor sospirò. «Non saprei dire da dove vengano i Druj, ma fu lei a crearli. Si diletta in poteri al di là della mia comprensione.»

«Ma da dove vengono originariamente i daeva? Quanto sei antico?»

Victor mi osservò per un lungo momento. «Non lo so, ed è la verità, Water Dog. Non ricordo nulla oltre il decennio precedente al momento in cui mi incatenarono. Vale lo stesso per tutti noi.» Il legno scricchiolò mentre lui stringeva un bracciolo. «Xeros avrebbe potuto liberarci dopo aver vinto la guerra, ma aveva paura, e faceva bene ad averne. Ho aspettato duecento anni per avere la mia vendetta. Mi dispiace soltanto che Xeros non sia più vivo per poter vedere il suo lavoro ridotto a cenere e polvere.»

«Sì», dissi, a disagio. «Non posso biasimarti.»

Victor abbassò lo sguardo e sbatté le palpebre ve dendo il pezzo di legno ricurvo nella mano. Quindi lo appoggiò a terra. «Ho notato il modo in cui il ragazzo ti guarda.» Non aveva mai usato il nome Darius in mia presenza, neanche una volta. «Dimmi, perché ti sei unita ai Water Dog?»

Nel suo tono non c'era malizia, eppure mi vergognai. «Per uccidere i Druj», risposi. «È tutto.»

«Li odi. Lo vedo nei tuoi occhi. È una buona cosa. L'odio ti farà andare avanti quando non avrai nient'altro.»

«E l'amore?» domandai sottovoce.

I suoi occhi neri ebbero un guizzo. «Anche quello.» Quindi bruscamente si alzò in piedi e si diresse alla porta. «Victor.» Si voltò.

«Cos'è il Nesso?»

Sembrò sorpreso dalla domanda. Quindi rise, divertito. «*Tu* cosa credi che sia?»

«Non ne ho idea.»

«Neanch'io. E forse è proprio quello il punto.»

⁂

RIMASI DISTESA PER PARECCHIO TEMPO DOPO CHE SE NE FU andato, pensando a tutto ciò che aveva detto. Alcuni elementi avevo iniziato a sospettarli. Altri aspetti, come il rifiuto del Profeta di approvare la sua creazione, erano stati una sorpresa. Era un amico dei daeva. La Via della Fiamma... era solo propaganda per farci credere che fossero diavoli perché non tolleravano il fuoco?

Non c'era niente di intrinsecamente sbagliato in gran parte degli insegnamenti, decisi. *Buoni pensieri, buone parole, buone azioni.* Ancora credevo in quella parte. Era il modo in cui il Re e i magi mettevano in pratica quegli insegnamenti che rifiutavo.

Darius doveva sapere. Anche se non aveva mai accettato Victor, aveva bisogno di conoscere la sua vera natura. Perché i magi lo avevano corrotto. Proprio come Ilyas era stato corrotto dalla sua nascita, dal suo orgoglio e, per concludere, dalla sua incapacità di accettare la verità. Alla fine, il prezzo era stato la sua sanità mentale. Pregavo solo che Darius fosse più forte di così. Sapevo anche che la tensione crescente tra loro prima o poi sarebbe esplosa.

E noi dovevamo trovarci molto lontani da quel posto prima che accadesse.

❧ 24 ☙

Il quarto giorno cominciai a sentirmi irrequieta. Mi vestii e mi sedetti alla finestra, aspettando di vedere le vele della *Amestris*. Karon Komai era stata costruita su un dirupo frastagliato sopra il mare. Le sue case dalla forma conica erano fatte di mattoni di fango e ognuna aveva un giardino circondato da mura con alberi di arance e melagrane. Un giovane guidava un gregge di pecore lungo la strada tortuosa che conduceva al porto. Fissai l'acqua color cobalto. Quel giorno era piatta come una tavola. Alcune barche di pescatori affollavano le acque vicino alla riva, ma l'orizzonte era sgombro.

Desideravo andare in città per fare un po' di esercizio e respirare la fresca aria del mare. Per uscire da quella casa padronale. Cominciava a sembrare una gabbia dorata.

Oziosamente sfogliai la pila di libri che Darius aveva trovato. Le loro scritte mi facevano danzare gli occhi. Alla fine decisi di andare a vedere se ci fosse qualche novità sulla nostra nave. Ero quasi arrivata alla porta, quando Darius bussò.

«È aperto», dissi.

Indossava una tunica con cintura identica a quella di Victor, con pantaloni e stivali corti. Le barriere erano sollevate, ma potevo decifrarlo lo stesso. Pensava che fossi arrabbiata con lui.

«Mi dispiace disturbarti», cominciò.

«Nessun disturbo. Stavo appunto scendendo.» «Ho qualcosa per te.» Darius mi offrì la mano. Nel suo palmo c'era una spilla d'oro con un uccellino alla fine. «Dammi la manica.»

Distesi il braccio destro. Lui infilò l'orlo sotto il moncherino e lo bloccò con la spilla.

«Grazie.» Mi accigliai e lui mi guardò, ansioso.

«La stavo usando per pulirmi il naso, ma...» Darius ghignò. «Nomade selvaggia.» Era bello vederlo sorridere.

Esaminai la spilla. «È carina. Da dove viene?»

«Il nostro anfitrione. Dovrebbe tornare da un momento all'altro. Vieni, aspettiamolo insieme.»

Darius mi condusse di sotto in una stanza spaziosa ammobiliata con altri di quei pezzi intagliati che avevo visto in tutto il piano superiore della casa. Presi un'arancia da un recipiente e la sbucciai con i denti. Ora che non stavo più male, il mio appetito pareva infinito.

«Chi è?» domandai, offrendo a Darius uno spicchio appiccicoso. Quella frutta aveva un odore paradisiaco.

«Si chiama Kayan Zaaykar. È un Seguace del Profeta.»

«Che vuol dire?»

«Una setta, a quanto pare.» Darius sembrava a disagio. «Sostengono che il Profeta sia contrario al legame dei daeva. Per loro è un peccato mortale.»

«Victor mi ha detto la stessa cosa la notte scorsa. È venuto in camera mia.»

Gli occhi di Darius si fissarono su di me. «Perché?» mi domandò in tono neutro.

«Solo per chiedermi di tua... Delilah.» Mi fermai.

«Ti ha parlato di lei?»

«Abbiamo a malapena scambiato due parole. Sono un *Water Dog*.»

«Lo eri.»

«Per lui non fa differenza.»

Sentivo di procedere su ghiaccio esile, così mi incamminai verso la riva. «Che altro sai dei... Seguaci del Profeta? Quanti sono?»

«Non ne sono sicuro. Esistevano in segreto dalla guerra. Sostengono di essersi infiltrati in ogni angolo dell'impero, tranne che all'interno dei Numeratori.»

«Le guardie del Barbican. E i Purificati... suppongo che facessero parte di questa setta.» Presi un'altra arancia. «Quello che hanno ucciso nella sua cella mi ha detto di essere leale al Profeta. Che rubando il fuoco e dandolo a Victor stesse compiendo la volontà del Sacro Padre. Pensavo fosse folle.»

«Che siano folli o meno, vedono in Eskander la loro possibilità di colpire», rispose Darius. «Ricordi gli uomini che abbiamo scovato a Tel Khalujah?» Li ricordavo. Sembrava avvenuto cento anni prima.

«Ne facevano parte anche loro», continuò Darius.

«Be', ora mi sento male a pensarci.»

«Anch'io.»

Delle voci nel cortile ci fecero voltare. Un momento dopo, Victor entrò insieme a un uomo di mezza età con un volto rubicondo. Erano intenti a conversare.

Saltai in piedi, ripulendomi di soppiatto dal succo gocciolante sulle labbra.

Quando mi vide, Kayan Zaaykar fece un inchino formale. «Benvenuta. Il mio cuore è lieto che ti sia ripresa dall'atroce ferita che hai sofferto nei sotterranei del Re. Possa il Sacro Padre maledire lui e la sua progenie per dieci generazioni.» Si portò una mano sulla pancia considerevole. «La mia dimora è solo una stamberga, ma spero non ti sia mancato nulla.»

«Grazie, Kayan Zaaykar», risposi, imitando l'inchino. «Non avrei potuto desiderare un padrone di casa più cortese. Spero di poter ripagare la tua ospitalità, un giorno.»

Scacciò via quelle parole con un gesto della mano grassoccia. «Ho delle buone notizie. Mangiamo insieme, così che possa condividerle.»

I servi portarono piatti di agnello con yogurt al miele, carciofi ripieni con frutta e nocciole e parecchi altri cibi lussuosi. Era la prima volta che mangiavo qualcosa a parte la zuppa e lottai per tagliare la carne fino a quando Kayan Zaaykar non lo fece per me.

«La *Amestris* arriverà domani», disse. «Il viaggio fino all'Ellesponto normalmente richiede cinque o sei giorni, ma non ho dubbi che voi possiate farla viaggiare più velocemente.» L'ultima frase era diretta a Victor e Darius. «Dovrete evitare la flotta del Re, ma il mio capitano ha esperienza in questo campo.»

Dunque è un contrabbandiere, pensai. *E anche uno bravo se è riuscito a comprarsi questa casa.*

Kayan Zaaykar sorseggiò il vino. «Ho anche sentito dire che il Re sta mandando un contingente a Bactria per riprendere la sacra urna. Credo che sia molto più preoccupato di Neblis che di voi tre.»

«La *Amestris* ha già compiuto questo viaggio?» domandai.

«Ho avuto il privilegio di aiutare i daeva e i loro legati a raggiungere la libertà diverse volte», rispose Kayan Zaaykar.

«Eskander li accoglie davvero?» chiese Darius.

«A braccia aperte.»

«Che altro sai di lui?» domandai ancora. «Che tipo di uomo è?»

Kayan Zaaykar ci pensò su per un momento. «Ha solo ventidue anni, ma già miti e leggende vorticano intorno a lui. Sostiene di discendere dagli dei – dei barbari, ovviamente – e dall'eroe greco Achille.»

Mi strinsi nelle spalle. Quel nome non significava niente per me. Ma anche la linea di Xeros pretendeva di avere un'autorità divina. Immaginai che valesse per tutti. E chi avrebbe potuto provare il contrario?

«Suo padre fu ucciso dal capitano delle guardie, così adesso Eskander indossa la corona di Macedonia. Ha immediatamente sedato diverse ribellioni. Quando Tebe ha persistito, l'ha rasa al suolo.» «Sembra spietato», osservò Darius.

«Sì e no. Ha una passione per la gloria, questo è certo, e preferisce la guerra alla diplomazia. Ma normalmente tratta con rispetto coloro che conquista. Si dice che non tolleri la violenza e gli abusi sulle donne.

E guida sempre le sue truppe in prima linea.»

«Non costringe i daeva a combattere per lui?»

«Non costringe nessuno a combattere per lui. Da ciò che si sente, i suoi uomini lo adorano. Ma ha una piccola unità di daeva, inclusi alcuni che fuggirono dall'impero durante la guerra.»

Victor distolse lo sguardo, a disagio, e io ricordai che era stato costretto a dare la caccia e a incatenare i suoi simili. Quelli che erano riusciti a scappare dovevano provare ben poco amore per lui.

«Anch'io ero diffidente nei confronti di Eskander, all'inizio», disse Kayan Zaaykar. «Quando ha raggiunto l'Ellesponto, ha piantato una lancia al suolo e ha dichiarato di accettare l'impero come dono dalle sue divinità barbare. Ma ha anche giurato di liberare i daeva, così come il Profeta. Quello è il più grande desiderio dei Seguaci.»

«Liberare il Profeta?» ripetei. «Non capisco.»

«Crediamo che sia tenuto prigioniero a Karnopolis dai tempi della guerra», spiegò Victor. «Sorvegliato dai magi.»

«Come può essere ancora vivo dopo tutto questo tempo?» domandai.

Victor sollevò un sopracciglio. C'era solo una possibilità.

«Credi che lo abbiano legato?»

«Perché no?» ribatté Victor. «Nessuno comprende tutti i segreti dei bracciali. Serve più da vivo che da morto.»

«Io sono cresciuto a Karnopolis e non ne ho mai sentito parlare», disse Darius.

«Sì, tu sei in tutto e per tutto uno di loro», borbottò Victor.

Darius rivolse i suoi occhi glaciali verso il padre. «Cosa hai detto?»

Victor fece un cenno al faravahar intorno al collo di Darius. «Indossi ancora il loro simbolo.»

«Seguo la Via della Fiamma. La via dei giusti.»

Victor scoppiò a ridere. «Davvero. Fai finta di essere un umano, ragazzo, ma non lo sei. Quello che ritieni sia daeva è una pallida imitazione. Un'ombra sul muro.» «Hai provato a ucciderci», lo accusò Darius. «Nelle montagne. Perciò risparmiami la paternale.»

Victor si accigliò. «Non so di cosa tu stia parlando.» «Hai fatto cadere una valanga sulle nostre teste. Nazafareen è quasi morta!»

«Non sono stato io», ribatté Victor.

Kayan Zaaykar agitò le mani, ansioso. «Forse dovremmo passare al dolce?»

«Allora chi è stato?» domandò Darius, aggrappandosi ai bordi dal tavolo.

«Gli antimagi, magari.»

«E il massacro a Gorgon-e Gaz? Immagino che neanche lì sia stato tu.»

«Era inevitabile», disse Victor a denti stretti.

«L'avrai anche guarita, ma lei non avrebbe perso la mano se non fosse stato per te», esclamò Darius. «Tutto questo è accaduto per colpa tua!»

Victor lo osservò. Quando parlò, la sua voce era come una lama. «Non ti biasimo per ciò che ti hanno fatto diventare. Non ci si può fare niente. Ti biasimo perché ti rifiuti di vedere la verità quando ce l'hai davanti agli occhi.»

Darius sghignazzò. «E quale sarebbe la verità?» «Che non appartieni a loro. Appartieni a noi.» «Io non appartengo a *nessuno!*» gridò Darius.

Un vento improvviso mi sollevò i capelli dal collo. Lo sentii agguantare il potere.

«No!» gridai mentre il piatto di Victor volava attraverso la stanza e si infrangeva contro un arazzo. «Pazzo», grugnì Victor.

Il tavolo cominciò a tremare, facendo risuonare le posate e versando il vino dalla coppa di Kayan Zaaykar. Fissai la pozza rossa che si andava allargando. Riuscivo a sentire la furia di

Darius che continuava a salire. Se non avessi fatto qualcosa, sarebbe finita male. Così strinsi il potere.

Darius voltò il capo di scatto. «Lasciami andare!»

«No, non te lo lascerò fare.»

«Non è una tua decisione.»

Victor snudò i denti in un ghigno. «Non è neanche tua», disse a Darius.

«Ti lascerò andare se tu lascerai stare», dissi.

Si batté inutilmente contro il legame. Quindi afferrò un piatto e lo scagliò contro la testa di Victor. Lo mancò.

Victor rise. «Vedo che almeno hai il mio temperamento.» Quindi mi lanciò un'occhiata. «È sempre così?» Scossi il capo.

Victor si voltò verso Kayan Zaaykar, che stava discretamente raccogliendo i coltelli, stipandoli nella sua veste. «Chiedo scusa per il comportamento di mio figlio. A quanto pare a Karnopolis non sono riusciti a insegnargli le buone maniere a tavola.»

«Tu non sei mio padre.» Darius balzò in piedi.

«Sei un assassino e un ladro. Sta' lontano da me.»

Victor fece provocatoriamente il segno della fiamma. «Niente dolce, quindi?» domandò alla schiena di Darius, mentre questi saliva le scale. Sospirai. «Dovevi proprio provocarlo?»

«Lui la rende troppo facile.»

«Gli hanno fatto delle cose nei sotterranei. Avresti dovuto essere più gentile.»

«E io ho trascorso gli ultimi duecento anni a Gorgon-e Gaz. Credi che sia stato meglio?»

Osservai Victor. La sua arroganza mi faceva vacillare. «Ti aspetti che lui ti accetti subito? Darius non è l'unico reso cieco dall'orgoglio.»

«Chiedo scusa se essere inseguito dal mio stesso figlio non mi rende *gentile* nei suoi confronti.»

«Non era colpa sua. Non sapeva chi fossi. E il modo in cui glielo hai detto... era solo per spezzare il controllo, per fargli perdere il potere. È stato un gesto egoistico.»

«Sì. E lo farei di nuovo.» Si infilò una rapa candita in bocca.

«Il ragazzo doveva scoprirlo, prima o poi. Perché non in quel momento?»

Scossi il capo. «Be', farai meglio a parlargli. Non lo terrò al guinzaglio per sempre. E non sono ansiosa di trascorrere giorni su una nave, in mezzo al mare, con due bambini litigiosi capaci di far annegare chiunque ci sia a bordo.»

Victor rise ancora. «Almeno hanno dato a mio figlio un Water Dog con dello spirito. Quei vermi nella prigione erano soliti tremare alla mia sola vista. Tiravano a sorte per vedere chi avrebbe dovuto essere legato a me per il giorno. Più di una volta il perdente scoppiava a piangere.»

«Be', non spaventi me», mentii. Quindi, rivolta a Kayan Zaaykar: «Grazie per il pasto delizioso. Vuoi scusarmi?»

«Naturalmente, mia cara», rispose. «Per carità, va' da lui.»

⚜

LA CAMERA DI DARIUS ERA ALLA FINE DEL CORRIDOIO, DAVA sul cortile e le stalle. Aveva chiuso la porta dietro di lui. La riaprii con un calcio.

«Devi calmarti», sbottai.

«Vai via.»

Mi sedetti sul bordo del letto. «No.»

Darius si voltò di scatto. Di colpo fu sopra di me, tenendomi tutte e due le braccia con la mano destra. Lottai per liberarmi, ma era troppo forte.

«Non dirmi cosa fare. Non sei più la mia padrona.»

Sentii qualcosa di selvaggio in lui farsi avanti. Mi spaventò.

«Basta!»

«Non sono il tuo animaletto, Nazafareen.» Fremeva per la rabbia. «Non farò giochetti per te. E non puoi portarmi via ciò che è mio di diritto.»

Il volto di Darius era a pochi centimetri dal mio, i suoi occhi azzurri oscuri come il mare in una notte senza luna. Una vena gli pulsava sulla gola. Lasciai andare il potere e lui me lo strappò, ma non lo usò. Non avevo idea di come facesse a toccare il Nesso in quelle condizioni. Solo che sarebbe stato capace di fare a pezzi l'intero edificio se avesse deciso di farlo.

«Posso, quando ci metti tutti in pericolo», ribattei, cercando inutilmente di liberarmi dal suo peso schiacciante.

«Sei proprio come lei.» Darius guardò attraverso me, come se disteso lì ci fosse qualcun altro. «Parole gentili e baci quando ti va, ma un solo passo sbagliato... sai cosa si prova a essere bruciati vivi?»

«Darius, ti prego...»

«Sentire la tua pelle che si stacca, le tue ossa che si spezzano? Sentirsi dire ogni giorno della tua vita quanto sei cattivo? Che il legame è l'unica cosa capace di controllare la tua natura mostruosa? Ma tu non puoi sapere queste cose, vero?» La sua furia sembrava senza fondo. «Avevo così tanta paura quando ci siamo incontrati la prima volta. Mi chiedevo quale nuovo inferno mi stesse aspettando.»

«Avevo paura anche io», sussurrai.

Lui non sembrò udirmi. La sua voce si spezzò, quindi diventò ancora più dura «Perché non mi hai mai soggiogato, Nazafareen? Perché?»

«Io...»

«Devi averlo voluto. È ciò che i legati *fanno*. Non importa quanto pregassi per ottenere il perdono, non era mai abbastanza. Volevi farmi del male?» Mi scrollò. «Volevi? Allora va' avanti e fallo. Facciamola finita. Costringimi a fermarmi. Costringimi!»

Odiava se stesso per aver perso il controllo, ma non poteva tirarsi indietro. Era andato troppo oltre, potevo capirlo. Non avrei usato il legame, però. Quello mai. Così abbattei la fronte contro il suo volto. Lui rotolò via, stordito.

«Mi dispiace», dissi. «Mi dispiace.»

Il sangue gli scorreva in un sottile rivolo dal naso. Darius guardava il soffitto, la mano con addosso il bracciale sopra la testa. Avvertii la sua rabbia scemare.

«Me lo meritavo», fu tutto ciò che disse.

Strisciai su di lui. Stavamo ansimando tutti e due.

«Prometto che non ti farò mai del male», dissi. Quindi mi corressi: «Non con il legame.»

Lui si voltò a guardarmi. Gli occhi erano sperduti. Una lacrima gli cadde dal viso e gli arrivò alla bocca. Sentii qualcosa rompersi dentro Darius. Non come era avvenuto prima. Non c'era rabbia. Era una catena completamente diversa, una che era stata tenuta stretta per parecchio tempo.

«Padre, perdonami», sussurrò. Quindi passò le dita tra i miei capelli e mi fece abbassare. Sentii il sapore salato del suo sangue, ancora caldo. Sentii il suo respiro, la sua lingua. E, mentre lo facevo, lo sentivo assaporarmi. Sentii il nostro desiderio scontrarsi.

Delicatamente mi fece distendere sulla schiena, stando attento a evitare il bracciale. Provò a riprendere il controllo. «Ora dovremmo fermarci.»

«No», dissi. «Non dovremmo.»

Gli presi la mano e me la portai alla guancia. Baciai il tatuaggio sul suo palmo, il triangolo sbarrato che lo marchiava come un daeva malvagio. Il suo cuore batteva forte mentre gli accarezzavo il petto, i solchi sull'addome. E quindi mi trovai con le braccia sopra la testa, mentre Darius mi sfilava la tunica.

Si piegò su di me, il suo faravahar che mi sfiorava i seni. Il calore divampò sulla mia pelle e il mio cuore prese il ritmo del suo mentre Darius ricominciava a baciarmi.

Quando toccai il suo braccio avvizzito, Darius si irrigidì. Tenni ferma la mano, ma non la spostai. «Ti fa male?» gli domandai.

«No. È insensibile. Come se non fosse neanche lì.»

«Allora dovrò toccarti in posti dove sei sensibile.»

«Nazafareen...»

Inarcai la schiena, sfiorando la sua bocca con la mia. Mi rendeva avida, disperata. Non ero mai stata con nessuno tranne lui. Non avevo mai desiderato nessuno tranne lui. Darius mi baciò a sua volta, schiacciandomi sui cuscini e sentii le sue barriere andare in frantumi. Il suo ginocchio si muoveva tra le mie gambe. Avvolsi le braccia intorno a lui, intrecciando le dita tra i suoi capelli. In un batter d'occhio ci trovammo così persi in noi stessi che se il mondo fosse andato a fuoco intorno a noi non ce ne saremmo accorti.

Agonia.

La sentii attraversarmi il corpo in un'ondata tremante. Darius sussultò, rovesciandosi sulla schiena, e capii troppo tardi di averlo toccato con il bracciale. Me lo strappai e lo scagliai dall'altra parte della stanza. Darius si passò un braccio sul viso.

«Mi dispiace», dissi, sentendomi un mostro. «Ho dimenticato...»

«Anch'io. Va tutto bene.»

Ma non andava bene. Sapevo che per lui dolore e amore e intimità erano ingarbugliati insieme e lo erano stati per molto tempo.

Giacemmo lì in uno spicchio di sole, ascoltando i gabbiani. Sentirlo accanto a me era folle. Avevo diciannove anni, non ero più una ragazzina, ma una donna. Quasi. Ma avrei aspettato tutto il tempo necessario. Cento anni, mille. Non importava.

Contava solo che stessimo insieme e che nessuno me lo avrebbe portato via di nuovo.

✵ 25 ✵

Darius si addormentò mentre il sole affondava sotto l'orizzonte. Ascoltai il suo respiro, leggero e regolare. Mi domandai chi fosse quella lei di cui aveva parlato. Non un magus. Qualcun altro. Qualcuno che lo aveva tormentato, probabilmente da bambino. Mi rinfilai la tunica.

«Non andare», borbottò Darius nel cuscino.

«Non me ne sto andando. Avevo solo un po' freddo.»

«Riguardo a prima...»

«Mi dispiace tanto. Avrei dovuto togliermelo. Sai che lo distruggerei se potessi.»

«Te l'ho detto, non voglio niente del genere.»

Avrei voluto domandargli: *E allora cos'è che vuoi, Darius?* Ma le parole mi si bloccarono in gola.

Mi osservò in quel suo modo selvaggio, come un animale o un ragazzino. «Voglio che mi prometta una cosa, Nazafareen.»

Annuii. «Va bene.»

«Non trattenermi più contro la mia volontà. Quella fase è passata, ormai. Indossa pure il bracciale, ma non provare a controllarmi.»

Sospirai. «Lo prometto.»

Darius mantenne il contatto visivo ancora per un po', quindi distolse lo sguardo.

«Victor è un idiota», dissi. «Avevi ragione a volergli lanciare un piatto.»

«Non parliamo di lui.» Si interruppe. «Raccontami di tua sorella, piuttosto. Come si chiamava?»

«Ashraf.» Erano anni che non pronunciavo quel nome a voce alta a un'altra persona. Pensavo che mi avrebbe chiesto come fosse morta, ma Darius istintivamente evitava di riaprire vecchie ferite. Ne aveva abbastanza di suo.

«Com'era?»

«Sciocca. Testarda. Odiava ogni tipo di cibo tranne il formaggio. Praticamente viveva solo di quello.»

«Ti somigliava?»

«Le persone dicevano di sì. Aveva un grosso spazio tra gli incisivi attraverso il quale sputava l'acqua a una distanza impressionante. Di solito mi girava sempre intorno.»

«Quanti anni avrebbe avuto adesso?»

«Dodici.» Cercai di ricordare il suo viso, di immaginare come potesse essere ora, ma continuavo a vedere quei neri occhi a mandorla. Il modo in cui il vento agitava i suoi capelli come se fossero alghe.

«E ti sei unita ai Water Dog a causa sua.»

«Sì. Pensavo che così avrebbe smesso di tormentarmi.»

«Ha funzionato?»

«No.» Mi voltai in modo da guardarlo in faccia. «Tu sì, però.»

«Io?»

«Ero talmente occupata a preoccuparmi di quanto fossi una spina nel fianco da non essere più ossessionata da mia sorella. Solo un incubo alla volta, prego.»

Darius scoppiò a ridere. «Una spina nel fianco?»

«Tra gli altri posti.»

Le sue dita percorsero il mio avambraccio e delicatamente tracciarono la pelle sul moncherino. Ora fui io a paralizzarmi.

«Sei così bella», sussurrò.

«Sono mutilata.»

«Anch'io. Te l'ho detto, siamo una bella coppia. Prima eri troppo perfetta. Mi intimidivi.»

Sbuffai, ma guardare la sua bocca mentre parlava riaccese di nuovo il fuoco in me. Era lui quello bello. Stavo ancora cercando di contenermi, quando la porta si aprì di scatto.

«Daeva!» gridò Victor. «Molti. Si stanno muovendo verso la casa.»

Il desiderio svanì all'istante, lasciando solo la fredda paura dietro di sé.

Sacro Padre, ci hanno trovati.

Darius schizzò fuori dal letto e cominciò a infilarsi gli stivali.

«Immortali?» domandai con calma.

«Non può essere nessun altro», disse Victor. Lanciò una spada in aria e Darius la afferrò con una mano sola, quindi se la infilò alla cintura.

«E io?» chiesi.

Victor mi soppesò con lo sguardo. «Puoi usarla?» «Combatto con la sinistra», risposi.

«Allora prendi la mia.» Mi raggiunse e mi fissò la spada intorno alla vita. Il peso di un'arma era rassicurante, ma ancora dovevo combattere per contenere il panico. Avevo combattuto Druj, negromanti, cose uscite da un incubo, ma non mi spaventavano neanche la metà di quanto lo facesse il pensiero di tornare in quei sotterranei.

«Il bracciale», mi ricordò Darius mentre iniziavo a seguire Victor fuori dalla porta.

Giaceva a terra, illuminato dalla luce della luna. Come potesse un solo oggetto ispirarmi allo stesso tempo disprezzo e desiderio non lo sapevo. Ma lo raccolsi e lo infilai di nuovo intorno al moncherino. Una parte di lui viveva nel bracciale e avrei dovuto tenerlo al sicuro fino a quando non avessi potuto restituirgliela, qualunque cosa lui dicesse.

Corremmo lungo il corridoio, dove Kayan Zaaykar ci stava aspettando con una lanterna, aperta solo di uno spicchio.

«Venite», disse. «C'è una via d'uscita.» «Non le fogne», borbottai.

«No, un tunnel che arriva a sei strade da qui. Tutte le case sicure dei Seguaci ne hanno uno.»

Ci affrettammo a scendere le scale. Mentre superavamo una finestra, udii i cavalli nitrire nelle stalle. Mi sembrò di vedere delle ombre muoversi nel cortile, ma non potevo esserne sicura. Maledii silenziosamente la nostra sfortuna. Ancora poche ore e saremmo stati a bordo della *Amestris*.

«Dove sono?» domandai, la bocca secca come polvere. «In città? Conoscono questa casa?»

«Sono vicini, ma... non riesco a capirlo di preciso.» Victor si accigliò. «È strano. Sono sicuro di non essermi sbagliato.»

«La sento anch'io», ammise Darius. «Una presen za, ma confusa.»

Quando arrivammo al piano terra, Victor si fermò. «Scivolerò fuori dalle cucine. Ci incontriamo al molo.»

«Perché?» domandò Darius, sospettoso.

«Per dare loro una falsa pista.» Guardò il figlio. «Non usare ancora il potere, se puoi farne a meno. Ci vediamo presto.» Si allontanò come un gatto delle nevi e quindi sparì.

«Ci ha abbandonato», borbottò Darius. «Non dovrei esserne sorpreso.»

«Non giudicare tanto velocemente», lo ammonì Kayan Zaaykar. «Victor è un uomo onorevole. Li allontanerà. Venite.»

Ci condusse lungo un'altra rampa di scale, tortuosa e fatta di pietra, fino al livello sotterraneo della proprietà. Era utilizzato come magazzino. Vidi botti di vino e frutta. Cipolle scendevano dal basso soffitto a volta. Nei recessi più profondi vi era una porta, così vecchia che il legno pareva carbone.

«La *Amestris* sarà qui alle prime luci», disse. «Non dovrà arrivare al porto. I miei uomini vi porteranno alla nave con una barca. Rimanete nascosti fino a quando non giungerà. Ho un magazzino ai moli.

Sulla porta c'è il mio sigillo, una libellula.» «E tu?» domandai.

Kayan Zaaykar fece spallucce. «Sono solo un vecchio. I miei figli sono grandi e la mia amata sposa è stata in compagnia del Sacro Padre negli ultimi cinque anni.» Ghignò. «E sono anche un bravo bugiardo. Dirò che mi avete tenuto in ostaggio. Non potranno provare il contrario.»

Presi le sue mani tra le mie. «Grazie, Kayan Zaay kar, per tutto.»

Fece il segno della fiamma e io lo imitai.

«Che il Profeta vi protegga», sussurrò, facendo scattare la serratura.

Darius spalancò gli occhi di colpo. Si lanciò contro la porta, ma era troppo tardi. Gli Immortali si riversarono attraverso il passaggio, riempiendo lo spazio mentre portavo la mano alla spada. Erano troppi. Il potere sorse attraverso il legame prima di essere tagliato via, facile come se si fosse strappato un filo. Puntai un soldato in rosso. Balzò via. Qualcuno mi colpì sulla nuca e caddi in ginocchio. Il colpo successivo mi fece finire a terra.

Annaspai per prendere aria mentre uno stivale mi schiacciava il collo. Dei punti neri danzavano davanti ai miei occhi. Avvolsi la mano intorno alla gamba del soldato e provai a fargli perdere l'equilibrio, ma era come essere sepolta sotto una montagna di neve. Un peso paralizzante che non si sarebbe mosso.

La mia visuale divenne rossa, infine nera.

❧

DOLORE ACCECANTE. APRII UN OCCHIO. LA MIA STANZA. ERO di nuovo nella mia stanza, il soffice letto sotto di me.

Un incubo... solo un incubo.

E allora perché mi faceva così tanto male la testa?

Qualche suono leggero segnalò la presenza di qualcun altro. Non di Darius. Lui era al piano inferiore. Spalancai gli occhi.

«Dov'è Victor?»

Provai a sollevarmi e fui colpita da un manrove scio. Mi voltai e rigettai oltre il bordo del letto.

«Prenditi un momento.»

Rimasi immobile fino a quando non tornai a vedere chiaramente. Ilyas era seduto sulla sedia, la stessa da cui Darius mi aveva raccontato le sue storie, le lunghe gambe incrociate all'altezza delle caviglie.

«Cosa hai fatto a Darius?» sussurrai.

«Dammi Victor e vi lascerò andare tutti e due.»

Dunque non lo avevano ancora catturato. Avvertii un piccolo moto di speranza. «O cosa? Mi toglierai anche l'altra mano?»

«Potrei farlo.» Il modo in cui lo aveva detto mi fece venire la pelle d'oca. Non c'era cattiveria né alcun calore nelle sue parole. Solo pragmatismo. «Ma sarebbe più semplice se tu me lo dicessi.»

«Non lo so. Se n'è andato.»

«Quando?»

«Proprio prima che arrivaste voi.»

«Capisco. E dove ha detto che sarebbe andato?»

«Ha detto soltanto che avrebbe provato a depistarvi.»

Ilyas si accarezzò distrattamente il bracciale. «Il Re vuole Victor disperatamente. La sua daeva lo ha tradito. È abbastanza furioso.»

Avevo paura di chiederlo, ma dovevo. «Cosa le ha fatto?»

«L'ha fatta rinchiudere, per ora. I Numeratori credono che dovrebbe essere data alle fiamme al posto di Darius. Sono stati privati del loro premio e non sono molto contenti.» Sospirò. «Il Re si fida più di loro che dei magi e persino più degli Immortali perché non ci sono traditori tra le loro file. È in arrivo una purificazione, Nazafareen. Scopriremo quanto questa corruzione scorra in profondità.»

Mi stava parlando come ai vecchi tempi. Come se fossi la sua seconda in comando.

«La guerra è imminente», continuò Ilyas. «Su due fronti. Non possiamo avere daeva a briglia sciolta. Specialmente non quando hanno in mente di correre da Eskander.»

Sapeva della nave, quindi? Ero decisa a farlo parlare fin quando avessi potuto. «Come ci hai trovato?»

«Qualcuno ieri ha utilizzato il potere in questa casa. Molto stupido da parte vostra. Gli Immortali avevano già perquisito il villaggio, ma ho pensato che fosse prudente lasciarne qualcuno indietro proprio per casi del genere.»

Chiusi gli occhi. Darius aveva permesso alla rabbia di avere la meglio su di lui e Victor lo aveva spinto. Idioti. Non riuscivo più a sentire il potere attraverso il bracciale. In qualche modo lo stavano bloccando.

«Come avete fatto a schermarvi? Darius non aveva idea che i tuoi uomini fossero lì fino all'ultimo momento.»

Ilyas assunse il tono paziente e leggermente annoiato che usava durante l'addestramento. «I daeva non possono sentire i Druj. Perché?»

«Sono morti.»

«Precisamente. Esistono al di là del velo. Gli Immortali hanno affinato una tecnica simile.»

«Sembra tanto negromanzia.»

«Voi avete fatto la stessa cosa», disse Ilyas. «Nei boschi. È l'unico modo in cui avreste potuto eluderci.»

«Era diverso. Io cercavo la luce, non l'oscurità.»

Ilyas scosse tristemente il capo. «Temo che tu non possa più distinguere la differenza, Nazafareen. Ora, torniamo a Victor.»

«So che non ci lascerai andare. Non importa ciò che dirò.»

Lui mi osservò. «Non ti ho preso il bracciale. Sai perché?»

Non risposi.

«È perché hai bisogno di imparare una lezione. E l'unico modo per farlo è lasciarti provare tutto ciò che prova lui.»

Mi sentii stringere il petto. «Ti prego, Ilyas. Qualunque cosa tu stia pensando...»

«Tommas è d'accordo», mi interruppe Ilyas. «Me lo ha detto lui stesso.»

«Tommas è morto!»

«A causa di Darius. Ma vive ancora in me.» Ilyas si fece più vicino. «Credo che tu sappia dove è andato Victor. E tu me lo dirai, in un modo o nell'altro. Non tornerò dal Re a mani vuote una seconda volta.»

Sollevai il braccio sinistro, cercando di controllare il tremore. «Prendila. Prendi l'altra mano se non mi credi. Te lo giuro, Ilyas, non sappiamo dove sia andato. Solo non... non fare di nuovo del male a Darius.»

«La tua lealtà è ammirevole. Avrei fatto lo stesso per Tommas. Ma ormai siamo oltre questa faccenda.» Il suo tono era quasi gentile, quando aggiunse: «Forse il vecchio si spezzerà prima di te.»

❧ 26 ❧

Due Immortali stavano aspettando fuori dalla porta. Mi trascinarono di sotto, dove Darius era stato legato a una sedia. Un qarha blu gli era stato avvolto intorno alla bocca. Almeno due dozzine di soldati riempivano la stanza. Da vicino, le infermità dei daeva erano più evidenti. Orecchie e occhi mancanti, arti deformi. Eppure erano guerrieri formidabili, induriti dalle battaglie. Poi vidi Tijah.

Lei mi lanciò un'occhiata e distolse rapidamente lo sguardo. Cosa le aveva detto Ilyas? Non riuscivo a credere che Tijah mi avesse voltato le spalle, ma aveva lasciato che legassero Darius e non aveva compiuto alcuno sforzo per fermarli. Come al solito, Myrri aveva lo sguardo perso nel vuoto.

Ilyas camminò fino a Darius. Gli afferrò una manciata di capelli e gli sollevò il volto. «So bene che hai un'alta soglia del dolore. Ma sappi questo: ciò che senti tu lo sente lei. Se continui a essere ostinato, proveremo al contrario. Così te lo chiedo per l'ultima volta: dov'è Victor?»

Darius gli scoccò un'occhiataccia. Quindi abbassò le palpebre. Come nella camera delle udienze al suo processo, sembrava quasi sereno. Realizzai con terribile tristezza che aveva imparato un sacco di tempo prima ad accettare che quello fosse il suo destino. La tortura era un'entità conosciuta e lui non la temeva.

Io sì, però. Il mio stomaco si strinse quando Ilyas tirò su la manica sinistra della tunica di Darius. Estrasse il coltello – lo stesso coltello che non vedevo l'ora di affondare nella sua gola – e andò avanti fino a tagliare il braccio avvizzito del daeva. Un gemito soffocato sfuggì dal qarha, ma io non provai nulla. Anche mentre il sangue colava lungo il braccio e gocciolava a terra.

Cosa aveva detto?

È insensibile. Come se non fosse neanche lì.

Emisi un sospiro e contorsi il volto in una smorfia di dolore, provando sollievo interiormente che Ilyas avesse scelto quel punto in particolare. Probabilmente pensava che l'infermità rendesse il dolore più intenso. Darius fece finta di lottare contro le funi che lo tenevano. Gli occhi di Tijah si fissarono al suolo, il volto teso, ma ancora non intervenne.

Finalmente Ilyas gli strappò il qarha. Riuscivo a vedere quanto fosse frustrato. La sua fredda facciata stava iniziando a creparsi. «Dov'è Victor?» sibilò.

Darius abbassò gli occhi sul braccio ferito. «Va bene. Se proprio vuoi saperlo, ha detto che si allontanava per fare un po' di pratica con la tua madre barbara. Da ciò che ho sentito...»

I denti di Darius sbatterono quando Ilyas lo colpì al volto. Sollevò il coltello e all'improvviso capii che Darius voleva farsi uccidere prima che Ilyas decidesse di mettere me su quella sedia.

«Ti prego», lo implorai. «Ti prego, non farlo, Ilyas. Per favore. Non voleva dirlo.»

Ilyas si voltò, l'odio che ardeva nei suoi occhi grigi. «Ha ragione, Darius?» domandò sottovoce, non guardando lui, ma me. «È vero che non volevi dirlo?»

Osservai il viso di Ilyas alla ricerca di qualche segno di umanità, nonostante avrei dovuto sapere che non ne aveva, a quel punto. Lui non batté ciglio. Non provava pietà né rimorso. Si stava *divertendo*. E sapevo che aveva in mente di continuare a guardarmi mentre Darius moriva.

Diedi un calcio allo stinco del soldato che mi stava tenendo e cominciai a lottare selvaggiamente. Lui imprecò e mi sollevò in un abbraccio da orso. Vidi Tijah fare un passo in avanti, la mano sull'elsa della scimitarra, mentre le candele oscillavano. Un vento soffiò nella stanza. Odorava fortemente di mare e delle piante a fioritura notturna del giardino di Kayan Zaaykar. Gli Immortali si irrigidirono, estraendo le spade a metà.

Victor apparve sulla soglia, incandescente di rabbia. Un angelo vendicatore. O un diavolo, non mi importava più. Mi importava solo che li uccidesse tutti immediatamente. Ma non si mosse. E infine notai il luccichio del metallo al suo polso e le tre dita mancanti.

Qualcuno diede a Victor una spinta e lui barcollò all'interno della stanza.

«Lo abbiamo sorpreso mentre cercava di salire dalla finestra del piano di sopra, capitano.» Era il tenente Kamdin, lo stesso che mi aveva portato a visitare Darius nei sotterranei.

Gli lanciai un'occhiata implorante. Sembrava preoccupato, ma poi il suo viso si fece di nuovo duro.

Ilyas sbatté le palpebre per la sorpresa. «Victor è incatenato?»

«Abbiamo preparato una trappola. Lui ci ha camminato direttamente dentro.» Kamdin sembrava sorpreso quanto Ilyas di quel colpo di fortuna.

«Consegnalo a me», disse Ilyas.

Kamdin fece scattare il gancio e il bracciale al suo polso si aprì. Era uno di quelli progettati per la battaglia, rimovibile in qualunque momento. Ilyas lo fissò sul suo avambraccio, proprio sopra quello di Tommas, e Victor digrignò i denti. Almeno era abbastanza sveglio da non attaccare. Lo avrebbero picchiato fino a fargli perdere i sensi.

Osservai un miscuglio di emozioni attraversare il volto di Ilyas mentre avvertiva il legame. Disgusto, ma anche trionfo e uno strano tipo di contentezza.

«Preparatevi a tornare a Persepolae», disse Kamdin ai suoi uomini.

«No», fece Ilyas.

«Ma...»

«Il Re ha chiesto la testa di Victor.»

Quella dichiarazione fu accolta da silenzio.

«È troppo pericoloso perché possiamo lasciarlo vivere», aggiunse Ilyas sottovoce.

«Non ci aspettavamo di prenderlo», ribatté Kamdin. «Magari dovremmo portarlo indietro per interrogarlo.»

«Forse il Re non ha dato a me il comando di questa caccia?»

Kamdin strinse le labbra. «Sì, capitano.»

«Ritengo che dovrebbe farlo suo figlio. Ha dichiarato lealtà all'impero. Quale modo migliore per provarlo?» Ilyas pulì la lama sulla tunica di Darius e rinfoderò il coltello. «Portateli fuori tutti e due.»

Il cielo a oriente cominciava a farsi roseo mentre ci riunivamo nel cortile. Anche Kayan Zaaykar fu trascinato fuori da una stanza sul retro. Sembrava un po' arruffato, ma non ferito gravemente. Teneva la testa alta, come se gli Immortali che gli stavano calpestando il giardino fossero degli ospiti invitati. Un uomo sceglieva di morire alle sue condizioni.

«Un combattimento singolo», annunciò Ilyas. «Solo con il freddo acciaio.» Guardò Darius. «Se pensi di usare l'arma su qualcuno che non sia Victor, le prenderò il resto del braccio.» Si mosse fino a trovarsi dietro di me. Sentii la punta del coltello contro la schiena.

«Lascia stare la ragazza!» gridò Kayan Zaaykar. «Zitto, vecchio», grugnì il soldato che lo teneva.

«Non devi farlo», dissi. «Sappiamo tutti che mi ucciderà comunque.»

Dalle espressioni sui volti degli Immortali si capiva che in quella situazione erano a disagio. Erano i soldati di élite dell'impero, allenati a ubbidire senza esitazione. Quella non era la prima brutalità a cui avessero assistito e non sarebbe stata l'ultima. Due di loro si fecero avanti e appoggiarono le spade a terra.

Non come gesto di protesta. Ma perché Darius e Victor potessero raccoglierle.

Mentre il primo raggio di sole superava l'orizzonte, vidi un punto bianco sulla distesa oscura del mare. La *Amestris*.

Tornate indietro, pensai, il mio cuore ormai diventato una pietra nel petto. *Tornate indietro o uccideranno anche voi*. Ma il capitano non poteva saperlo. Avrebbe attraccato e gli Immortali sarebbero stati lì ad aspettarlo. Conoscevo Ilyas. Una volta che si fosse liberato di noi, avrebbe fatto a pezzi la città. Una grossa nave appartenente al traditore Kayan Zaaykar difficilmente sarebbe sfuggita al suo controllo.

«Armatevi», ordinò Ilyas.

«Se lo fate, vincerà lui, qualunque cosa accada», dissi.

Ilyas spinse il coltello in avanti. Non abbastanza da perforare la pelle, ma per poco.

Darius andò verso le spade per primo, il volto inespressivo. Dal momento in cui ci avevano catturato, non aveva smesso di sondare, cercando di raggiungere il Nesso. Una dozzina di Immortali – i daeva – teneva gli occhi su di lui. Stavano facendo qualcosa per contenerlo. Se solo fossi riuscita a capire cosa...

Victor e Darius ora si ergevano al centro del gruppo di Immortali. I loro sguardi erano incrociati, ma nessuno dei due aveva sollevato l'arma.

«Cosa c'è per me?» domandò Victor casualmente. «Se vinco?»

«Tieni la testa abbastanza a lungo perché il Re possa emettere un verdetto. Sei uno dei suoi più preziosi stalloni da monta. Potrebbe persino risparmiarti la vita.» Il coltello di Ilyas passò dalla mia schiena alla gola. *«Combattete.»*

Il metallo risuonò contro il metallo quando Victor balzò in avanti e brandì la sua lama in un arco diretto alla testa di Darius. Questi sollevò la spada giusto in tempo per parare. Si fronteggiarono con attenzione, testando l'uno l'abilità dell'altro. Nonostante i due secoli di prigionia, Victor non aveva dimenticato le sottigliezze della scherma, mi accorsi con un tuffo al cuore. Le dita mancanti non lo ostacolavano come faceva il braccio di Darius. Quello era l'uomo che nella guerra aveva ucciso più Druj di qualunque altro daeva e non solo usando il suo potere. Era un avversario esperto. E Darius aveva già perso una buona quantità di sangue.

Gli Immortali arretrarono per dar loro più spazio e il duello cominciò davvero. Così velocemente che lo seguivo a fatica. Sentivo solo il cozzare dell'acciaio e i grugniti quando si aggredivano l'un l'altro. Avrei voluto gridare di fermarsi, ma la punta del coltello di Ilyas era premuta contro la carne tenera proprio sotto l'orecchio e avevo paura anche di fare il più piccolo movimento.

Il sole salì e loro stavano ancora combattendo. Darius barcollava per la fatica. Anche Victor stava rallentando, ma era più alto di quindici centimetri del figlio e aveva il braccio più lungo. Alla fine Darius scivolò sulle pietre rese viscide dalla rugiada. Cadde su un ginocchio, portando la spada in verticale. In un istante Victor la agganciò con la sua. Girò l'elsa e tirò la lama verso di sé. La spada di Darius volò in aria, atterrando a pochi metri di distanza. La punta dell'arma di Victor ora era contro il cuore di Darius.

«Un incontro interessante», disse Ilyas. «Finiscilo, allora.»

Victor si voltò. «Va' all'inferno», rispose, gettando la spada a terra.

Darius alzò lo sguardo, sorpreso. Quindi Victor si piegò in due al suolo, tremando per il dolore mentre Ilyas lo puniva attraverso il bracciale.

«Raccogli la spada!» gridò Ilyas a Darius. «Finiscilo o lo farò io.»

Osservai i volti degli Immortali. Il tenente Kamdin era accigliato, ma sfidare Ilyas sarebbe equivalso a un ammutinamento. Sarebbe stato giustiziato a sua volta.

Darius strisciò sul corpo del padre, provando a impedirgli di farsi male da solo mentre si agitava sulle pietre, con le mascelle serrate. Victor non voleva dare a Ilyas la soddisfazione delle sue urla, ma ogni terminazione nervosa in lui ardeva di sofferenza. Lacrime di impotente rabbia gli affiorarono agli occhi. Non c'era limite alla follia di Ilyas. Era un cane rabbioso e nessuno aveva il coraggio di abbatterlo.

E quindi una magra figura femminile scivolò attraverso le file degli Immortali. I suoi occhi castani ora non erano tanto sognanti. Affatto. Fece un segno con la mano a qualcuno dietro di me. L'indice e il pollice a formare un cerchio, seguiti da un veloce gesto del polso. Sapevo che voleva dire *adesso*.

Il coltello contro il mio collo fece uscire una goccia di sangue, quindi cadde mentre una lama spuntava dal petto di Ilyas. Non una spada normale. Aveva una punta ricurva. Una scimitarra.

Kamdin reagì immediatamente. «Il bracciale!» gridò. «Riprendilo prima che muoia!»

Uno degli Immortali, un gigante vestito di rosso, si lanciò verso il corpo di Ilyas. Un muro invisibile lo ricacciò indietro. Myrri. La mia mente correva, anche se il mio cuore era pieno di una gioia selvaggia per le grida di agonia di Ilyas. Il bracciale...

Mi lanciai su Ilyas, cercando di afferrare il gancio con le dita.

«Sbrigati!» urlò Tijah. Era in piedi su di me, la scimitarra sollevata in posizione di combattimento. I dae va Immortali avevano ancora la loro attenzione su Darius per bloccarlo. Non avrebbero potuto usare il loro potere per attaccare me. Ma il resto ora sciamava verso di noi, le armi sguainate e i denti snudati in ringhi.

Toccai il bordo del bracciale. Sembrava liscio. Immacolato. Ma avevo visto Kamdin aprirlo. Ilyas ebbe uno spasmo e i suoi occhi grigi trovarono i miei. Aprì le labbra e ne fuoriuscì una bolla di sangue. Stava provando a parlare, ma non mi importava di cosa avesse da dire.

Passai le dita sotto il bracciale una seconda volta. I polpastrelli toccarono una sottile rientranza. La premetti e il bracciale si aprì. Cosa sarebbe accaduto quando una persona era legata a due daeva? Non ne avevo idea, ma stavo per scoprirlo. Feci scattare il bracciale intorno al mio polso mentre la prima ondata di Immortali ci colpiva.

Victor. La sua furia e la sua vendetta salirono dentro di me come un temporale dopo mesi di siccità. La scarica di potere attraverso il legame spazzò via qualunque cosa stesse bloccando Darius. Anche lui la sentì, fino a scoppiare, e io mi trovai intrappolata tra loro: due forze opposte che traevano potere dai bracciali nello stesso momento. Era come trovarsi tra due oceani che si incontravano in uno stretto.

Fui letteralmente cieca per un momento, i miei sensi che si ritiravano dal caos come un coniglio che si nascondesse nella tana. Il potere vorticava intorno a me mentre Darius e Victor si scagliavano contro gli Immortali e i loro daeva reagivano. Il mio braccio destro sembrava essersi congelato. Avevo la confusa sensazione di trovarmi in tre posti contemporaneamente.

Mi costrinsi ad aprire gli occhi giusto in tempo per vedere l'imponente Immortale che aveva provato a prendere il bracciale incombere su di me. Allungò la mano verso il mio bracciale. Non potevo lasciarglielo prendere. Non potevo... se avessero ripreso Victor, tutto era perduto. Era solo la sua forza spaventosa che stava tenendo a bada la loro superiorità numerica.

Senza sapere esattamente cosa stessi facendo, mi aggrappai ai legami gemelli e mi lasciai andare come avevo fatto nei boschi quando ci eravamo nascosti dagli Immortali. Non volevo raggiungere il potere, ma il Nesso stesso. Il luogo dove tutte le cose erano una. I suoni della battaglia svanirono. Avvertii la fredda aria del mattino contro la pelle. Sentii l'odore del mare. Un posto di calma perfetta e vuoto.

La pozza scintillante cominciò a scorrere in me e io compresi che potevi toccarla solo arrendendoti. Victor aveva provato a dirmelo, a modo suo.

Avvertii delle linee invisibili che attraversavano la terra, una ragnatela che andava da nord a sud, e osservai uno stormo di oche passare sopra di noi, seguendo quelle linee come se anche loro potessero vederle. Sentii il movimento del mare e di ogni cosa che vi nuotava dentro, la silenziosa contentezza dei fiori di Kayan Zaaykar mentre il sole baciava i loro petali. Le cose erano solide, ma non lo erano. Le pietre sotto i miei piedi contenevano anche dell'aria e l'aria conteneva acqua e l'acqua a sua volta conteneva particelle di terra. I fili di quei tre elementi si intersecavano e ondeggiavano, separati ma intrecciandosi insieme in un intricato arazzo di materia a perdita d'occhio.

E sotto tutto ciò c'era un brusio, come una profonda corrente oceanica. Non un elemento, ma una *forza*.

Quella consapevolezza mi raggiunse in un istante, anche se era sembrato di più. La mano dell'Immortale ancora era diretta al bracciale. Aveva una sottile peluria scura sul dorso delle dita e una piccola cicatrice a forma di luna sul polso. Avvertii il suo cuore battere. Il flusso del sangue attraverso le vene. E con un pensiero ne invertii la direzione. L'uomo fece un terribile suono gracchiante e cadde a terra con i muscoli che si muovevano a scatti. La forza, qualunque cosa fosse, ardeva come il lago del Barbican quando l'Alto Magus aveva lanciato una torcia nei suoi abissi infiammabili.

Udii delle urla distanti, seguite da un silenzio improvviso. La sorpresa echeggiò attraverso tutti e due i legami. Il Nesso svanì, scoppiando come una bolla di sapone, e io mi trovai di nuovo nel cortile, con un uomo morto ai miei piedi.

«Per gli dei, cosa hai fatto?» domandò Victor.

«Io...» La mia tempia destra cominciò a pulsare. «Non lo so.» Lui e Darius mi stavano guardando entrambi come se non mi avessero mai vista prima. Tijah sembrava confusa, ma Myrri mi osservava con una sorta di nuova considerazione. Come se fossi un cane all'apparenza domato rivelatosi per tre quarti lupo.

Quindi, con tre falcate, Darius fu al mio fianco. Mi toccò delicatamente il mento e quando tirò indietro le dita erano rosse. «Il tuo naso sta sanguinando. Hai lavorato con l'acqua. L'ho sentito. Stai bene?»

«Credo di sì.» Mi passai la manica sul volto. Non me n'ero neanche accorta.

«Ci hai collegati tutti e tre. Sacro Padre, quella scarica di potere... dovremmo essere tutti morti.»

Darius si guardò intorno nel cortile. Gli Immortali erano a terra, le spade sparse dove erano cadute in quell'istante di pura distruzione. Alcuni di loro si muovevano ancora debolmente, compreso il tenente Kamdin, ma scoprii che non volevo finirli. Non riuscivo a sopportare altra violenza.

«Lasciateli», dissi a Victor, quando sollevò la spada. Lui alzò un sopracciglio. «Tu mi dai ordini, ragazza?»

Sentii la sua irritazione. Sacro Padre, ora ne avevo due nella testa...

«Solo su questo», dissi fermamente. «Ilyas è morto. Gli altri stavano agendo sotto i suoi ordini. E più tardi avrai bisogno di loro. Lascia che questi uomini portino la storia della tua misericordia a Persepolae. Aiuterà a vincere i loro cuori.»

Victor si accigliò, ma vide la logica nelle mie parole e abbassò la lama. «Ciò che hai fatto ora... c'è solo un umano che io abbia conosciuto capace di toccare il potere.»

«Indossava il bracciale?» domandai, incuriosita.

Victor scosse lentamente il capo. «No. Era colui che li ha creati.»

«La *Amestris*!» Kayan Zaaykar indicò il porto. Le sue vele quadrate adesso erano chiaramente visibili, gonfiate da un vento costante che portava la nave verso la spiaggia.

«Ne parleremo meglio dopo», disse Victor, inchiodandomi con i suoi occhi scuri da predatore, prima di raggiungere il contrabbandiere.

Rimasi in piedi, chiedendomi se avessi davvero appena sentito dire che il Profeta Zarathustra poteva utilizzare il potere. Darius sollevò Myrri da terra in una stretta da orso con un braccio solo. Il sorriso di lei andava da un orecchio all'altro.

Quindi Tijah fu al mio fianco, un'espressione afflitta sul volto.

«Mi dispiace di non aver ucciso Ilyas più velocemente. Mi teneva d'occhio come un falco. Non si è mai fidato di me.»

«Meglio tardi che mai.» Le strinsi la mano. «Non è colpa tua. Non ti ho mai incolpata di nulla.»

«Mi dispiace tanto», cominciò, portando lo sguardo sulla mia manica bloccata dalla spilla.

«Non ce n'è bisogno.» La baciai sulla guancia e raggiunsi Darius. C'era un'ultima cosa che dovevo fare. «Dammi la spada.»

Mi osservò per un lungo momento, quindi senza dire nulla mi passò l'arma. Andai al corpo di Ilyas. Giaceva sulla schiena, gli occhi aperti fissi sul sole. Testai la lama sui suoi capelli color rame. Affilata come un rasoio. Gli Immortali tenevano le loro armi in ottime condizioni. Posizionai la punta dove volevo che calasse. Quindi sollevai la spada e la abbattei con tutta la mia forza, tagliando la mano di Ilyas dal polso con tre colpi. Gli tolsi il bracciale, sentendo il suo freddo peso nel mio palmo.

Non c'era niente lì. Nessuna presenza. Nessun fantasma. Ma mi sarei comunque assicurata che Tommas riposasse in pace.

Trovammo i destrieri degli Immortali legati poco distanti dall'abitazione del contrabbandiere e galoppammo attraverso le strade deserte verso il porto. Gli abitanti della città si erano barricati nelle loro case a forma di alveari. Dovevano aver visto la battaglia infuriare in cima alla collina. Avvertii occhi invisibili seguirci mentre passavamo, ma nessuno pareva avere il desiderio di chiederci cosa stessimo facendo.

Come promesso, Kayan Zaaykar aveva una barca pronta a portarci al largo. Il mio spirito si sollevò mentre ci allontanavamo dalla spiaggia, anche se il mio stomaco ne era meno certo. Non ero mai stata nel mare, prima. La mia unica esperienza con le barche erano le zattere sostenute da borse gonfiabili che il clan Four-Legs utilizzava per attraversare i fiumi e quelle avevano la tendenza a rovesciarsi anche solo se qualcuno si grattava il naso.

«Per gli dei, non dirmi che soffri di mal di mare», grugnì Victor. «Ci manca solo quello.»

Mantenni gli occhi fissi sull'orizzonte. Aperto, azzurro e

ondulato come un serpente. Avevo sentito dire che c'erano dei mostri nel Midnight Sea. Creature capaci di ingoiare una nave da guerra in un solo boccone. Ma le terre dell'impero giacevano alle nostre spalle e non mi sarei guardata indietro.

Offrii a Victor il mio sorriso più luminoso, a dispetto del disagio nelle viscere. «Tu cosa ne pensi dei fichi secchi?» gli domandai.

Il capitano della *Amestris* fu sorpreso di scoprire il suo datore di lavoro nella barca, con le vesti stracciate e un occhio nero, ma immediatamente capì il bisogno di fare in fretta e, un minuto dopo che fummo a bordo, gridò ai suoi uomini di dirigere subito la nave in mare aperto.

Aveva due alberi, con una grossa vela e una più piccola, insieme a file di remi.

«La mia cabina è tua», disse a Kayan Zaaykar con un inchino.

«Molto gentile», rispose Kayan Zaaykar solennemente. «Spero che abbiate ancora una botte di quel forte vino dell'Attica a portata di mano. Mi farebbero bene un bicchiere o due.»

Il capitano sorrise. Portava i capelli scuri all'altezza delle spalle e la pelle aveva l'aspetto di vecchio cuoio, con profonde rughe intorno agli occhi che segnalavano una disposizione amichevole. «Sempre, mio signore», disse.

Si allontanarono insieme e due marinai ci mostrarono i dormitori affollati sotto il ponte. Mi accucciai su una branda e rimasi lì per i successivi tre giorni, riluttante anche solo a spostare la testa. Tijah veniva a farmi visita al mattino e alla sera per portarmi acqua e cambiare il mio secchio rivoltante. Mi informò che Darius e Victor erano nelle stesse condizioni, e che davano la colpa a me.

Quando sognavo, riguardava sempre il fuoco. A volte era un inferno ardente, altre volte una singola fiammella che tremolava nelle tenebre. Avvertivo il bisogno irresistibile di toccarlo, di afferrare l'energia selvaggia e lasciarla fluire in me. Sapevo di non potere, perché mi avrebbe bruciata viva. Ma il bisogno cresceva fino a quando non potevo più fermarmi. E allora il fuoco mi riempiva e io udivo delle urla. Guardavo le mie mani – perché nel sogno le avevo ancora tutte e due – e mi aspettavo di vederle carbonizzate, ma erano a posto. Le urla provenivano da Darius e da Victor, i loro corpi ridotti a rovine annerite e fumanti...

Ciò mi rese terrorizzata dal fuoco. Per fortuna non ce n'era molto su una nave di legno. Ma la parte superstiziosa di me si domandava se il sogno non fosse una preveggenza di eventi a venire. Sapevo che avrei dovuto imparare a controllare ciò che avevo fatto, nel caso accidentalmente si fosse ripetuto. Ma non avevo una guida. Nessuno capiva come funzionava per un umano.

Alla fine mi abituai al continuo rollio della nave e mi avventurai sul ponte per prendere un po' di aria fresca. Il sole faceva brillare l'acqua come una moneta d'argento. Mi feci strada fino alla ringhiera attraverso una ragnatela di funi e guardai la nostra scia che svaniva in lontananza. La spiaggia era una linea scura alla nostra sinistra.

«Ti senti meglio?» mi domandò Tijah. Sembrava fresca come un fiore di loto.

«Un po'.» Sorrisi mestamente. «Almeno non desidero più morire.»

Lei rise. «Non avrei mai pensato che potesse esserci così tanta acqua in un posto solo.» I suoi occhi si fecero riflessivi. «Il mondo è vasto, Nazafareen. Più vasto di quanto avessi immaginato.»

Appoggiai la testa sulla sua spalla. «E spero che un giorno tu possa vederlo tutto.»

Tijah emise un grugnito di assenso. Quindi abbassò la voce e mi chiese: «Cosa hai fatto durante la battaglia? Hai davvero usato il potere?»

«Credo di averlo fatto.»

«Non dovrebbe essere possibile.»

«Lo so.»

«Myrri dice di non aver mai visto niente di simile. Credi che sia perché hai legato due daeva? O forse perché sono padre e figlio?»

Mi strinsi nelle spalle. «Tijah, onestamente non lo so. È successo e basta.» Il che era parzialmente vero.

Lei sospirò. «Dunque, Victor... com'è?»

«Testardo. Orgoglioso. Molto forte. Un po' spaventoso.»

«Un'immagine sputata del figlio, in altre parole?»

Risi. «In molti modi, sì. Non in altri.»

Tijah si morse il labbro inferiore. «Dopo che sei stata arrestata, mi ha fatto rinchiudere nelle mie stanze. Sapeva quanto fossimo amiche.»

«Pensavo che magari avesse scoperto il tuo segreto», dissi, dando un'occhiata ai marinai indaffarati sul ponte. Nessuno era abbastanza vicino da sentirci.

Lei scosse il capo. «Se lo avesse scoperto, Ilyas mi avrebbe consegnato a mio padre senza esitare.»

Sapevo che aveva ragione. Faceva sempre ciò che riteneva giusto, indipendentemente dalle conseguenze. Non c'erano sfumature di grigio nell'universo morale di Ilyas. C'erano solo il peccato e la virtù.

«Ero fuori di me dalla preoccupazione, ma Myrri mi ha spinto ad aspettare il momento giusto. A convincerlo della mia lealtà. Ha detto che era l'unico modo in cui potessi aiutarti.»

«Ha senso», le concessi.

«Ho dovuto pregarlo per partecipare alla missione. Alla fine ha ceduto, ma mi sono accorta dall'espressione che aveva ancora dei sospetti. Sapevo che avrei avuto solo un'occasione. Così ho aspettato che fosse distratto. Mi dispiace per ciò che ti ha fatto passare.» Il suo volto si indurì. «Sarà punito nell'aldilà per questo.»

Pensai al bracciale che gli avevo preso, avvolto in un pezzo di stoffa e custodito sotto il mio cuscino. «È stato punito anche in questa vita», dissi.

⌘

PASSATO IL MIO MAL DI MARE, ANCHE DARIUS E VICTOR emersero alla luce, battendo le palpebre come qualche pesce strappato dagli abissi. Ognuno occupava una parte distinta della mia mente. Cominciavo a sentirmi come un territorio conquistato, neanche fossi stata divisa in satrapie, ciascuna occupata dal suo piccolo despota. Almeno i due sembravano aver raggiunto una tregua. Per quanto strano fosse, pareva che costringerli a combattere avesse contribuito a eliminare il veleno della loro relazione più di ogni altra cosa.

Victor accettò il legame con sorprendente cortesia. Sapeva di non avere altra scelta. Era intrappolato nel bracciale fino a quando non fosse stato distrutto, a dispetto di chi lo indossasse. E io ero infinitamente preferibile a Ilyas o a un Numeratore o alle guardie di Gorgon-e Gaz. Non tenevo sotto controllo il suo potere. Poteva prenderlo quando voleva.

Darius era molto più scontento della situazione. Non aveva alcun desiderio di dividermi con nessuno, figuriamoci con suo padre. Darius si prendeva la sua vendetta in modi meschini, come compiere la benedizione del mattino sul ponte davanti a tutta la ciurma. Concludeva il rituale baciando ostentatamente il faravahar, mentre Victor scuoteva la testa, disgustato. Ma Victor non disse mai una parola sull'argomento. Eravamo bloccati insieme, al momento. Non c'era niente che nessuno potesse fare, a meno che qualcuno non avesse preso il legame di Victor e a quanto pareva non c'erano volontari.

Mi aspettavo che Victor mantenesse la sua promessa così,

quando i due mi accompagnarono a fare colazione il giorno dopo, mi preparai a un lungo interrogatorio.

«Hai usato il potere», disse Victor senza preamboli. «Come?»

«Non lo so. È un po' confuso.» E lo era. Tutto di quel giorno terribile era confuso.

«Provaci di nuovo. Adesso.»

«Non...»

«Provaci e basta.»

Sbuffai e chiusi gli occhi. Provai a cercare il Nesso e ad arrendermi. Riuscivo ad avvertire le due pozze di potere brillare ai confini del campo visivo, come sempre, ma quando mi mossi verso di esse, ecco che si allontanarono, come dei punti che svanivano all'orizzonte. Eternamente fuori dalla mia portata.

«Non posso farlo con te che mi guardi così», sospirai, mettendomi sulla difensiva.

«Lasciala stare», disse Darius, sottovoce.

Gli lanciai uno sguardo di riconoscenza.

Victor si passò una mano sulla mascella. «L'intenzione di Zarathustra era che i bracciali funzionassero in questo modo. Ho sentito la scarica di potere. Avrebbe dovuto spezzarci tutti. E invece te la sei cavata con un po' di sangue dal naso, mentre noi due siamo rimasti illesi.»

«È vero ciò che mi hai detto? Che anche il Profeta aveva questa abilità?» domandai, mentre Darius mi guardava, sorpreso.

«Lo nascose agli altri magi, ma sì. È così che all'inizio realizzò i bracciali.»

«Quei bugiardi, ipocriti...»

«Non dissento», mi interruppe Victor con calma. «La domanda è che altro puoi fare.» Si fermò. «Come ad esempio spezzare un legame.»

«Se avessi capito come farlo, sai che lo farei», risposi. «In un batter d'occhio.»

Victor osservò la spiaggia lontana. «Avrebbe dovuto essere su questa nave con me.» Sapevo che si riferiva a Delilah. Il giorno prima, aveva finalmente preso da parte Darius e gli aveva svelato la verità su sua madre. «Ma fino a quando indossa il bracciale, il Re la possiede, anima e corpo. Per gli Dei, non posso fare nulla! Non puoi sapere come ci si sente.»

Ovviamente potevo eccome. Il suo dolore era il mio.

«Torneremo per lei», disse Darius, cupo. «E quando lo faremo, sarà con un esercito alle nostre spalle.»

Victor annuì. Quindi socchiuse le palpebre. «Vele», annunciò, indicando un punto distante. «Le triremi della flotta del Re.»

Corsero ad avvertire il capitano.

Basso e muscoloso, trasudava un'aria di calma autorità. «Sì, li abbiamo appena individuati.» Strizzò l'occhio all'indirizzo di Victor e Darius. «La *Amestris* ha i fianchi larghi di una matrona. Il Padre la ama, ma queste triremi sono state costruite per essere veloci. Non può seminarle da sola.»

«Non vi preoccupate», disse Darius. «Vado a chiamare Myrri. Ci allontaneremo prima ancora che si accorgano di noi.»

Il capitano diede gli ordini e l'equipaggio balzò all'opera, preparando le vele e facendo tutte quelle cose misteriose con nodi e funi. I tre daeva si raccolsero a poppa e cominciarono a respirare profondamente. Il vento salì, sferzando la superficie dell'acqua. La *Amestris* fu scagliata in avanti mentre le vele si gonfiavano. Risi di gioia, aggrappandomi alla ringhiera mentre la nave si inclinava da un lato e solcava le onde, guadagnando velocità a ogni minuto.

Presto la flotta del Re scomparve dalla vista. Tornai nella mia cabina e presi il fagotto da sotto il cuscino. Quando tornai, i daeva erano ancora lì, accaldati per l'uso del potere mentre ci portavano lontani dal pericolo. Rimasi lì a osservarli in silenzio.

E, per un momento agrodolce, vidi un ragazzo con i capelli color oro, a gambe larghe sul ponte, che rideva mentre richiamava il vento. Un altro giovane, anche se più grande, era in piedi al suo fianco, i ricci color rame spinti all'indietro dalla brezza, gli occhi grigi carichi di malignità.

Mi appoggiai al parapetto e aprii la mano. Il bracciale brillava durante la caduta, i leoni ruggenti che continuavano a capovolgersi. Colpì le onde con uno spruzzo insignificante. Infine si inabissò, fino a raggiungere il fondale del mare.

~ 28 ~

Superammo lo stretto del Bosforo, arrivando in quel corpo d'acqua che i greci chiamavano Propontis. Sapevo dalle mie lezioni con il magus che Xeros I aveva percorso lo stesso tragitto con le sue navi da guerra, deciso a conquistare le Città Libere per portarle nelle maglie dell'impero. Era arrivato fino ad Atene prima che lo ricacciassero indietro con il fuoco, l'unica disfatta nei nostri duecento anni di storia. Ora Eskander intendeva prendere la stessa rotta per arrivare dritto a Persepolae.

Dove gli Immortali sarebbero stati ad aspettarlo.

Sapevo quanto fossimo stati fortunati a sfuggirgli. Erano impreparati a quell'improvvisa esplosione di potere. Ma cinquemila Immortali insieme? Nessun esercito umano avrebbe potuto affrontare qualcosa del genere.

Ricordai a me stessa che non era più un mio problema. Ero riuscita a strisciare fuori dalla pancia dell'uro e, se Eskander voleva appendere la sua pelle al muro, allora avrebbe dovuto abbatterlo lui stesso.

La *Amestris* procedeva lentamente attraverso il mare interno. La mia nausea era meno accentuata sul ponte, così trovai un angolo lontano dall'equipaggio da cui guardare le spiagge boscose. Un giorno, all'alba, vidi un grosso stormo di uccelli. Dovevano essere almeno diecimila. Rimasi a bocca aperta sulla prua, mentre lo stormo si divideva in due e si rovesciava insieme come le onde del mare. Si mossero in spirali strette, danzando prima divise e poi di nuovo insieme, ogni uccello che si muoveva precisamente nello stesso istante, come se condividessero un'unica mente.

«Storni», disse uno dei marinai. Aveva interrotto il lavoro per osservare. «Un buon presagio.»

Avvertii la presenza di Darius dietro di me. «I magi chiamano questo fenomeno *nugolo*», spiegò.

«È come condividere il legame», mormorai, paralizzata da quello spettacolo meraviglioso.

«Gli storni svernano a Karnopolis. Li ho visti molte volte.»

Era stato distante da quando eravamo saliti a bordo e sapevo il perché.

Victor.

Fino a quando il legame non fosse stato spezzato, suo padre sarebbe stato al corrente di ogni mia emozione e sensazione. Era imbarazzante, a dir poco.

«Stavo pensando al Profeta», continuò. «Credi sia vivo?»

«Non lo so. Tutto è possibile.»

«Secondo gli storici morì nella Battaglia di Karnopolis. La nostra prima vittoria, in cui i daeva ricacciarono indietro le orde di Druj. Sono stato alla sua tomba. Attira pellegrini da tutto l'impero.»

«I Numeratori allora non esistevano», dissi. «Di conseguenza devono averlo fatto i magi. Ma come mantenere un segreto del genere? Era uno di loro.»

«La città era sotto assedio. Un esercito di revenant stava abbattendo i cancelli. Credo che avrebbero fatto qualunque cosa per tenerli fuori.» Darius osservò l'acqua. «Se Eskander marcia su Persepolae senza il fuoco, sarà un massacro. Da tutte e due le parti, quasi sicuramente.» Si interruppe. «E il Re ha mia madre.»

Gli presi la mano. Avevo pensato la stessa cosa. Era stato il disastro perfetto che il negromante fosse riuscito a scappare.

«Come finirono legati?» domandai. «Lei avrebbe dovuto essere a Gorgon-e Gaz con Victor, se tu sei nato lì.»

«Poco dopo che fui mandato via, Artaxeros venne a ispezionare la prigione. Vide Delilah e la volle per sé. Così la prese.»

Non avevo capito che quei misfatti ancora andassero avanti, ma ai tempi non avevo neanche voluto saperlo. Come è facile commettere atti di barbarie quando le brave persone distolgono lo sguardo.

«Mi ha detto chi era», confessai. «E te l'ho tenuto nascosto. Mi dispiace, ma era ciò che desiderava lei.» Darius non disse nulla.

«Ti avrebbero ucciso. Oppure ti avrebbero usato contro di lei.»

Lui sospirò. «Lo so. Ma ciò non cambia il fatto che io l'abbia abbandonata.»

Gli storni compirono un ultimo arco, quindi volarono verso il sole nascente. Guardai la nube oscura trasformarsi in un puntino all'orizzonte.

«Da dove pensi che venga il Sacro Fuoco?» domandai. «Era davvero un dono divino?»

Darius scosse lentamente il capo. «Credo che Victor abbia ragione. Che il Profeta lo abbia in qualche modo realizzato.»

«Ho sognato il fuoco, Darius», ammisi. «Degli incubi terribili.»

«Mi stai chiedendo se siano miei?»

«Me lo sono domandato.»

«No.» Darius si adombrò. «Pensi che significhino qualcosa?»

«Non ne ho idea.» Lottai per nascondere la frustrazione nella voce. «Pensavo di aver capito i bracciali e come funzionavano. Ma l'unico a saperlo davvero non si vede da duecento anni. E ho una paura terribile di sbagliare.»

«Forse posso aiutarti», disse Darius.

«Come?»

«Ci sono dei semplici esercizi che ci insegnavano da bambini. Puoi provare con quelli se vuoi.»

Decidemmo di cominciare con l'acqua, visto che l'avevo già utilizzata. Darius abbassò un secchio su una corda e lo immerse nel mare. Quindi trovò una tazza e mi disse di riempirla senza toccare il secchio.

«Chiudi gli occhi e ascolta tutti i suoni che ti circondano. Concentrati solo su quello.»

All'inizio sentivo solo il vento fischiare attraverso le attrezzature, lo scricchiolio delle funi e gli spruzzi delle onde contro lo scafo. Ma più rimanevo seduta lì e più cominciavo a percepire altri suoni. I piedi nudi che si muovevano sul legno. Il mormorio delle voci sotto coperta. Gli schiocchi delle onde che cambiavano direzione. Un battito soffocato e costante che sapevo essere il cuore di Darius.

Quei rumori si mischiarono e fluirono fino a quando non sembrarono più separati. Era come ascoltare una musica senza cercare di distinguere i diversi strumenti.

«Riesci a percepire il secchio d'acqua?»

Mi sentivo molto rilassata, quasi insonnolita, ma al tempo stesso all'erta. «Credo di sì.»

«Prova a sollevarne una cucchiaiata.»

Piano. Esercitai la mia volontà, immaginando che l'acqua salisse in aria. Non accadde nulla. Scivolava attraverso dita invisibili. Ci provai ancora. E ancora.

«Prova a pulire la mente», suggerì Darius.

«Lo sto facendo», sibilai.

Gabbiani. Spruzzi. Vento. Lo stridore dei miei denti. Una piccola cucchiaiata era tutto ciò che desideravo.

Riuscivo a vedere l'acqua nella mia mente, illuminata dal potere, ma mi resisteva ancora.

«Ci stai provando con troppa forza.»

Aprii gli occhi e gli offrii un sorriso angelico.

«Vuoi che riempia la tazza?»

«Nazafareen...» Darius cominciò a tirarsi indietro, ma era troppo tardi.

Afferrai il secchio e glielo rovesciai addosso. «Ecco. L'ho fatto! Sei contento?»

Si guardò i pantaloni. Quindi sollevò la tazza per un brindisi. «Alla mia legata, che potrebbe insegnare la pazienza a una quercia, lo stoicismo a un martire e la temperanza a un santo. La sua natura gentile compete con le cerve della foresta...»

Cominciai a ridere. «Non dimenticare che canto come un usignolo.»

«E sputa come una balena.» Si alzò in piedi, fradicio, e riempì di nuovo il secchio. Quando si sedette, il ghigno sul suo viso non era meno malizioso. «Ci proveremo di nuovo. Questa volta immagina un fiore. Uno qualunque, non importa. Tienilo nella tua mente. E, Nazafareen...» Si piegò verso di me. «Se ci provi di nuovo, rovescerò mezzo mare sulla tua testa.»

«Sei un tiranno. E un bullo.»

«Il fiore», abbaiò Darius. «Adesso.»

Due ore dopo, ero riuscita a riempire e a svuotare la tazza tre volte. Nell'ultima occasione, avevo minacciato di rovesciargliela sulla schiena se non mi avesse lasciato smettere e Darius acconsentì.

«Domani lo faremo di nuovo», disse.

«Sei tu che mi comandi a bacchetta per una volta», osservai, sentendomi cattiva, meschina ed esausta.

«È abbastanza divertente», commentò Darius. «Quando sei concentrata ti mordi il labbro inferiore nel più adorabile dei...»

Gli lanciai contro la tazza e tornai a grandi passi nella mia cabina.

«Stai di nuovo male?» mi domandò Tijah quando mi guardò in faccia. Lei e Myrri stavano giocando a dadi sulla sua branda.

«Intendi il mal di Darius? Allora la risposta è sì», borbottai, mettendomi un cuscino sopra la testa.

Tijah rise forte e a lungo. «Quindi non sopporta più le tue stronzate? Mi si spezza il cuore per te, ragazza nomade.»

Le risposi con un grugnito poco educato. Ma, come sempre quando lasciavo che il mio caratteraccio avesse la meglio, stavo iniziando a pentirmi. Mi sarei scusata con lui più tardi. Grazie all'aiuto di Darius, avevo fatto un piccolo passo in avanti nel controllare il mio dono. Non avrei mai riavuto la mia mano, ma se avessi imparato davvero a controllare il potere allora sarei stata di nuovo forte. Perché era la mia debolezza a spaventarmi di più.

⚜

COME SI SCOPRÌ, MI FURONO RISPARMIATE ULTERIORI LEZIONI perché il giorno dopo la *Amestris* finalmente raggiunse l'Ellesponto, che sembrava come uno stretto fiume tortuoso. Il capitano ci spiegò che era un posto insidioso da navigare perché le correnti andavano in due direzioni allo stesso tempo – nord-est e sud-ovest – tra il Middle Sea e il Propontis. Aveva bisogno dell'aiuto dei daeva, perciò ero da sola contro il parapetto quando vidi la città di Sestos sulla riva opposta, e la forza che la occupava.

Contai più di centocinquanta galere ancorate al molo, ognuna con tre file di remi. L'esercito di Eskander era accampato sulla riva, le tende che si estendevano a perdita d'occhio. Era tutto molto pulito e ordinato. La cavalleria si esercitava in uno spazio aperto, gli uomini manovravano i cavalli in modo non dissimile dagli storni.

La *Amestris* era conosciuta ai macedoni e fummo accolti da soldati che indossavano corazze di metallo con strisce di cuoio che proteggevano le parti superiori delle braccia e i fianchi, lasciando le gambe scoperte. Molti indossavano un semplice elmo conico, ma l'ufficiale che si stava occupando di noi mostrava un crine di cavallo con una corona d'alloro su un lato. Non capivo la lingua in cui parlava, ma Kayan Zaaykar pareva conoscerla bene.

«Il Re ci aspetta», disse. «Dobbiamo seguire questo ufficiale.»

Era la seconda volta che stavo per portare delle brutte notizie a una figura semi divina e avrei mentito se avessi detto di non avere paura. Ma eravamo già nelle fauci del lupo e non c'era verso di tornare indietro.

Mentre camminavamo attraverso l'accampamento, attirando occhiate curiose da parte dei soldati, notai una fila di vagoni dall'aspetto bizzarro. Ognuno aveva rinforzi a supportare un lungo fascio di legno che terminava con una punta a coppa – neanche fossero dei cucchiai giganti – inclinato a formare un angolo. Non avevo mai visto niente del genere e mi domandai a cosa servissero.

Stavo quasi per chiederlo a Kayan Zaaykar quando arrivammo a una tenda più grande delle altre, con una lancia conficcata nel terreno a pochi metri dall'entrata. Quando l'ufficiale scostò un lembo, mi aspettai di vedere le comodità lussuose di cui Artaxeros si divertiva a circondarsi. Ma la tenda era ammobiliata in modo austero. Tre uomini erano in piedi intorno a un tavolo, intenti a studiare una cartina. Tutti erano giovani, ma uno spiccava rispetto agli altri.

Era più basso dei compagni e ben rasato, con dei riccioli biondo scuro. C'era severità nel suo viso, ma anche una sorta di energia inquieta. Quando si voltò verso di noi, mi accorsi che un occhio era marrone e l'altro azzurro. Non indossava una corona o altre insegne regali, ma la nostra scorta si rivolse a lui con deferenza. La loro lingua era strana, al tempo stesso fluida e dal suono ruvido alle mie orecchie.

Lo sguardo penetrante di Eskander cadde su di noi. Passò a parlare nella nostra lingua, con accento pesante. «Dove sono gli altri daeva?»

«Siamo stati circondati dagli antimagi», rispose Victor. «Sono l'unico sopravvissuto.»

«Antimagi? Dove?»

«Sulla Salt Plain, vicino a Persepolae.»

«Questa è una pessima notizia.» Eskander si portò un pugno contro il petto. «Piango per le tue perdite. Il loro sacrificio non sarà dimenticato.»

Capii improvvisamente che non avevo mai chiesto niente a Victor di loro né gli avevo detto che mi dispiaceva, e mi vergognai.

«C'è di peggio», disse Victor sottovoce. «L'urna è nelle mani di Neblis.»

Eskander lo osservò per un momento. I suoi occhi mandavano lampi e io mi aspettai che esplodesse per la rabbia. Senza il fuoco, sarebbe stato costretto ad affrontare gli Immortali. Il suo esercito era grande, ma a meno che metà di esso non fosse composto da daeva, sarebbe stato uno svantaggio letale.

Ovviamente non aveva garanzie neanche se fossero stati liberi. Immaginavo che Eskander pensasse che sarebbero stati abbastanza grati al loro liberatore da combattere con il suo esercito o semplicemente da lasciare la città senza rivoltarglisi contro. Almeno due Immortali avevano aiutato Delilah, quindi doveva avere una qualche influenza su di loro.

Ma sapevo anche che le persone sapevano essere imprevedibili e, per quanto fossi d'accordo sul fatto che i daeva meritassero la loro libertà, il pensiero di tutti quei bracciali che andavano in frantumi nello stesso momento mi faceva desiderare di essere lontana quando sarebbe accaduto.

«Che gli dei la maledicano», disse Eskander alla fine. «Questo cambia tutto. Ma non siamo impreparati per questa svolta degli eventi.» Eskander scambiò un'occhiata con l'uomo accanto a lui. Aveva la pelle abbronzata e gli occhi color melanzana, neri con delle tinte viola. Era un daeva. Ne ero certa, anche se non indossava un bracciale.

«Volevo seguire il negromante che l'ha presa fino a Bactria, ma dovevo prima vedere la mia sposa», disse Victor. «Quando sono tornato a Persepolae, i cancelli erano sbarrati dal fuoco. Quindi ho scoperto che in città un Water Dog daeva era stato arrestato per tradimento e che lui e un'altra persona in qualche modo erano sfuggiti ai sotterranei. Indovinai di chi si trattasse. E non volevo abbandonare quei due», ammise Victor, guardando me e Darius. «Era il Re a dargli la caccia.»

Quindi non si era trovato a *passare di lì*, dopotutto. Gli importava di Darius, anche se era troppo orgoglioso per ammetterlo.

«Chi hai portato da me, allora?» domandò Eskander.

«Mio figlio e la sua legata, insieme ad altri due ex Water Dog che hanno rinunciato all'impero.» Victor si interruppe. «E lui è Kayan Zaaykar, proprietario della *Amestris*.»

Eskander annuì educatamente verso noi quattro e diede una pacca sulla spalla del contrabbandiere. «Sono contento di incontrarti, finalmente. I Seguaci sono stati un vero alleato.»

Kayan Zaaykar si chinò e baciò la mano di Eskander. «Un onore, mio Re», mormorò.

«Lui è Hephaestion», disse Eskander, indicando un uomo alto e attraente con gli stessi tratti macedoni. «Comanda la cavalleria dei Compagni. E lui è Lysandros. Guida la mia piccola forza di daeva liberi.»

«Ci conosciamo già», disse Lysandros. «Non è vero, Victor?»

Victor incrociò il suo sguardo con aria di sfida.

«Un vero peccato che ti abbiano mandato a Gorgon-e Gaz dopo un così fedele servizio. Ti avevo avvisato di non fidarti di Xeros.»

«Non mi sono mai *fidato* di lui», borbottò Victor. «Non avevo scelta.»

«Proprio nessuna? Io credo che abbiamo sempre una scelta. Ma che sollievo sapere che l'infame Victor è tornato all'ovile. Sono sicuro che tu sia perfettamente degno di fiducia adesso. Anche se dichiari di aver perso l'urna, che poi era l'unico motivo per aiutarti a fuggire dalla tua prigione.»

«Lysandros», lo richiamò Eskander.

Il daeva mostrò i denti bianchi a Victor. «Mi scuso. Siamo dalla stessa parte ora. Immagino che sia meschino da parte mia avercela con te dopo duecento anni. Senza dubbio hai pagato il prezzo per la tua follia.»

«Basta così», disse Eskander. «Non ho altra scelta che prendere Persepolae con la forza. Avevo sperato di poterlo evitare, ma gli dei hanno voluto che mi armassi con i mezzi per farlo e non mi tirerò indietro.» «Cosa vuoi dire?» domandò Victor.

«Userò il fuoco.»

«Se ti riferisci alle frecce, gli Immortali useranno semplicemente l'aria per spegnerle...»

«Niente frecce. Un nuovo marchingegno chiamato catapulta. Può scagliare fuoco greco al di là delle mura.»

«Ma... l'intera città brucerà!»

«La ribellione ha un prezzo», rispose Eskander con calma. «Mi dispiace profondamente per la perdita dei daeva. Il loro legame è immorale. Ma se sono incapace di liberarli, allora dovrò ucciderli.»

«Artaxeros ha la mia donna!» esclamò Victor.

«Cosa vuoi che faccia? Se lui aprisse i cancelli, risparmierei volentieri tutti coloro che sono all'interno.» Le labbra di Eskander si contrassero. «Ma ciò è probabile quanto il qui presente Hephaestion che mi baci lo stivale.»

«Dammi una nave», disse Victor. «Riprenderò il fuoco per te.»

Eskander si accigliò. «Da Neblis? Una missione del genere sarebbe morte certa. E, tra le altre cose, nessuno sa dove sia la fortezza della strega.»

«Io sì. Sono scappato da lì una volta. Un sacco di tempo fa. Un singolo daeva potrebbe sgusciare dove un esercito non potrebbe.»

«Due daeva», intervenne Lysandros. «Io andrei con lui.»

Victor socchiuse gli occhi. «Non ho chiesto di essere accompagnato.»

«E a me non piace particolarmente la tua compagnia», ribatté Lysandros. «Ma se fallisci, ognuno di quei daeva morirà. E, francamente, preferirei scommettere su me stesso.» Lysandros si rivolse a Eskander. «Alla fine dovrai affrontare Neblis. L'unica domanda è se sarà alle sue condizioni, o alle tue.»

Eskander scosse il capo. Quindi disse a Victor: «Credi davvero di riuscire a riprendere l'urna da lei?»

Victor ghignò. «Ha un debole per me. E la sua fortezza non è così intoccabile come crede. Neblis è una donna arrogante. Si aspetterà un'invasione su vasta scala, non un'intrusione furtiva.»

Eskander si voltò verso Lysandros e un altro di quegli sguardi indecifrabili passò tra i due. «E se io non volessi lasciarti andare?»

«Allora potrai ordinarmi di restare. Ma tu sai che il mio desiderio è sempre stato quello di vedere i miei fratelli e le mie sorelle liberi dalle loro catene. È il motivo per cui sono venuto da te. Se massacri gli Immortali, sarà una macchia sulla tua vittoria. E ci sono ancora altri anziani a Gorgon-e Gaz da considerare. Combatteranno volentieri dalla tua parte se li libererai. E avrai bisogno di loro quando marcerai su Bactria. Ci sono ancora i Druj da prendere in considerazione.»

L'espressione di Eskander si fece cupa, ma non era un uomo irragionevole. Sapeva che Lysandros aveva ragione.

«Se posso...» azzardò Kayan Zaaykar.

«Va' avanti», disse il Re.

«Se avessi il Profeta, potresti non avere bisogno del fuoco. È venerato da tutti, inclusi gli Immortali. Sappiamo che Xeros ha distorto i suoi insegnamenti, anche se a noi non credono. Ma sentire la verità dalla bocca del Profeta in persona...»

«Dunque credi che viva?» domandò Eskander.

«Sì. La sua tomba è vuota.»

«Questo non prova nulla», osservò gentilmente il giovane Re.

«Se posso spiegarmi meglio... quando Zarathustra fu deposto come Alto Magus di Karnopolis, i suoi amici più prossimi tra i magi lasciarono la città. Formarono quelli che diventarono i Seguaci. C'era già un gravoso scisma tra i magi sulla domanda se i daeva fossero angeli o diavoli. Nel corso degli anni reclutarono altri che erano simpatizzanti alla causa.»

«Che era... cosa esattamente?»

«Si riteneva che un grosso torto fosse stato commesso contro i daeva. Conoscevano la verità, ma nessuno si curava di ascoltarla. Gran parte delle persone non aveva neanche mai visto un daeva. Molti già pensavano che si trattasse di streghe e stregoni.

Non ci volle molto per convincere la popolazione che fossero Druj e che Zarathustra li avesse puniti.»

«Dissero che era stato ucciso da un lich», osservò Eskander. «Il quale era riuscito a superare le mura durante l'assedio.»

«È una menzogna», ribatté Victor. «Lo vidi vivo dopo che avevano annunciato la sua morte ed eletto un nuovo Alto Magus. Fu solo per un istante, la notte dopo la prima vittoria contro i Druj. L'ora era tarda. Stavo superando le stalle dietro il tempio quando vidi un uomo circondato da magi. Mi nascosi tra le ombre e osservai. Lo stavano scortando da qualche parte. Indossava un cappuccio e aveva le mani legate, ma vidi di sfuggita il suo volto. Non c'era dubbio che si trattasse di Zarathustra.»

«Con tutto il rispetto, stiamo parlando di due secoli fa», puntualizzò Eskander. «È stato visto da allora?»

Kayan Zaaykar scosse il capo. «No. Gli anni passarono e molti Seguaci rinunciarono a sperare. Solo in pochi mantennero la fede. Il mio bisnonno era uno di loro. Alla fine abbandonò le vesti e si sposò, ma disse al figlio ciò che sapeva e mio padre lo disse a me. Rimanemmo in contatto con gli altri, ma c'erano ben poche novità da condividere. Infine, circa sei anni fa, uno dei Seguaci di Karnopolis fu chiamato per espletare gli ultimi riti su un fratello magus.»

«Ci sono magi tra le vostre file?» domandò Lysandros. «Oltre ai due Purificati?»

«Non molti, qualcuno. Proprio prima di ricevere la benedizione, l'uomo morente ammise di essersi preso cura di un prigioniero segreto da quando aveva indossato le vesti, anche se non avrebbe pronunciato il suo nome. Ma disse che era un uomo sacro. Il più sacro di tutti. Il Seguace mascherò la sua sorpresa e provò a strappargli qualche altro dettaglio, ma il magus si rifiutò. Se non gli fossero stati somministrati papavero e mandragola per ridurre il dolore della malattia, sono sicuro che non ne avrebbe mai parlato. Dopo, parve molto spaventato. Il magus al mattino era morto. Nessuno seppe mai della sua confessione, tranne il nostro membro.» Kayan Zaaykar notò l'espressione scettica sul volto di Eskander e finì di corsa il suo racconto. «Non sappiamo dove lo tengano di preciso a Karnopolis. Quando hai radunato il tuo esercito, mio Re, abbiamo deciso che era venuto il momento di agire. Così abbiamo architettato un piano per liberare i prigionieri di Gorgon-e Gaz e prendere il Sacro Fuoco. Avrebbe funzionato se non fosse stato per i negromanti. Ma credo che il Profeta viva. E che sia da qualche parte all'interno delle mura cittadine.»

«Hephaestion», disse Eskander. L'uomo alto sollevò lo sguardo. «Qual è il tuo consiglio?»

«Credo ci siano più possibilità di trovare il Profeta rispetto a riprendere il fuoco da Neblis, anche se in entrambi i casi le probabilità sono basse.»

Darius fece un passo avanti. «Conosco bene la città e ho qualche abilità come segugio. Mi offro volontario per condurre la ricerca.»

Lo osservai. Karnopolis. La sede dei magi. Il luogo dove era cresciuto, dove gli avevano fatto cose innominabili. La roccaforte dei Numeratori. Probabilmente ci avrebbero catturati e scorticati vivi in cinque minuti se fossimo riusciti ad arrivare tanto lontano.

«Andrò con lui», dissi.

«Non ti chiederei...» cominciò Darius.

«No, infatti. Lo sto dicendo io a te.»

Nel mio cuore, ero ben lontana dal credere che quella non fosse un'impresa folle. Ma non avrei permesso a Darius di affrontarla da solo. E volevo più di ogni altra cosa comprendere il mio dono. Quello era l'unico modo.

«Andremo anche noi», disse Tijah senza esitare. Myrri annuì.

«C'è dell'altro. Qualcosa che possiamo utilizzare se dobbiamo usare la forza per fuggire.» Darius mi lanciò un'occhiata. «Lei può toccare il potere. Non solo, lo amplifica, come olio versato su un fuoco.»

Provai a non fare una smorfia a quell'analogia.

«Impossibile», commentò Lysandros con voce piatta.

«L'ho avvertito anch'io», intervenne Victor. Sollevò il bracciale. «È anche la mia legata.»

Tutti mi guardarono. Avrei voluto che Darius mi avesse dato un preavviso. Mi sentivo come un topo che fosse stato scagliato in un nido di falchi affamati.

«Come ti chiami?» domandò Eskander.

«Nazafareen.»

Lui inclinò il capo da un lato. «È una delle virtù dell'impero quella di permettere alle donne di combattere. Sei una Water Dog?»

«Sì.»

«E ora giuri fedeltà a me?»

Caddi a terra per prostrarmi, come sapevo che avrei dovuto fare. «Sì, Eskander... voglio dire, mio Re. La mia spada è tua fino alla vittoria o alla morte, qualunque cosa arrivi prima.»

Fui scioccata quando sentii la sua mano sul gomito che mi spingeva a tornare in piedi. «Ciò che dice Victor è vero? Puoi usare il potere?»

«Io... sì. Fino a un certo punto.»

«E tu desideri andare a Karnopolis con il tuo daeva?» Annuii.

Eskander ci pensò su per un momento. «Non ho alcun desiderio di uccidere gli schiavi. Quindi darò a voi una nave e qualunque altra cosa vi serva. Avete tempo fino al giorno di festa di Zeus, cioè quattro settimane da ora, per riportarmi il Profeta o il Sacro Fuoco.» Il suo tono si indurì. «Quindi attraverserò l'Ellesponto e nessun uomo potrà fermarmi.»

Mi scambiai uno sguardo con Darius. Un mese, prima che la città bruciasse, e sua madre con essa. Se il Profeta era vivo, allora dovevano averlo tenuto nascosto per più di due secoli. Che speranza avevamo di trovarlo? Forse quanta ne aveva Victor di sgusciare dentro Bactria senza essere visto e strappare l'urna da sotto il naso di Neblis.

Ma non avevo dubbi sul fatto che Eskander avrebbe mantenuto la parola. *Spietato*, lo aveva definito Darius. Sì, era così. Non era crudele o assetato di sangue, solo inesorabile, come le maree o il movimento del sole. Riuscivo a sentirlo solo stando in sua presenza. Era un uomo destinato a lasciare un marchio e chiunque si fosse messo sulla sua strada sarebbe stato calpestato.

«Ho in mente di marciare fino ai confini del mondo e del Great Outer Sea», continuò il giovane Re, i suoi occhi di colori diversi che brillavano di quella sicurezza. «Ed è Al-ex-an-der.» Sorrise. «Voi persiani massacrate sempre il mio nome.»

EPILOGO

I nove antimagi cavalcarono attraverso la Great Salt Plain. Non si fermarono fino a quando non raggiunsero le vette acute del Char Khala e anche allora solo per scambiare i loro prigionieri con altri freschi a un villaggio ai piedi delle colline.

Quello che portava l'urna veniva chiamato Balthazar. Era antico, anche se nemmeno lontanamente vecchio quanto la sua padrona. Sapeva che sarebbe stata dispiaciuta per aver fallito nel catturare il daeva chiamato Victor, ma lui sperava che il dono che le portava potesse placare la sua ira. Balthazar temeva poche cose di questo mondo e persino del mondo al di là del velo. Neblis era una di esse.

Attraversarono le montagne e cavalcarono dentro Bactria. Di tanto in tanto superarono le rovine di un villaggio. Edera e altri rampicanti crescevano su soglie ormai vuote. Gli uccelli avevano fatto il nido tra la paglia dei tetti caduti. Qualche altro decennio, pensò, e una foresta infinita avrebbe cancellato anche quelle poche tracce della gente che una volta aveva vissuto lì.

Balthazar sapeva che quei boschi erano pieni di cacciagione, creature che non avevano mai sentito un passo umano. Ma istintivamente rimanevano lontane dalla compagnia che passava attraverso gli alberi e gli antimagi non videro segni di vita fino a quando non raggiunsero le sponde del lago.

Brillava come uno specchio alla luce del sole calante. Un vento sollevò i capelli scuri di Balthazar, ma non disturbò la superficie del lago. Neanche un'increspatura segnava la liscia distesa argentea. Un'altra peculiarità di quel luogo era che, nonostante fosse circondato da altissimi pini, questi non si riflettevano.

«Che uno di voi paghi il prezzo», disse Balthazar ai compagni. «E fate velocemente, prima che scenda la notte.»

Non aveva alcun desiderio di compiere il passaggio nell'oscurità. Il velo era uno strano luogo e persino più strano quando le forze della notte dominavano incontrastate. Le cose nel lago lo temevano, ma si facevano più coraggiose quando calava la luce del sole. E Balthazar era stanco. Era quasi morto nella cupola e ora voleva solo vedere la sua Regina.

Uno degli antimagi scese da cavallo, trascinando i prigionieri dietro di sé. Scelse una donna a caso e la spinse in ginocchio ai margini del lago. Lei lo guardò con gli occhi colmi di terrore. Sembravano sempre capire, alla fine. Parevano sempre tornare in sé abbastanza da urlare o persino implorare. Quella non fece nessuna delle due cose. Si limitò a fare il segno della fiamma con la mano incatenata e li maledì agli occhi del Sacro Padre.

Come poteva ancora credere? Come poteva aggrapparsi a un Dio che permetteva a lui e ai suoi compagni di fare qualunque cosa desiderassero con i Suoi bambini? Eppure lo facevano sempre, quei folli. In momenti come quello, non dimenticava mai che era stato uno di loro, molto tempo prima.

L'antimagus versò il sangue della donna nel lago. Si accumulò sulla superficie per un lungo momento, quindi affondò lentamente negli abissi. Balthazar spinse la sua cavalcatura in avanti. Sentì i revenant farsi largo nella terra dietro di lui, ma non si guardò alle spalle. I suoi compagni si sarebbero liberati di loro o avrebbero dato l'ordine di aspettare. La loro padrona non permetteva la presenza di Druj tra le sue mura.

Balthazar stringeva l'urna tra le mani guantate, ignorando la punta di preoccupazione. Durante il viaggio ne aveva studiato il contenuto con grande interesse. Le fiamme che lambivano l'interno erano azzurre e fredde. Nel suo tipico stile pomposo, il vecchio Zarathustra lo aveva chiamato Sacro Fuoco, ma era solo alchimia, anche se l'antimagus non avrebbe saputo dire di che tipo. Nessuno lo aveva mai replicato. Il fuoco pareva bruciare senza carburante. Oltrepassare il velo lo avrebbe estinto?

L'acqua salì fino al garrese dell'animale. Il cavallo rovesciò gli occhi ma aveva già attraversato il passaggio prima e capiva di non avere altra scelta. I prigionieri di Balthazar erano un altro paio di maniche. Avvertiva la loro paura, che sconfinava nel panico, e mandò loro una scossa di rassicurazione attraverso le catene che li lasciò a bocca aperta. *Troppo.* Balthazar strinse le labbra. Avrebbe voluto interrogare almeno uno di loro. Era davvero stanco per essere così distratto.

Andarono più in profondità fino a quando il lago non raggiunse il petto di Balthazar. Quel liquido non aveva alcun peso né sostanza. Perché non era affatto acqua.

Prese un profondo respiro. Non poteva farne a meno. Non era necessario, ma c'erano alcune cose che il corpo insisteva a fare e lui si permetteva quella debolezza perché lo rassicurava.

Un momento dopo era completamente immerso nel mondo crepuscolare sotto il lago. Alte alghe grigie ondeggiavano come se accarezzate da una corrente invisibile. Lo sorprendeva che qualcosa crescesse lì, considerando la natura del luogo. Era arrivato alla conclusione che facessero parte delle difese del lago. Che servissero come camuffamento degli abitanti di quel limbo, di cui poteva sentire lo sguardo glaciale mentre cavalcava ancora più in profondità, verso il centro.

Guardate, ma non toccate, pensò, cupo. *Sono il suo consorte preferito e lei punirà chiunque interferirà con me.*

Ombre si muovevano tra i giunchi. Balthazar mantenne gli occhi fissi davanti a sé. Alla fine vide il marmo del palazzo brillare pallidamente come la pelle di un cadavere fresco. Cavalcò oltre i cancelli e l'atmosfera fatata svanì. Giardini lussureggianti sbocciavano nella semi oscurità, esplodendo di colori cupi. Lo sguardo di Balthazar non si soffermò sulla struttura stessa. Né sugli strani angoli e le torri contorte. Fare così sarebbe stato un modo eccellente per farsi venire un'emicrania accecante e già era sulla via giusta per averne una. Ma una veloce ispezione dell'urna gli rivelò che il fuoco bruciava ancora. Esalò un lento sospiro.

Muti servitori corsero fuori per occuparsi del suo cavallo. Nessuno parlava mai nella Casa-Dietro-il-Velo, a meno che la Regina Neblis non rivolgesse una domanda diretta. Erano vestiti in lunghe tuniche bianche che fluivano con grazia. Alla loro padrona piacevano le cose belle. Solo le più attraenti tra le anime sfortunate catturate dagli antimagi avevano il permesso di servirla, anche se il loro aspetto tendeva a sbiadire rapidamente.

Balthazar li vide a malapena. Superò fontane tintinnanti e vecchi alberi di olivi, i suoi prigionieri che proseguivano ubbidientemente dietro di lui. Più si avvicinava alla sua Regina e più doveva combattere il bisogno di correre da lei. Di prostrarsi a terra e implorare il suo perdono. Il peso del fallimento era soverchiante. Lo respinse, sapendo che era innaturale. Non era neanche certo che lei lo facesse di proposito. Era semplicemente la sua natura plasmare gli altri secondo la sua volontà. Lei era il martello e la fucina, Balthazar il metallo.

Ma lui era il più forte degli antimagi, quello di cui lei si fidava di più, e non si sarebbe sminuito ai suoi occhi strisciando da lei sulla pancia come un cane.

«Mia Regina», disse, abbassandosi su un ginocchio. Neblis si aspettava comunque un certo grado di referenza.

La Regina era seduta sul bordo di una piscina circolare. A differenza del lago, che aveva l'opaco eppure lucente aspetto dell'argento vivo, questa era pura oscurità. Indossava un vestito di seta blu, con delle pantofole dello stesso colore. Neblis cambiava a seconda dell'umore, ma quel giorno aveva capelli bianchi e occhi dorati. Questi ultimi avevano lo stesso curioso aspetto uccelliforme che avevano sempre e lui li avrebbe riconosciuti a dispetto del colore e della forma.

«Vieni solo, Balthazar», disse lei. «Perché?»

Non si prese la briga di trovare scuse. «Gli altri sono morti. Victor è fuggito. Ma ti ho portato questo al suo posto.» Sollevò l'urna. «Dal Barbican stesso.»

Gli occhi dorati della Regina si spalancarono. «Il fuoco?»

«Sì, mia Regina.»

Neblis prese l'urna tra le dita sottili, rigirandola da una parte all'altra.

«La stava portando da...» L'antimagus si fermò giusto in tempo per evitare di pronunciare il nome di Delilah. «Dalla meretrice del Re.»

«Per liberarla?»

Balthazar non osò rispondere.

«Anche dopo tutto questo tempo...» Il tono di Neblis era leggero, ma c'era tensione in esso. «Poverino. Mi chiedo se verrà a cercarla.»

«Qualcuno lo farà», disse Balthazar. «Se non Victor, l'invasore macedone.»

Lei lo fissò, lo sguardo indecifrabile. «E allora li avresti portati su di me?»

«Io... ovviamente non era quella la mia intenzione.» Balthazar provò a controllare il tremito nelle viscere. «Se lo desideri, riporterò immediatamente l'urna al di là delle montagne.»

Neblis sorrise e Balthazar sentì che il mondo si sarebbe sistemato di nuovo. «No. Hai fatto bene.» Si batté un'unghia contro un dente perlaceo. «Non ho legami empi da infrangere, ma forse se ne potranno forgiare di nuovi. Sai come usare il fuoco?»

«No, ma lui sì.» Balthazar diede una scossa alle catene e i suoi prigionieri si trascinarono in avanti. Due adolescenti e un Purificato. «Lui è uno dei magi che custodiva il fuoco. Vedi le sue mani?»

Neblis arricciò il naso per il disgusto. «Selvaggi. Fallo parlare.»

Il Purificato guardò direttamente attraverso di lei. Le sue

labbra erano macchiate di saliva. Balthazar mandò un po' di potere a sondare il prigioniero attraverso le catene. La mente era fragile come un vecchio guscio d'uovo. I suoi palmi cominciarono a sudare. Era stato un irresponsabile.

«Hai sempre avuto la mano troppo pesante», sospirò Neblis. «Usi il bastone quando uno schiaffo gentile sarebbe sufficiente. Dallo a me. E togligli il collare, prima.»

Balthazar ubbidì, lasciando che il Purificato cadesse a terra sul bordo della piscina. Lui stesso fece un passo indietro. La cosa che viveva in quell'oscurità faceva sembrare la fauna del lago addomesticata e benevola.

Neblis appoggiò le mani sui due lati della testa del Purificato. Lui sussultò una sola volta, quindi si placò. Ma i suoi occhi castani adesso parevano più sognanti che spenti.

«Come ti chiami?» domandò la Regina, la voce bassa e musicale.

«Mahvar», disse lui all'istante.

«Come vengono forgiati i bracciali? Di cosa sono fatti?»

«Sei tu il Profeta?»

Neblis lanciò a Balthazar un'occhiata divertita. «Sì, figlio mio. Puoi parlarmi liberamente.»

«Sia lodato il Sacro Padre. Come ti sei liberato?»

«Cosa vuoi dire?» Le mani della Regina si strinsero sul volto dell'uomo, che fece una smorfia, ma Neblis sembrò non accorgersene.

«Ho sognato la tua prigione. Fredda e profonda. Tutto ciò che ho fatto l'ho fatto per te, il più alto dei magi...»

«Prigione?»

«Oh, le malvagità che sono state commesse nel nome del Sacro Padre. Ci disonora tutti!» «Dove?» urlò quasi Neblis.

Balthazar guardò la sua Regina con apprensione. Punte di sangue sgorgarono negli occhi del Purificato. Balthazar valutò la furia in cui sarebbe incorso intervenendo per prevenire la perdita della loro unica fonte di informazioni. Sapeva che lei covava un odio radicato per il cosiddetto Profeta, persino più grande di quello provato da Balthazar. Ma tutti e due lo avevano ritenuto morto per tutti quegli anni.

«Dov'è questa prigione?» insistette Neblis.

«Karnopolis», rispose il Purificato, senza fiato. «Non ricor...»

Le sue parole furono interrotte quando lei gli piegò selvaggiamente la testa da un lato.

Neblis respirò pesantemente per un momento, il suo viso che scorreva tra le dozzine che poteva richiamare a volontà.

Lo stordiva assistere a quel processo, così Balthazar fissò la sostanza della piscina. Anche quella era ipnotica, a suo modo. Strati di oscurità, come sbirciare in un tunnel che andava giù e giù e giù...

«Balthazar!»

La sua testa scattò verso l'alto.

«Ho un nuovo compito per te.» Ora aveva l'aspetto di una ragazza dagli occhi scuri di Babilonia, una città che Neblis aveva conosciuto quando era ancora un gruppo di capanne di fango su una pianura fertile. «Come posso servirti, mia Regina?» domandò lui, nonostante lo sapesse già.

«Tu mi porterai Zarathustra. Vivo. Se deve essere un prigioniero, tanto vale che sia mio.» Si alzò in piedi, mettendo una delicata pantofola sul corpo del Purificato. «E liberati di questo.»

«E Victor?» chiese Balthazar.

«Credo che verrà lui da me.» Neblis sorrise sfacciatamente e Balthazar avvertì una punta di gelosia. «Non sarà capace di resistere al mio fascino.» «Nessun uomo potrebbe», borbottò Balthazar.

Lei lo scrutò, di nuovo civettuola. «Mi ami?»

«Sai che ti amo.» Il cuore gli faceva male nel petto mentre manteneva il contatto visivo. La sua bellezza era vertiginosa, squisitamente dolorosa, simile a una lama sottile come pergamena tra le costole. Anche quando dormiva, lei riempiva i suoi sogni. Il suo profumo era un delicato veleno al miele.

«Allora non deludermi una seconda volta.»

Neblis si fermò a raccogliere un fiore cremisi, quindi si

incamminò nell'oliveto. Balthazar la seguì con lo sguardo fino a quando non scomparve alla vista. Si sentiva superato dagli eventi. Come se stesse combattendo una guerra su troppi fronti per poter stare dietro a tutti. Alexander si sarebbe mosso presto, ma in quale direzione? L'impero si trovava sul bordo di un coltello ed era compito di Balthazar assicurarsi che, al momento di cadere, lo facesse dritto nel grembo della sua Regina. Se solo Neblis non avesse ucciso il Purificato... ma Zarathustra sarebbe stato un sostituto persino migliore. Era stato lui a creare quel fuoco maledetto. E Balthazar stesso aveva un conto in sospeso con il vecchio.

Karnopolis. L'ultima volta che vi era stato, indossava le vesti di un magus. Quello era successo prima della guerra. Prima che lo esiliassero come eretico. Poteva essere che qualcuno ancora in vita ricordasse la sua faccia? Balthazar ne dubitava molto. E se avesse indossato di nuovo le vesti, si sarebbe mescolato facilmente con le centinaia di altri magi della città. Uno sciacallo tra i conigli.

Balthazar sollevò il Purificato tra le braccia e considerò l'idea di farlo cadere oltre il bordo della pozza. Alla fine, decise di liberarsi del corpo da qualche altra parte. Il lago, magari.

Era meglio che alcune cose restassero indisturbate.

FINE

L'AUTRICE

Kat Ross ha lavorato come giornalista alle Nazioni Unite per dieci anni prima di tornare felicemente a fare ciò che le piace di più: inventare cose. È autrice delle serie fantasy Il Quarto Elemento e Il Quarto Talismano, dei mysteri di Gaslamp Gothic e del thriller distopico Some Fine Day. Ama i miti, i mostri e gli scenari apocalittici. Visita la pagina Pinterest di Kat per scoprire le persone, i luoghi e le cose che ispirano i suoi libri. Iscrivetevi alla sua mailing list per richiedere il vostro libro gratuito e per non perdere mai una nuova uscita!

www.katrossbooks.com
kat@katrossbooks.com

ALTRI LIBRI DI KAT ROSS IN ITALIANO

La trilogia del Quarto elemento

The Midnight Sea

Blood of the Prophet

Queen of Chaos

La serie del Quarto talismano

Nocturne

Solis

Monstrum

Nemesis

Inferno

Serie Nightmarked

La città delle tempeste

La città dei lupi

La città delle chiavi

La città dell'alba

Serie Lingua Magika

Una fiera di spettri

Tutti tranne nove

Il diavolo del nord

Il libro ti è piaciuto? Scrivi una recensione o valuta con delle stelle su Amazon. Per farlo, basta arrivare fino alla fine di questo ebook, e se sei su Kindle, il tuo Kindle dovrebbe chiederti di valutarlo.

Essendo degli editori indipendenti, qui alla LMBPN® International investiamo la maggior parte delle entrate nella traduzione di nuove serie e non abbiamo la possibilità di lanciare grandi campagne pubblicitarie. Di conseguenza, le recensioni costruttive e le valutazioni su Amazon sono estremamente preziose, perché possono aumentare tantissimo la visibilità di questo libro a nuovi lettori che ancora non ci conoscono.

Siete voi a rendere possibili le traduzioni di nuove serie in italiano.

Questo è il link https://lmbpn.com/it/newsletter/ *per iscriverti alla iscriverti alla nostra newsletter e la nostra pagina Facebook* https://www.facebook.com/LMBPNit ... *così non perderai mai l'uscita di un nuovo libro della LMBPN® International.*